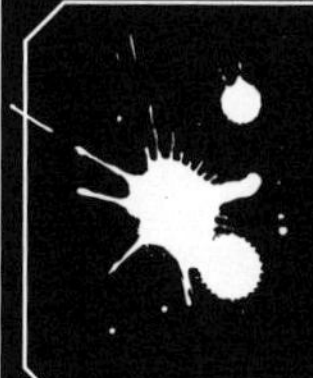

男を殺して逃げ切る方法

ケイティ・ブレント著　坂本あおい訳

HOW TO KILL MEN AND GET AWAY WITH IT

海と月社

HOW TO KILL MEN AND GET AWAY WITH IT
by Katy Brent

First published in Great Britain by HQ, an imprint of HarperCollins Publishers Ltd
2022 under the title HOW TO KILL MEN AND GET AWAY WITH IT

The edition published by arrangement with HarperCollins Publishers Ltd, London
through Tuttle-Mori Agency, Inc., Tokyo

指のあいだに鍵をはさんで家まで歩いたことがあるすべての女性、
それから、強い女でいるとはどういうことか、つねに示してくれた母に、
この作品を捧げます。

「理由もないのにぶたれたら、思いきりやり返すべきよ。絶対そうだと思うわ。二度とわたしたちをぶつのはやめようって思い知るくらい、力いっぱいね」

――『ジェイン・エア』

「わたしはかっとなると何をしでかすかわからない。すごく残忍になって、だれかれなく傷つけて、それが楽しいの」

――『若草物語』

主な登場人物

キティ（キッツ）・コリンズ……フォロワー数百万人のインスタグラマー
トア……キティの友だち
メイジー……キティの友だち
ヘン（ヘンリエッタ）……キティの友だち
ベン……ヘンの弟
ジェイムズ・ペンバートン……ヘンの父、音楽プロデューサー
アダム・エドワーズ……キティの元カレ、小説家
ルパート（ルー）……メイジーの恋人
チャーリー（チャールトン）・チェンバーズ……キティの恋人
〈クリープ〉……謎の脅迫者

プロローグ

現在、ロンドンのベルグレイヴィアにある、とあるアパートメント

こういうことをはじめる前までは、人を絞め殺すなんて簡単だと思ってた。いい感じに気道を圧迫すれば、子猫が寝落ちするみたいにコクッといくのだと。

でも実際はそうはいかない。

死にたくない人が今から死ぬんだって気づくと、その人は抵抗する。

ヤバいくらいに抵抗する。この世で最悪のモンスターたちでさえ、必死になって生にしがみつこうとするから驚きだ。もしかして、先のことを心配してる？　地獄の業火(ごうか)の熱を、早くも顔に感じてるとか？

今ここにいるモンスターにしてもそう。もがいても無駄ってことを理解してない。手錠でベッドにつながれてるんだから。本人にとって一番楽なのは、素直に受け入れること。なのに、引っぱったり身をよじったりして無駄に自分を傷つけている。

首に巻いたナイロンのストッキングをさらにぎゅっと絞って、顔から逃げようとするみたいに彼の目玉が飛びだしてゆがむのを、わたしはながめる。このストッキングはとくにわたしのお気に入りで、バックシームにラインストーンがついていて、それがちょうどいい具合に滑り止めになる。少しすると彼の目がはじけ――白目が真っ赤に染まる。

この瞬間がたまらない。

真っ赤な目、青い唇、血の気が引いて黄ばんでいく肌。あ、それから、血液が体の下側に溜まってきたときの、なんとも美しい色合いの紫。死のカラーパレットは、じつはけっこうきれいなの。

「どんな気分？」わたしは言う。「いい感じに絞まってる？　そういうのが好きなんでしょ？」

相手は何か言おうとしているけど、くぐもった喉声しか出てこない。わたしは身を乗りだしてストッキングの反対の端を口から引きだし、握ったナイフ（お値段三五〇ポンドの旬（Shun）。美しい日本製の鋼（はがね）の包丁で、しかも研ぎたて）を喉元に突きつける。最期の言葉が聞きたい。

「頼む、子どもたちが」

「その子どもたちにどう思われてるのか、今じゃ正確にわかったと思うけど」

「やりマンのクソ女が」

「あんたとはやってないけどね」わたしはそう言うとともに、首に巻いたストッキングを最後にもうひと絞りして、空気の供給を永久に遮断（しゃだん）する。

窒息死についてもうひとつ言えるのは、ふつうの人が考えるよりはるかに時間がかかるってこと。もう六、七分のあいだこうしてまたがり、ずっと気道を押しつぶしてるけど、ようやく意識を失うかというところだ。向こうの部屋でわたしを待っている、グラスに入れた冷えたワインのことが頭をよぎる。

やがて動きが止まる。

身を乗りだしてのぞき込む。ようやく哀れな生涯を閉じたように見える。胸に胸を押しつけて、唇のそばに耳を持っていく。

音はしない。

まぶたを閉じてやってから、うしろに身を引いて自分の仕事ぶりをながめる。これがわたしの一番好きな瞬間。ぱりっとした白いシーツに横たわる男の姿は、子どもみたいで安らかに見える。

ほとんど無邪気に見える。

ほとんど。

彼女の言ったとおりだと認めないわけにいかない。これならたしかにそれらしく見える。

それに流血もない。血は染みになると厄介だ。ミセス・ヒンチ「インスタグラムで家事のコツを紹介して人気のインフルエンサー」もそれについてはまったく役立つヒントをくれない。いつかは血の染みが取れなくて、マックスマーラの美しいクリーム色の細身のパンツを燃やすはめになった。

なんのためであっても、もったいなすぎる。

1

六月、チェルシーの〈グリーンスピアーズ〉

今は自分へのご褒美で、外で朝食を食べている。まあ、〝ご褒美〟というのはちょっと大げさかも。散歩とスムージーのために家を出るのは、朝食のルーティーンとしてほぼ毎日のことだから。でも今日はちゃんと食事もしている。マッシュルームトーストだけだけど。しかもトーストのほうはほとんど残したけど。

わたしはお気に入りの席に陣取っている。店の奥のほうの、濃いピンク色の二人掛けソファ。人間観察をしたり、自分もみんなと変わらないひとりだという気分を——十五から二十分ほど——味わうのに最適な場所。むかしから、心を鎮（しず）めるのによく利用している場所だ。

カフェインたっぷりで（ねえ、わたしみたいな天使だって、悪い習慣のひとつくらい許されるよね）、乳製品不使用でエシカルな材料を使った飲み物を、わたしは今からゆっくり飲もうとしている。挽（ひ）きたての豆の香りをみぞおちまで吸い込み、不安が心の奥のほうへ引っ込もうというそのとき、それが耳にはいってきた——

「キティ！　キティ・コリンズじゃない？　ヤバい。そうだよ」

キャーという声がして、わたしの全身の筋肉がこわばる。まだ飲み物に口もつけてないっていうのに、眉をばっちり整えたティーンの女の子ふたりが向こうからやってくるのが見えた。

「信じらんない。嘘でしょう。いっしょに自撮りしてもいいですか？　いいですよね？　二秒くらいで終わるから」

お願い、頼むから今は勘弁してくれないかな。ほんと今だけは。顔と目をあげると、コーヒーを飲もうとしているわたしを女の子たちがじっと見ている。これはよくない。わたしは他人の前で飲んだり食べたりするのが苦手。

心のなかのイライラ検知器は、黄色よりも濃い色でちかちか点滅している。静かな朝の一杯を観客なしに楽しみたいだけなのに。でもわたしは（読んでない）雑誌を閉じて、その子たちに微笑みかける。歯を見せて、楽しげに目をきらきらさせて、にっこりと。ふたりのためだけに。

「いいにきまってるでしょ！」そう言って、数百万人のフォロワー（そう、数百万人）がインスタのわたしを見て知っている笑顔をつくる。でも笑うことには、脳内で鳴り響きはじめた猛烈なイライラを抑える効果もあるみたい。

女の子たちは（二人掛けの）わたしの横にぎゅっと腰かけ、それぞれのｉＰｈｏｎｅをこっちに向けてゆらゆらさせて、マジシャン並みの手さばきでフィルターを選ぶ。セクシーに写るようにポーズしたり口をとがらせたりしているのが、そっちを見なくてもわかる。〝いいね！〟がつくとドーパミンで猛烈に気分があがるのはたしかだ。気持ちはわかる。

だけど、わたしはこの子たちを揺すりたい。

思いっきり。

十四歳にもなってなさそうだけど、ユーチューブで勉強したメイクのおかげで、軽く十歳は年上に見える。もういまどきのティーンエイジャーは、ダサ期を通過しないんだろうか？　哀れみとうらやましさの入り混じったものが肌をぞわっと這って、数千のタトゥーの針で刺されたみたいに皮膚がちりちりする。ふたりの肌はツヤツヤのすべすべで、この世のものとは思えない。わたしは手を伸ばしてつい撫でたくなるのをこらえる。

だって、そんなことしたら変だから。

「先月勧めてたダイエットティーを、さっそく注文したの」少女1が言う。

わたしに話してるんだと一瞬して気づいた。なんのお茶だっけ？　相手はわたしの顔から明らかに困惑を読み取っている。ボトックスを打ちまくったことを思えば、これは成功といっていいかもしれない。まあボトックスが完全にヴィーガン向けでないのはたしかだけど、どこかは妥協しないと。

そして、妥協すべきところはわたしの顔じゃない。

「デトックスしたんですよね？　お茶で！」彼女は熱く語る。金髪の髪に、つけまつ毛の重みに負けかけている茶色い目。「体と心が浄化される感じがするって言ってましたよ。それで一週間で二キロ以上痩せたって」夢の境地を見つけたようにため息をつく。

瞳をルブタンのエナメル靴みたいに輝かせ、わたしがネッタポルテ［ハイブランドの服飾品を購入できるウェブサイト］の「新着」ページを見つめる目でこっちを見つめている。

吐きそう。

「ああ、ダメ。あれはやめて」わたしは言う。「あなたたちみたいな若い子がやるものじゃないから。それに何？　二キロ以上どっから体重を落とそうっていうの？」たぶん、まつ毛とか。でもダメだ。

痩せるデトックスティー好きのバカがいくらお金をつぎ込もうと、わたしはかまわない。だけど、若い女の子の摂食障害をあおることはしたくない。絶対に。「ただのペットボトルの水にレモンを絞って飲むほうが、腸の洗浄にはいいの」

ふたりはわたしをしばしじっと見つめ、わたしはＳＷ３〔ロンドンの郵便コード。ＳＷは南西をあらわす〕地区のとてもお上品な住人がアボカドトーストを食べてる横で〝大腸洗浄〟（コロンクレンズ）の説明をしないといけないのだろうかと考える。だけど彼女たちは、わたしなんかより自分のＳＮＳの中身に興味があるらしい。少女２（そういう注射があるならお金を払いたいくらいの頬骨をしている）が、さらに何枚か自撮りし、その後、〝スナップ〟を何枚か撮ってくれと、わたしに頼んできた。なんなの、もう。すると今度はいきなり少女１が悲鳴をあげて、少女２の腕をつかんだ。

「もういかないと、ポートベロー・マーケットのいい露店に間に合わない」彼女は言う。「遅刻したらジンクスがどうなると思う？　キティ、写真をありがとう。会えてすごい嬉しかったです」

ふたりは笑顔でさよならを言って、ばたばたと去っていく。少女２はスマホを高くあげて、自分のインスタ／ティックトック／スナップチャット用に、そのジンクスとかいう相手と会うまでの道中を録画している。わたしは道を颯爽（さっそう）と歩いていくふたりを目で追う。すれちがった男たちが振り返って細い腰をじろじろ見ていることには、まったく気づいてない。

深いため息が出る。わたしは制御不能のモンスターが生まれる手助けをしてしまった。

近くに座っていた年配の女性がこっちを見ている。そろそろ人のいる場所から離れて、家に帰ったほうがいい。

すでに飲み物が冷めて哀れなことになってるので、テイクアウト用にコーヒーをもう一杯注文し、チェルシー・エンバンクメントの自宅のあるブロックまで、短い距離を歩きはじめる。

だれかの投稿にタグ付けされたらしく、スマホにインスタの通知がはいった。

「#グリーンスピアーズ　で超驚きの遭遇。めちゃカワだった。#キティコリンズ　#チェルシー
#神対応」
あの子たち（エデンとペルシャという名前。いかにもって感じ）のフォロワーから反応があって、
通知がさらに何件か届く。

「マジですごい」

「キャー！　うらやましすぎるーー！！！！！！」

「優しくしてくれたの？？？？」

「どんな香りがするの？」

わたしはスマホの電源を切る。

ほんと、うんざり。

2

チェルシーのキティのアパートメント

自宅の建物にもどってきたころには、荒れた気分になっていた。全身の骨に響くくらい、高価な大理石の床をヒールでカツカツ歩いて、当直のコンシェルジュに向かってどうにか笑顔をつくる。だけどそれもわたしの〝ブランド〟なのだからしょうがない。愛想のない甘やかされたクソ女なんて、だれもインスタグラムでフォローしたいと思わない。ラッキーなことに今日の担当はリーアンで、わたしが好意を持っているひとり。彼は挨拶するために立ちあがった。

「座ってよ、リーアン」わたしはわざと叱るように言う。「女王さまじゃないんだから」

リーアンは満面の笑みを浮かべる。「そうかもしれませんけど、あなたはこの塔のプリンセスで、わたしがお守りしないと」

わたしは軽く笑って、あきれたように目をまわす。フェミニスト的にはどうかと思うけど、リーアンはこれが好きなのだ。ついでにわたしのことも好きでいてもらわないと。

「今日はすばらしい天気になりそうですね」リーアンはわたしの背後をのぞき込んで、太陽に目を細めた。まだ十時にもなってないのに、早くも不快な暑さで照っている。わたしはこのところの熱波を彼のようには歓迎できない。イライラするし、汗が出る。Tシャツも腋の下がすでに肌に貼りついて、コーヒーショップで冷たいものを買わなかったのが悔やまれる。

とりあえず、うなずいて同意する。「すごくいい天気ね」

リーアンがエレベーターを呼んでくれて、わたしはなかに乗り込んだ。

「この界隈で一番輝いている太陽は、言うまでもなくあなたですけどね、ミス・キティ」

やがてドアが閉まってリーアンの姿が見えなくなる。わたしは作り笑いを顔から消して、ほっとして頰を揉んだ。なんでコーヒーを飲みにいくだけのことが、こんなに大変なの？

エレベーターがペントハウスのうちの階に到着する。そう、贅沢で特権的に聞こえるだろうけど、父が行方不明になったあと、母が若いツバメと南仏に逃避行するときに、置き土産として買ってくれた家だ。

捨てられる見返りとしては、まあ、悪くはないのかも。

このあたりに住む将来ある若い女性たちのご多分に漏れず、わたしもお金を持っている。というか、家族が持っている。うなるほど。わたしの曽祖父はクリストファー・コリンズ（むしろキャプテン・コリンズの呼び名で有名）で、〈コリンズ・カッツ〉の創業者だ。全国の冷凍庫やスーパーで見かける、あの肉の加工品。死んだ動物は金儲けの手段として華やかとは言いがたいものがあるけれど、イギリスの七面鳥や牛や豚のおかげで、うちの家族はバカみたいに金持ちになった。家族といっても、今はもうわたしと母しかいないけど。

そんな感じで、ソーシャルメディア関連以外、わたしにはあまりやることがなくて、その実存的空虚感が人生のなかにじわじわと広がって、ますます気を引こうとしている。そしてわたしは、それを

〝ふつうの人〟みたいな活動で埋めようとしている。毎日ヨガを二時間、それにパーソナルトレーナーとともにウェイトか有酸素運動を一時間。旅行にも出かけて高級リゾートに泊まる。自分のアカウントなどでたっぷり宣伝すれば、無料になることもある。パーティや立ち上げイベントに顔を出してシャンパンを口にし、人がトイレでドラッグをやるのを見る。SNSにポストをあげて、メイクのコツをシェアしたり、ダイエットやワークアウトに挑戦してみたり、脚を長く、お尻を丸く見せる下着の正しいはき方を伝授したり、試したこともない商品を褒めたりする。それがわたしの実存。

そんな自分が嫌いでしょうがない。

本当に、嫌でたまらない。

じゃあ、なぜやめないの?

さあ、なんでだろう。父親コンプレックスと、〝いいね!〟やコメントで瞬時にドーパミンが放出されることが合わさった結果かな。むかしから快楽を待てないタイプだったから。これについては一時間二五〇ポンドも取るわたしのセラピストでさえ、心の深層に迫れずにいる。

先週末は、友達のメイジー(フォロワー数六〇万七〇〇〇)とマルベーリャで過ごし、ラペルラから送られた新作水着を身に着けてみた。ゆうべ、そのときの写真を何枚かアップした。お気に入りはサンセットオレンジのビキニ姿で海を見つめている一枚。水着の色が日焼けした肌を引き立たせ、ヘアスタイルはほどよくビーチテイストで、ポージングのおかげで胸が(おかげさまで天然もの)手術で盛ってないものとしては最高クラスの完璧なおっぱいに撮れている。

完璧なおっぱい。完璧な人生。たぶん、それがわたしの〝ブランド〟。

MacBookでインスタをひらき、新着コメントをスクロールしながらコーヒーをゆっくりひと口飲む。ところが、口のなかで不快な違和感がして吐きそうになる。

乳製品だ。

蓋（ふた）を取って、紙のカップのなかを見る。脂肪分と牛のホルモンで汚染された、どろっとしたまずい液体。ゆっくり深呼吸して、壁に投げつけて先月仕上がったばかりの高価な〈ジャニン・ストーン〉〔高級物件に特化したインテリアデザイン会社〕の塗装を台無しにしたくなる衝動を抑える。

気持ちが落ち着くのを待ってから、もう一度インスタとフォロワーたちに注意をもどした。きっと気分をあげてくれるはず。

「ワオ。すごくきれいだよ、キティ。何から何まで」

「なんてゴージャスな景色😍😉」

「あなたは本当にすばらしい（エレス・シンプレメンテ・インプレシオナンテ）」

「水着、超いいねー、キッツ！　いつからお店で買えるの？」

「その背中に日焼け止めを塗ってあげられたら（笑）」

「完璧」

「美しいベイブ。楽しんで！」

「キティ、こんにちは！　試飲用にダイエットコーヒーを送らせてもらえませんか。ＤＭ（ダイレクトメール）をチェックしてください。愛を込めて！」などなど。

〝笑〟やら大量の絵文字やらを読み流しながら、コメントをさらに何ページかスクロールしていくうちに、全身の骨が凍りつく嫌なものが目にはいってくる。

「おまえの流す血が、その白い砂に描く模様を見てみたいよ。この手で喉を切り裂いてやったあとで」

またあいつだ。

ちがった名前を名乗ってるけど、あの男なのはまちがいない。去年一年、ほぼ四六時中わたしのDMにはいり込んできた不気味なやつ。プロフィール写真でわかる。前にも使ってた写真だ。裸の女の胴をゆがめた画像で、牛のもも肉みたいに糸が巻かれている。頭はついてなくて、手足もない。

ため息が出る。

ストーカーがつくというのは、インフルエンサーとして頂点にのぼりつめたことを示す定番の証拠だけど、どうせなら物を贈ってくれるいい人でもよくない？　何かすてきなものを。なんでよりによって、わたしの血を潤滑剤にする妄想をしてマスターベーションするような変なやつなの？

パソコンをバタンと閉じて、キッチンを歩きまわりながら警察に通報すべきか考える。でも前回はなんの役にも立ってくれなかったし、何時間も薄汚れた警察署にいて同じ話をくり返させられるのはごめんだ。またやるのは無理。

だから代案として、いざというときの頼みの友達トア（フォロワー数八五万）に電話する。

「ブランチいける？」出るなりわたしは尋ねた。「例の〝ぞっとするやつ（クリープ）〟がまたあらわれたの」

「あらら。わかった。一時間後にブルーバードでどう？」

3

チェルシーの〈ブルーバード・カフェ〉

「要するにさあ」ミモザ（三杯目？）を飲みながらトアが言う。酔っぱらい街道まっしぐらのいつものときのように、声がだんだん高く大きくなっている。「前回の対処で完璧だったと思うわけ。キティ、ふだんの自分をやめないこと。怖がってるのを見せちゃだめ」

「だって怖くないし」わたしは言う。

「いや、怖がってよ」トアはきつい口調で言う。「危険な男かもしれないんだから。絶対、通報しなって」

「その意味がある？　どうせ、ブロックしろって言われるだけだから。で、ブロックしたら、あいつはまたべつのアカウントをつくって、まったく同じことをくり返す。それに言っていいかな？　きっとママの家の納戸部屋に住んでる、ただの哀れな男なんだと思う。クロイドンくんだりのね」

トアは肩をすくめ、びっくりするほど猛烈にエッグベネディクトに挑みはじめる。昼前のアルコールと正義感で食欲が増したのかも。ぷるぷるした黄色い山にナイフを突き刺し、ぱっくり割れたなかから黄身が膿（うみ）みたいに出てくるのを見て、わたしは思わず引く。

「それを見て思いだしたけど、ドクター・ピンプル・ポッパー〔米国の映像シリーズ。皮膚科医がニキビや嚢(のう)胞(ほう)をつぶす動画で人気〕は見てる？　今回のシリーズは強烈なやつを絞りだしてるよ」

トアがわたしに向かってぐるりと目をまわす。「ねえ、ほら、ベンがいるよ。呼んでみる？」もうすでに手で呼んでいるのに、なぜわざわざ聞くんだろうね。

「やあ女子たち」ベン（フォロワー数三一〇万）はわたしたちの友人ヘンの弟だ。

そう、ベンにヘン。

ベンは勧められないうちから椅子を引いて、トアの卵のようにぬるっとわたしたちのあいだに座った。二流の男性ファッションブランドとコラボする単発仕事をもらって以来、自分をいっぱしのスーパーモデルだと勘ちがいしている。べつにかっこ悪いわけじゃない。一日中、見てくれを気にして女性をながめている、とてもとてもかわいらしい男の子が好きな人からすれば。少し前に腕のタトゥーが仕上がったらしい。わたしはエッツィー〔ハンドメイド作品等を扱うマーケットプレイス〕で見た、〝どれだけ彫り込んでも、ありきたりな女はありきたり〟と書かれたマグカップをつい思いだす。ベンといるとぞっとする。カツラをかぶったヘンみたいっていうのが大きいけど。

「ふたりとも、今朝もとてもかわいいね」

ベンはわたしの右と左のおっぱいに向かって話しかけ、その後、トアとわたしに目をあげて、気取ったロバみたいな声で言う。「おふたりさんも元気そうだ！」

トアは笑い声をあげたけど、本気の笑いでないことを祈りたい。

わたしはかわいらしく微笑みつつも、本音としてはつかんだスプーンでその目をえぐって、サワーパンにのせたアボカドみたいにスプーンの背でつぶしてやりたい。

「かわいそうに、キッツはまたあのイカれたやつに悩まされてるの」トアが言うけどベンは聞いてない。テーブルに身を乗りだしているウェイトレスの胸元をのぞくのに忙しくて。「このままふだんどおりにしてなって、わたしは言ってる。そしたら全然こたえてないって、そいつにもわかるから」

「まったくこたえてない」わたしは口をはさんでみる。

「だよね」ベンは同意し、リッチな白人ならではの態度のデカさで、両腕を大きく広げて椅子にもたれかかった。「えっ何？」

「キティのストーカーがまたストーキングをはじめたって話」トアはベンに顔をしかめる。「前からこんなにイラつくやつだった？」

ベンはうなずいて、テーブルのかごにはいったロールパンをつかんだ。もうあれには絶対にさわらない。ベンの手がこれまで何を触ったか考えたくもない。「ああ、そうだよ。だから、きみら仲間たちはだれも僕とデートしたがらないんじゃないか」ベンは笑い、トアはふたたびあきれ顔をして目をぐるりとまわす。この調子だと、そのうちめまいを起こすんじゃない？　「必要なのは夜遊びとホットな写真だな。おまえのことなんか気にしてないって変態に見せつけてやれ。きっと死ぬほど悔しがるぞ」ベンはわたしに向かってうなずいて言う。それがなぜ効果的なのかについて、よからぬ裏話がありそうな顔だけど、今は彼独自の女性蔑視（ミソジニー）に付き合いたい気分じゃない。

「今夜、遊びにいこう！」トアが言う。出かけて酔っぱらう理由になるなら、なんだって大歓迎の人だから。わたしが変人にストーカーされてるって理由でも。「メイジーとヘンも誘おうよ。ちゃんとした女子会は、もう、ながーーいことやってないし」

彼女の言う〝ながーーいこと〟とは一週間半だ。メイジーとわたしがマルベーリャにいく前が最後だった。トアはさらに子犬のような目で見つめてくる。彼女の目はとても大きくて、茶色で、訴えるようで、わたしでも抵抗するのがむずかしい。

ベンが手を伸ばして、わたしの椅子の背に腕をまわした。「ねえ、僕がいっしょにいって彼氏のふりをしてやってもいいけど、どう、キッツ？　この超絶な男っぽさで、そいつを怖がらせてやれ」

ベンはプロにブローしてもらって、まつ毛も染めている。

「たぶん平気。ありがとう」

こうして決まった。女子会は〝今のわたしにまさに必要なもの〟で、〝インスタに本気のホットな写真〟をあげて、わたしが心理戦に怖じ気づいたりしないことを証明する。まさにそれこそ今夜一番やりたくないことだけど、わたしの友人たちは妙に説得力がある。

わたしたちがインフルエンサーと呼ばれるのには理由があるってこと。

正直なところ、わたしは女子会的なものがすごく好きなわけじゃない――というより、心の底から白い目で見て嫌悪している――けど、我慢しないといけないものだと早くから学んだ。女同士の絆を深めるとかそういうのは置いといたとして、女子会の最悪なところは、結局なんだかんだ男が中心になってくるとこだ。たとえばメイジーが男に振られてトイレにこもって泣いていたとか。そうでなければ、ヘンとトアがペニスをつけた生き物を求めてうろつきだすとか。この〝女子たち〟は教養もあるし、旅行経験も多いのに、Y染色体があって胸毛がちょろっと生えた人に近づけると、マガルフ［若者が羽目をはずしにいく、スペインのマヨルカ島にある人気リゾート地］の女子パーティみたいな状態になる。

いかにも目に浮かぶ。

ワクワクとは逆の感情が抑えられない。

4

チェルシーの〈カルー・カレイ〉

わたしたちは〈カルー・カレイ〉から夜をスタートさせた。カクテルについてくるマドラーで人の目を刺したい衝動に駆られずにすむ、数少ない場所のひとつだ。

到着するとそれなりに混んでいた。ほとんどの人は外に出て、暑い夏の夜を楽しんでいる。わたしたちはカクテルを注文して、来ている人をチェックする。トアがほかの女子グループ(わたしたちは〈エキストラ〉と呼んでいる)に適当に手を振る。とくに友達ってわけでもないけど、あの子たちは夜遊びシーンのどこにでもいる——ついでにわたしたちのコメント欄にも。当然インスタで調べてみたけど、みんなフォロワー数はぱっとしない。あの子たちのうちの何人かは、わたしのメイクのライブを見て、ひとつふたつ学んだほうがよさそう。

カクテルを飲んだあと、もう一ラウンド、カクテルが来て、その後は、メイジーが払ったんだと思うけどヴーヴのシャンパンが一、二本来て、さらにまたカクテルが来て、だれかが(たぶんわたし)みんなでブロージョブ［カクテル名。フェラチオを意味する］を飲もうよと言いだした。アルコールがはいったせいで、いがちな量産型女子がわたしのなかから引きだされたらしい。

その後は、いろいろとちょっとぼやけてくる。わたしたちは飲み物といっしょの写真をたくさん撮った。そして移動。つぎの場所もバーで、そこでさらにカクテルを飲み、どうやら三人を追加でひろった――そのへんにいた三人組の男で、よくよく考えるとブロージョブ代を払ったのは彼らだったかもしれない。だからきっと、あとで本物にありつけると考えてる。わたしは三人を追いはらいたくて小声でトアにささやきかけたけど、彼女はただ笑うばかり。

「なんで、キッツ？　面白い男たちじゃない！」

まちがいなく酔ってる。メイジーのほうを向くと、彼女は彼女でひとりにしなだれかかって、その男の話を聞きながら満面の笑みを浮かべて、手を大きく動かして笑っている。戸惑うしかない。わたしはさっきからバーでその男のとなりにいて動けないけど、彼の〝不動産関連〟の仕事の話に耳が退屈しきっている。本人曰く、〝起業家〟らしい。

だれもが知るとおり、それは〝嫌なやつ〟の代名詞だ。

うんざりしてヘンの姿を探したけど、どこにも見あたらない。わたしは三人組のうちで一番がさつで厚かましい男につかまっている。こっちをいやらしい目で見て、ガールフレンドのことで愚痴り、せっせとお酒を勧めてきて、わたしはそれをせっせと横の鉢植えに捨てている。アルコールで植物が傷まないといいのだけど。じつは、夜の外出のときはあんまり飲まない。ちゃんと自分をコントロールしていたいから。酔ったおしゃべりで船が沈むとかなんとかいう警句のとおりだし、これまで築いてきたものを台無しにしたくはない。わたしには親友にさえ知られてない秘密がある。だから、わたしが酔うときがあるとすれば、それは無になるため。

そういうのはひとりのときにやる。

とにかく、話を今と、横で汗ばむゲス男にもどそう。この男は席に着いたときからずっとわたしの太ももに手を置いてて、わたしが逃がれるたびにまた近寄ってきた。そんなわけで今ではブースの隅にまで追いつめられて、おまけに男の両腕で逃げ道を完全にふさがれている。不安で胃がきりきりし、また頭痛がしてくる。ぞっとするストーカーの一件が、自分で思っている以上に身にこたえているみたい。わたしは急いで不安な感情を押し込め、気持ちを入れ替えるためにトイレに立つ。

それにメイクをチェックするために。

ヘンが先に鏡の前にいて、完璧に仕上がった顔にさらにハイライトを塗りなおしていた。

「気を引いちゃったみたいね。彼、なかなかセクシーじゃない」

「それに重度の〝手が馴れ馴れしい症候群〟。ついでに彼女もいる」ヘンが鏡の自分を愛(め)でている横で、わたしは言う。

「うわ！　ふたりのあいだに何があったんだろ」ヘンはいたわるようにわたしの肩をぎゅっと握って、バーへともどっていく。わたしは顔に水をかけ、がんがんする頭と全身に広がる不安と闘いながら、どうにか呼吸に集中する。

十二時半ごろには飽き飽きしてくる。みんなのあいだではクラブに移動しようという話になってるけど、わたしは考えただけで吐き気がする。密集した体に、足りてない制汗剤。とにかく、わたしはストーカーのことをどうするか考えるのに時間がほしい。

べつのテーブルにトアがひとりでいるのが見えた。友人のなかで酔ってなくて話ができそうなのは、見たところトアだけだ。

「ねえ、そろそろ帰るね」わたしは向かいに腰かけて言う。

トアは下唇を突きだして拗ねたふりをする。「いっしょにクラブにいこうよ、キッツ。絶対、超楽しいって」

わたしは首を振る。「ベッドにはいって緑茶が飲みたいの。だけど、今夜は無理にでも連れだしてくれて、ありがとう。おかげでインスタ用にいい写真が撮れた」スマホを滑らしてそっちにわたすと、トアはわたしがすでにアップした写真をスクロールする――ショットグラスのトレイや、割ったスイカを容器にしたカクテルといっしょにポーズを取った写真、自分たちの信じられないほど高価な服を見せびらかすための、インスタ定番のポーズをした写真。

どれもこれも痛すぎる。

「いいじゃない。すてきに撮れてるよ。今のうちにこっそりいきな。みんなには帰ったって伝えておくから。べろべろのメイジーに無理やり引っぱりまわされたくないでしょ。あの子はしつこいときはしつこいからね」

わたしは笑った。べろべろのときのメイジーは、〝ノー〟は〝説得が足りない〟の意味だと思ってる。

「平気？」トアが尋ねる。「帰ったらメッセージ送って。無事に家についたか知りたいから」

「そうする」わたしは約束し、ハグをしてからバッグをつかんで出口に向かい、途中で彼女に投げキッスをする。

わが家はみんなのお気に入りスポットのどこからでもまあまあ歩いて帰れる距離だけど、ふだんから車をひろって帰るようにしている。どこかにいるだれかが潤滑剤の代わりにわたしの血を使いたがっている今は、なおのことそうすべきだ。

それでも今夜は新鮮な空気（湿気でじめじめしてるけど、空気は空気）を吸って、〈クリープ〉のことや、関心がないのを明確に伝えた相手からずっと迫られてさわられたストレス全般を、頭からすっきり追いだしたい。こういうことがあるから、わたしは遊びに出かけても楽しめない。

だけど、すぐに歩こうと決めたのを後悔する。ヒールを履いた足が痛くて、こういう靴は女を捕まえやすくするために、男があえてデザインしたんじゃないかと思えてくる。

道は暗く、わたしに襲いかかろうとする想像上の敵があちこちに潜んでいた。少なくとも二回、冷やかしの口笛が聞こえて、わたしは胸の前で腕を組んで、できるだけ自分を隠して身を小さくする。歩くペースをあげるけど、このヒールだと簡単にはいかない。呼吸をなるべく落ち着けて、とりあえずのメリケンサックとして鍵を指のあいだにはさむ。それからバッグを手探りしてスマホを探したけど、心強いずっしりとした重みがどこにもない。

しまった。

帰るときにテーブルに置いたままだった。取りにもどるべき？

もうバーより家のほうが近いから、あしたになってから対処することにする。

でも、しまった。

基本的なミスをやらかした自分を責めていたせいで、男がすぐ背後にいるのに気づいてなくて、ほぼ真うしろから腕をつかまれた。強い力で。

わたしは驚いて息を呑み、振り返ると、さっきの手の馴れ馴れしいスケベ男がいて、ワインボトルを武器のように持っている。

べろべろだ。

そして、かんかんだ。

「帰りの挨拶もないし、酒もまだ残ってた。ちょっと失礼だろう。おれが払ったんだ」ボトルをわたしのほうに突きだした。「ほら。ここで飲めよ。ちょっとは感謝の気持ちを示せ、この高飛車女」

わたしは手から逃れて、あとずさる。

「ねえ、お酒をおごってくれたのには本当に感謝してるけど、だからって借りをつくったわけじゃない。それに、こんなふうにあとをつけるなんて許されることじゃないでしょう。帰るから。もうついてこないで」わたしは背を向け、平静を保つ方法をどうにか思いだしながら、ふたたび歩きだした。

「思わせぶりなことしやがってよ」彼がうしろから叫び、つぎの瞬間、ガラスがコンクリートにぶつかるガシャンという音がして、濡れたものがわたしの素足に跳ねかかる。振り返ると、彼がこっちを見てにやにや笑っている。割れたボトルはわたしの足から数センチのところにあった。

「わたしに投げつけたの?」

彼が近寄ってくる。「おまえがだれか知ってるぞ。あのインスタの女だろ。どうりで、ひと晩じゅうクソみたいな態度だったわけだ。自分はおれにはもったいなすぎると思ってるんだろ」

相手の筋肉のついた太い腕と、わたしより十センチ以上高い身長を、今になってはっきり意識したけど、わたしはあとに引かない。自分の奥で何かが身じろぎをはじめ、長い眠りから覚めて伸びをし、前足で恐怖をはらいのける。

スケベ男(そういえば名前も知らない)が近づいてきた。わたしの顔の真ん前まで。アルコールと歯周病の息がにおってくるほど近い。腕をつかんでうしろへと押され、わたしはとうとう歩道とテムズのにごった水を隔てる低い塀に押しつけられる。

「ここでヤッてやってもいいんだぞ。そうすりゃ感謝が足りない自分を反省するだろう」

さらに迫られて、わたしはひざから力が抜ける。そのとおりだ――彼がその気になれば、簡単に〝ヤッてやる〟ことができる。

わたしをレイプすることも。

絞め殺すことも。

このか弱い女の体を川に投げ入れ、のちに川から引きあげられるのをニュースでながめることもできる。男の望むとおりにしなかったせいで殺された女が、ここにまたひとり。

でも、わたしはそうはならない。

今夜のところは。

力を込めて、相手の脚のあいだを右ひざで思いきり蹴りあげる。日ごろからヨガやら何やらやっているおかげで、なかなかの威力だ。彼は苦しそうに低くうめくとともにわたしを解放して、手を股間に伸ばした。酔いと衝撃とで、足がふらふらしている。わたしは相手の胸に両手をあてて、遠くに押しやる。思いきり。それによって彼はさらに斜めになる。バランスを保てず、うしろによろめいて円を描きながら歩道に倒れるが、両手は股間を押さえたままで、顔から着地する。とっさに手を前に出して支えることもせずに。あれでは顔はぐちゃぐちゃだろう。

やっちゃったね。

わたしは相手がまた起きあがってくるのを身構えて待つ。

だけど彼は動かない。

腕が伸びてきて足首をつかまれるのを警戒しながら、半歩ずつ慎重に近づいていく。

でも何も起こらないし、それにこれはホラー映画とはちがう。

そんなものより、もっとヤバい。

黒いとろっとしたものの筋が、わたしの足に向かってコンクリートをじわじわ進んできた。

血だ。

彼がいきなり起きあがってくるのをなおも恐れながら、わたしは顔を近づける。

大きなガラスの破片が、氷柱(つらら)のように首に刺さっている。割れたワインボトルの上に倒れ込んだのだ。それが太い頸動脈(けいどうみゃく)にめり込み、顔の半分を切り刻んだ。

暗いなかで彼がゴボゴボと大きな音を立て、わたしはびっくりする。

そして静かになる。

静寂。

静寂。

みんなはどこ？　飲んで騒ぐ人たちは？　パーティピープルは？　わたしを助けてくれる人たちは？　通りは暗くて、だれもいない。そこまで遅くないロンドンの夜にしては不気味なほどに。

体からは血がどくどく流れつづけている。その血が一瞬、靴に向かって進んできて、わたしは立ちすくむ。

そしてそれをよけ、ふたたび家をめざして歩きだす。

だってさ。

救急車を呼べるわけがある？

5

チェルシーのキティのアパートメント

玄関のブザーが鳴って、目が覚めた。深い気持ちのいい眠りで、わたしは昨日の晩の出来事をほとんど忘れていた。ローブ（ウルフ&バジャーのマグノリア柄のシルクのキモノ）を体に巻きつけ、廊下を歩いて開錠ボタンのところまでいく。

ドアをあけると、幽霊みたいにヘンがそこにいた。まだ早い時間で、スマートウォッチによれば八時三十四分だ。夜遊びした翌日に昼前に起きるなんて、ヘンらしくない。

「何がそんなに緊急なの？」わたしは尋ねる。

「通りがかりに寄ったの。ランニングに出たついでに」ヘンは言い、わたしはビルトイン浄水器の水をグラスに入れてわたす。「ゆうべこれをバーに忘れていったから、今届けるのがちょうどいいと思って」ヘンはわたしのスマホをルルレモンのウェアの隠しポケットから引っぱりだす。

すっかり忘れてた。死んだ男のこととかもまとめて。

「わあ、ありがとう、ヘン。家に帰ってきてやっと気づいたの」

ヘンがじっと見る。「平気、キッツ？　いつもは手術で縫いつけたみたいに手に持ってるのに」

「え？　ああ。うん、大丈夫。きっと、思ってたより酔ってたんだね！」

「もっとちゃんと気をつけてないと」水を長々と飲んだあとでヘンが言う。「緊急なことが起きたかもしれないんだから。さらわれて殺されたりしたら、何でわたしたちに連絡するの？」

「ワッツアップのチャットじゃないよね。もし死んでたら」

ヘンは笑う。「マイクロチップを入れさせないでよね。犬じゃないんだし」残りの水を一気に飲み干す。「そうだ、なんなら犬を飼ったら？　男でもいいけど」

「おたくの弟がボディガードをやるって言ってくれたよ」わたしが言うと、ヘンは顔をしかめる。

「ああいう種類の犬じゃなくて」彼女は笑う。「さてと、これ以上暑くならないうちに残りを走るわ。その前に、ボトルにちょっと水をもらってもいい？」

「もちろんよ。どうぞ」

「ありがとね、キッツ」水を入れおわり、ヘンはドアの前で言う。「じゃ、また」わたしの頬に軽くキスをし、スチールの扉がふたりを隔てる直前に、エレベーターのなかからちょろっと手を振った。

ヘンとの冗談はさておき、スマホを忘れるなんて自分でも信じられない。さらに、忘れたことさえ忘れるなんて。当然電池が切れているので、ぶらぶらリビングにいって電源につなぐ。ソファのうちのひとつ（〈ジョナサン・アドラー〉のクラリッジ・ソファで、色はベルファスト・ストーン）の上で体を丸めて、スマホが起動するまで数秒待つ。

ニュースアプリをひらいたけど、見つけたいものを見つけるまでには何度もスクロールしないといけなかった。死体を発見したのは、夜の外出から歩いて帰る〝遊び人〟だった。この遊び人は精神的ショックから現在治療を受けているが、マシュー・ベリー＝ジョンソン（34歳、〝不動産関係〟）の死は不審死とはされていない。ロンドン警視庁の報道担当の話によるとこうだ──「マシュー・ベリー＝ジョンソンの悲劇的な死については、警察がこれに関連する人物を捜索している事実はない。解剖は行われるが、ひどく酒に酔った状態だったため、不運な事故により亡くなったものと思われる。昨夜、ベリー＝ジョンソン氏の姿を見た人は、ぜひ警察に情報の提供を」

フェイスブック（うわぁ）でさっと検索すると、ヘイリーという悲しいガールフレンドが残されたことがわかる。彼女の写真をスクロールしていく。友人と夜遊びしている写真がたくさん。休暇中の写真もいっぱいある。若くてかわいい子だ。まちがいなくまた恋をするだろう。バカだね。ふたりには娘もいた。二歳か三歳くらいに見える。まんまるのほっぺにブロンドの髪で、いつも笑っている。名前はルーシー。何枚か写真をズームしてみる。とても幸せそう。

父親を殺してあげてよかった。

あの男の毒に汚されることなく成長する自由を、今やこの子は手に入れたのだ。あいつはこの子の望むどんな人間にもなれる。この子は父親の真実と向き合わないですむ。

ずるい男だったこと。嘘つきだったこと。危ないやつだったことと。

この子の思い出のなかで、彼はいつまでも完璧なまま生きられる。

わたしにもそうした穢れてないバージョンの父がいてほしかった。

あの年齢のころは、わたしも父が大好きだった。わたしにとってのヒーローで、心から崇めていた。父はだれのことも、どんなことも知っていた。いつも面白い話を聞かせてくれたし、魅力的な豆知識を教えてくれた。豚は人間と解剖学的に構造が似ているのを知ってたか、とか。豚は、胸と腹の臓器が人間といっしょなのだ。

胃が四つもある、牛みたいな異様な獣とはちがって。

実際に、豚から人間への心臓と腎臓の移植が成功してると知ったら、父はきっと大興奮するだろう。

お気に入りの〝お父さんとの思い出〟は、七、八歳のころのエピソードだ。わたしは扁桃腺炎にかかって学校の夏祭りに参加できず、落ち込んでいた。ずっと前から楽しみにしていた催しで、というのも、講堂の簡易テーブルにしなっとしたケーキが並ぶようなお祭りではなく、大観覧車や乗り物やりんご飴のある、本格的なやつだったのだ。

でも、わたしが元気になると、父がピエロから空中ブランコ乗りまで全部呼んで、自宅の庭でお祭りをひらいてくれた。内緒でわたしの友人たちも招待していた。綿菓子のマシーンもあった。人生で最高の日だった。学校でも、何カ月もその話で持ちきりだった。いまだにときどき話題にのぼる。だけど、父が今では〝行方不明者〟なのを思いだすと、気まずい感じになって、みんな口をつぐむ。それはやめてほしいのに。わたしだってときどき父のことを話したい。言いたいことを全部しゃべってしまいたい。

もちろん、それはできないけどね。

一方で、母とのあいだにはつねに距離があった。愛情を疑ったことはないし、今も疑ってないけど、母は何日もベッドで過ごしたり、数週間家をあけて、保養地やどこかに出かけることがよくあった。すぐに人生に疲れてしまう性質(たち)らしく、ひどい偏頭痛にもしょっちゅう悩まされていた。不思議なことに、コートダジュールで有り余るお金と十五歳年下の男との至福の生活を送っている今では、そうした症状はきれいに消えた。とはいえ、わたしには母の幸せを否定することができない。

いろんなことがあったから。

ごく幼かったころは、わたしもいっしょに旅行に連れてってと毎回せがんだけど、母は頭にキスしてくれるだけで、大きなシャネルのサングラスを鼻にのせて、すっとドアから出ていってしまった。

そのうち、わたしはせがむのをやめた。

ティーンになると、父との関係も変化した。うちのお金がどこから来ているのか、わたしはものすごく意識するようになり、それがもっと華やかなものでないことに不満を募らせるようになった。

ベンとヘンの父親ジェイムズ・ペンバートンは音楽業界の大物で、ふたりはポップス界のスターとつねにいっしょで、どんな人気のライブでもバックステージにはいれた。わたしも連れていってもらえたけど、それはそれだ。

メイジーの父親は元Ｆ１ドライバーで、今でもその方面のことに携わっている——何をしているかは聞かないで。どう携わっているかも。歳はたぶん千歳くらい。母親は八〇年代の有名なモデルで、メイジーと妹のサヴァナはティーンの時期のほとんどをモナコなんかで過ごし、スーパーモデルたちとスーパーヨットで遊んでいた。

トアの母親は、赤ん坊だったトアをシエラレオネから養子に迎えた。本当の両親は殺され、シルヴィ・サンシャイン＝ブレイク（歌手で、ときどき女優で、国連大使でもある）がテレビ撮影で孤児院を訪れ、そこでひと目惚れした美しい女の赤ちゃんを家に連れて帰ってきた。

というのが表向きのストーリー。

トアはあんまり信じてなくて、自身の養子縁組は注目を集めるための宣伝行為にすぎず、昨今はみんなもらってるってことで、戸惑うシルヴィに押しつけられたんじゃないかと考えている。若くて驚いた顔をしているシルヴィ（エコ戦士であり、母性の人でもある）が自分の新しい赤ちゃんとポーズをとっている写真が、ネットにはたくさん出まわっている。赤ちゃん時代のトアが〝世界でもっとも美しい子ども〟だったのも、もちろん偶然のことじゃないのだろう。もし顔に難ありで生まれてたら自分はどんな人生だったろう、とトアはよくわたしの前でしみじみ口にする。もっとも、シルヴィとの関係は良好だ。ふたりは嘘ではなく仲がいい。だけどいわゆる母性的な絆とはちがう。シルヴィは妹を溺愛しまくる姉といった感じ。そしてトアをめちゃめちゃかわいがっている。わたしたちみんなそうだけど。ともかく、わが家の事情よりずっと興味深いってことがここでは言いたい。

父は家業に興味を持ってもらおうとして、わたしをあちこちの自社工場に連れていき、ちなみにだけど父は、自分の下で働いてくれている人たちの名前をほとんど知らなかった。

「これがおまえが受け継ぐ財産だ、キッツ」父がそう言ったのは、ふたりのスタッフが死なない程度の威力のボルト銃で牛を撃つのを見たあとだった。ふたりはその後、〝放血（ブリード）エリア〟と呼ばれる場所に牛を運び、うしろ足で吊るして喉を切った。

わたしは泣いた。

父は肩を抱いてわたしをブリードエリアから遠ざけた。「泣かないでくれ」とささやいて。わたしや牛のことを気にかけてくれているんだと、ほんの一瞬だけ思った。でもそうではなく、ただ自分の子どもが死んだ動物を見て泣いているのをスタッフに見せたくなかったのだ。さっきまで元気に飛び跳ねていたものから血がほとばしるのをわたしが見たのは、これが初めてのことだった。

「あれは〝喉刺（スティッキング）〟というんだ」飼料桶に嘔吐するわたしに父は言った。その名前はまちがいなくわたしの記憶に刺さって離れなくなった。

あの日を最後に、わたしは肉を食べてない。

6

南東ロンドンのオナーオーク火葬場

　マシュー・ベリー＝ジョンソンの葬儀に出るのがなぜ名案だと思ったのか、自分でもわからない。だいたいからして場所がＳＥ４［南東4をあらわす郵便コード］だ。それに、わざわざあの夜の出来事と自分を結びつける必要がある？　答えはもちろんノーだろうけど、どうしてもそこから離れられない自分もいた。

　かわいらしい女の子が屈託なく〈レット・イット・ゴー〜ありのままで〜〉を歌う、あのフェイスブックの動画。

　わたしは自分がしたのは正しいことだったんだって知りたい。

　血を流して死んでいく彼を置き去りにした自分がモンスターでなかったことを知りたい。

　葬儀は遺体発見の十日後。フェイスブックのいろんなところに流れていたから、場所がどこかを知るのにあまり頭を使う必要はなかった。いって何を得たいのか、いまだによくわからない。たぶん、あの印象のままの恐ろしい男だったと再確認したいんだと思う。ただ飲みすぎて態度が大きくなったっていうんじゃなくて。

だけど口紅を塗りながらその思いを頭から振りはらう。

そんなのは言い訳にならない。

人間は過去数千年のあいだ、少なくとも文明的にふるまえている。飲んで夜遊びして野獣に変わるのなら、みんなケバブ屋やタクシーの列に（まあまあ）おとなしく並んで待ったりせず、道路で糞をしたり、殺し合いをしたり、死体の手足に食いついたりしてるはずだ。

わたしは震えながらシャネルのクラシカルな葬儀用のワンピースに身をつつみ、ヴィンテージの大きなサングラスをかけた。だれかと尋ねられたときのための嘘の説明もすでに用意した。ごくシンプルに、商業用物件の購入を手伝ってもらったので、弔意を表したい、っていう。

火葬場までウーバーを呼び、例のごとくロンドン市内を進んでは止まり、止まっては進む車のなかで、瓶でずたずたになった彼の顔を葬儀屋の人がうまくきれいにしてくれていることを祈った。横顔が牛の生肉みたいだったのは、なるべく考えないようにしている。

ようやく目的地に着くと、ずいぶん多くの人がいて一瞬驚いた。でもすぐにそれぞれが自分の車やタクシーに乗り込んだので、マシュー・ベリー＝ジョンソンのための人ではなかったらしい。

想像するふつうの火葬場だった。個性のないレンガ造りで、花や十字架の装飾がそこらじゅうにあって、ただの巨大な炉と煙突ではない神聖な場所に見せようとがんばっている。まだ何人かが扉の外にいた。ガールフレンドのヘイリーはいるけど、あの女の子の姿はない。左目から思いがけず涙がこぼれてくる。娘のパパの葬儀はSNS向けのイベントじゃないとヘイリーが判断してくれたのはよかった。〝いいね！〟をもらったり同情を確認するためだけに、ヘイリーのインスタとかティックトックとかフェイスブックとかに、泣きじゃくるルーシーの動画が貼られるんじゃないかと心配していた。

ほぼ全員がなかにはいったあと、わたしもさっとそれに続き、うしろの列の、巨大な箱ティッシュをかかえた中年女性のとなりに座った。病院の親族の部屋にあるような、ボール紙の箱の大きなやつ。つまり、たくさん泣く予定なんだろう。女性はわたしを見ると潤んだ目で微笑み、箱を差しだしてくれる。わたしは首を振る。

「いっしょに働いていたの」女性がすすり泣きながら小声で言う。「とてもすてきな人だった」

その感想とレイプしてやると脅した男の像を重ね合わせてみるけど、全然しっくりいかない。わたしはうなずいて、やはり潤んだ目で微笑み返す。

式の司祭（だか、なんて呼ぶかは知らないけど）の女性がマシュー・ベリー＝ジョンソンの人生について話しはじめた。本人と会ったことがないのは明らかだけど、葬儀の司会者ならではの嘘の喜びをもって、彼がどんなに人生を愛していたかをわたしたちに語る。どんなにクリケットを愛し、家族を愛し、ルーシーを愛し、ついでに女性や女の子に対する乱暴を愛していたかを。

最後はわたしの創作だけど。

その後は、立ってみんなで讃美歌を歌う。わたしは歌詞も曲も知らないけど、横の女性も同じで、少なくとも仲間がいてくれる。

讃美歌が終わると葬儀の進行役がふたたび登場し、事前に用意された弔辞を立て板に水の口調で述べた。マシューがいかに愛情深いパートナーで、親心あふれる父で、だれからも慕われる息子、兄弟、同僚であったかを生き生きと。ヘイリーとべつの年配女性は、今では見たことがないほどの大量の涙を流しており、わたしの大脳辺縁系の一部が、わたしに立ちあがれと求めてくる――この男は望むものを与えなかったらガラス瓶を投げつけてきた、と立って叫べと。

もちろん、そんなことはしない。マシュー・ベリー＝ジョンソンをあんな傲慢なクソったれにしたのは、このなかのだれでもない。ともかく個々のだれかじゃない。それにこの人たちは自分が愛した男の死を悼んでるのだし。

あのとんでもないヒトラーだって、悲しんで嘆く人がひとりやふたりいたはず。

やがてヘイリーが同じ年ごろの女性（たぶん姉妹か友人）に付き添われて立ちあがる。彼女は目をぬぐう。マスカラで顔が汚れてないので、想像するにこの日のためにまつ毛エクステをしたんだろう。

〝バサバサ系のエクステにしますか、お客さん？　特別な行事か何かですか？〟

〝うちの子の父親を火葬にするの。みんなは知らないけど、凶暴でいやらしいカス野郎だった〟

〝なるほど、いいですね。超ゴージャスに仕上げてあげますよ。彼に失ったものの大きさを見せつけてやりましょう〟

ヘイリーが自分の前で数枚の紙をシャッフルし、礼拝堂正面のふたつのスクリーンにマシューの人生のフォトモンタージュが映しだされた。

「あなたがかつて埋めていた場所は、今は空白。

空いた椅子。前はいつもそれを望んでた。

静けさ。わたしはそれを願ってた。あなたが逝くまでは。

でもわたしにはあなたの子がいて、その子があなたを引き継いでいくことでしょう」

しんと静まり返り、彼女はさらに続ける。

「こんなときに言うべきことじゃないのはわかっています」ヘイリーのあごがほんのわずかにあがったけど、見えないくらいの動きで、わたし以外に気づいた人はいないようだ。目に鋼の光が宿ったことにも、だれも気づいてない。「だけど、マシューは聖人じゃなかった。たしかに、一生懸命働いてくれました。お母さんや兄弟を愛していました。ルーシーのこともかわいがりました。だけど、わたしに対してはいつも最低だった。すみません。でもこの場所に立って嘘をつくことはできません。みなさんの前で、すばらしい男に別れを告げましょうなんて言えない。ときにはすばらしい男だったかもしれない。最高だったかもしれない。だけど残酷で、怒りっぽくて、暴力的な男にもなれた」ヘイリーは、心のもっとも暗い奥から嗚咽をもらしている最前列の女性を振り返った。まるで看板でも背負ってるみたいに、〝故人の母〟と全身に書いてある。「ジリアン」

ヘイリーはそう言ってひざをつき、ジリアンのごつごつしたおばあさんの手を握った。「ジリアン。わたしは彼をとても愛してました。それは知ってるでしょう。すばらしいこともたくさんあった」彼女はジリアンの粉っぽい頰にそっと手を触れてスクリーンのほうを向かせ、マシューが顔を赤くして初めて赤ちゃんを抱っこする写真を見せた。そしてほとんどささやくような声で付け加える。「ジリアン、彼は聖人じゃなかった。人間だった」

ジリアンはヘイリーの腕のなかにくずれ落ちた。自分の息子がどういう人間だったかよくわかっているのだ。これ以上は耐えられない。

「やっぱり一枚いいですか?」わたしは嘘で鼻をすすって、となりの女性に言う。女性は没入型演劇の公演にみんなで参加してるみたいに、食い入るように一部始終を見つめている。

「もちろん、どうぞ」正面の出来事からほとんど目を離さずに箱をくれる。わたしは自分のバッグ(グッチ、もちろんヴィーガンレザーの)を手に取って、フォロワー一〇〇人以下のSNSアカウントみたいに、だれの目にも留まることもなくそっと外に出た。

7

フラムのメイジーのアパートメント

マシュー・ベリー＝ジョンソンのことがまだ頭に残っていた二週間後、メイジーの〝緊急事態〟を応援するために、わたしたちは彼女の自宅に招集された。ワッツアップのグループチャットで本人が言った言葉だ。もちろんすぐ疑った。メイジーの思う〝緊急〟は、ほかの人類が考えるそれとは必ずしも一致しないので。たとえば、コントワー・デ・コトニエのお店でドレスが脱げなくなって、販売員をどうしても呼びたくなかった、とか。ドレスの内側の湿疹がひどくなったからと、いとこのブライズメイド役を当日に辞退したこともあった。だけど、今日はお酒と寿司を用意すると約束してくれた。だから、基本的には緊急事態だけど、日本食スタイルでいくということで。

「わたしたちの集まりにも、何か特別な名前みたいなものがあるといいね」わたしが到着して、巨大な大理石のダイニングテーブルのトアの横に座ると、メイジーが想像していた以上に元気そうに言った。ヘンもいて、すでにデリバリーされて前に並んでいる寿司の品ぞろえをじっくりながめている。

「ほら、政府の毒蛇の部屋（ヴァイパールーム）みたいな」

「え？」わたしは言う。

トアは笑い声をあげる。

「コブラって言いたいんでしょ」ヘンが言う。

「そうなの?」

「そう。内閣府ブリーフィングルームAの頭文字でCOBRA。ヴァイパールームはハリウッドにあったナイトクラブ」

「政府とは無関係?」

「政府とは無関係」

「おかげで、ひとつ利口になったわ」メイジーは言いながら、全員のグラスに日本酒を注いだ。「とにかく、蛇の話をするためにみんなを呼んだんじゃない。ぴったりなテーマになってくる可能性はあるけど」芝居がかった様子でお酒をぐびっと飲む。「わたし、失恋したの」

言われてみれば、目には濃いくまができている。鼻はピンクで、わたしは何かを伝染されるんじゃないかと急にパニックになる。

「病気なの?」

「恋の病」メイジーは言って日本酒を飲む。「振られたの」

「それはひどいね、メイジー」トアがゆっくり慎重に言う。「でもさ、みんなのあいだに共通認識があるようには思えないんだけど。いったいだれに振られたのよ」

メイジーはまったく信じられないという顔でトアを見つめ返した。

「ジョエルにきまってるでしょ」強い口調で言う。「ボーイフレンドのジョエル。ジョエルだよ。カルーで会った人だけど? あのカルーの人」

「その人のこと、わたしは聞いてないよ」ヘンは髪を指に巻きつけながら首を振った。「だって、つい何週間か前に、カルーでひろったやつといっしょに家に帰ってったじゃない」

わたしは身震いする。だれも気づいてない。

「それがジョエルだって」メイジーは言って、口を小さくすぼめる。「会うようになってもう三週間くらいなのに。みんなにしゃべってないなんて、ありえない」メイジーはあらためてわたしたち全員を見まわし、白い顔がだんだん赤黒くなってくる。

完全に怒ってる。

「みんな自分のことで頭がいっぱいで、わたしがワッツアップしても記憶に残らないのよ。ちゃんと既読になってたのに！　グループチャットには今もそのままメッセージが残ってるから」

どこかの男のことでメイジーがメッセージを送ってきたおぼろげな記憶で、脳がうずく。だけど言い訳すると、こっちはこっちでうっかり人ひとりを殺してしまったことの結果と向き合っていた。ジョエルの友達を。なるほど。それは気がかりだ。興味深いけど、気がかり。

「メイズ、わたしたちが悪かったよ」わたしは言う。「みんなにお酒を注ぐから、そしたら最初から詳しく話を聞かせてくれない？　それに今日はこうして集まったわけで、みんなちゃんと気にかけてるってわかったでしょ。こっちも最低の友達だったのを埋め合わせる努力をするから」

メイジーはわなわなと息を吸ったが、これから何時間かは自分が話題の中心になれるという見通しに態度を軟化させる。わたしがお酒を注いでいるあいだに彼女は腰を落ち着けて、〈シービービーズ〉［イギリスの公共放送局BBCが運営する幼児向けチャンネル］でベッドタイムストーリーの読み聞かせをするみたいに話の準備をする（追記：なぜその番組を知ってるかというと、トム・ハーディがときどき読むことがあって、それがマスターベーションの極上の素材になるから)。

「わかった。だけど、つぎにだれかに助けが必要なとき、わたしが今日のことを忘れてるとは思わないでね」

わたしたちは、そのジョエルという人物とメイジーがうまくいかなくなった話に耳を傾ける。あのぞっとする女子会のあと、ふたりはいっしょに家に帰って酔ってセックスをした。メイジーは一夜の関係のつもりだったけど、翌日ティンダーでマッチングして、〝え、これってシンクロニシティ?〟という展開になった。

両者のあいだに本当にたくさんの共通点があることを聞いたときの、わたしたちの驚きといったら。ジョエルはメイジーと同じくらいゴールド系のラブラドールの子犬が大好きで、盲導犬の子犬(パピー)のトレーナーをしていたこともあった。今はIT関係の何かをやっているらしいけど、このオリンピック選手級のキャリアの大跳躍をメイジーはまったく問題視していない。彼はメイジーと同じ音楽を好み、好きな映画までいっしょ。そんなの信じられる? あたかもメイジーが自分のSNSアカウントに個人的なことを事細かに書いていて、彼がそれを読んだみたいじゃないの。

「ふたりにはこんなにつながりがあって」メイジーは言う。「運命の人かもしれないって本気で思った」

「メイジーのインスタを見さえすれば、そういうことは全部わかるけどね」ヘンが言う。

「あの晩もずいぶん彼に話してたし。ジョエルの顔に食いつくとき以外、しゃべるのをやめなかった」トアが付け加える。

メイジーはしょげた顔になった。それを見てわたしは気の毒になる。人を疑ってかかる皮肉屋になるほど人生で不幸な目にあってないのは、本人のせいじゃない。

トアが急いでそばに寄り添うと、メイジーはトアにハグされながら話の悲しい結末を語った。三週間のあいだ（メイジーは一カ月に切りあげたがった）おしゃべりして、デートして、〝とびきりのセックス〟をして、そして五日前にメイジーは彼にメッセージを送った。

そのときからぷっつり返信がない。

衝撃。

「電話しても、ただ鳴ってるだけ。留守電にもならない」メイジーはウォッカを注ぎ足して、一気にあけた。古い付き合いのわたしは、この調子で飲み進むといい結果にならないのを痛いほど知っている。

「じゃあ、いっさい連絡がないってこと？」ヘンが尋ねる。「メイジーのストーリーも見てないの？」

メイジーは首を振る。「見てない。わけがわからない。最高だったのに。何かあったのかな。なんか悪いことが。河岸通り（エンバンクメント）で瓶が刺さって死んだあの人と友達だったわけでしょ。だから落ち込んでるのかも。会いにいったほうがいいかな？」

「葬儀には誘われたの？」トアは尋ねた。それからもっと優しい声で言う。「ねえ、つまり切られたってことだよ」

メイジーは落ち込んだ顔をする。「わたしって最低」

「ちがう」わたしは言う。「そんなことない。優しくてオープンで、そして人のことを信頼した。そういうのは最低って言わないでしょ。メイジーが悪かったんじゃない。あいつが最低なの」

「完全に騙（だま）されてた。まるで、ネットで出会った男に老後の蓄えを騙し取られた、チャンネル5に出てくる哀れな女みたい。奪われたのはセックスだけど」メイジーは声をあげて泣く。彼女は体を折って縮こまり、触れたら壊れてしまいそうなほど弱々しく見える。こっちまで胸が痛くなる。

失恋ってものはもっと深刻にとらえられるべきだと、わたしは前々から思ってる。人の人生を壊すことだってある。

「あいつのティンダーを見せて」ヘンが言う。「そっちはオンラインになってた？」

メイジーは首を振った。「なってて、メッセージを送ろうとしたらアンマッチされた。ワッツアップの彼の写真も消えたから、ブロックされたってことよね。わたし、何かまちがったことした？」

「してない」わたしは言う。「まちがったことは何もしてないし、そんな気持ちにさせる男より、あなたにはもっといい人が絶対いる」

「とにかく何があったのか知りたいの。ちょっと話すだけでいい。恋した相手が急に冷たくなるなんて、どういうこと？」

「そういうのをサイテーな行動って言うのよ」トアがサーモンの刺身で口をいっぱいにしながら言った。「まったく。ときどき男たちを殺してやりたくなるわ」

同じく。

8

チェルシーのキティのアパートメント

その夜、わたしはグラスにワインを注いで、スマホを手にお気に入りのソファ（〈スイートピー&ウィロー〉の淡いピンク）に座った。例のジョエルという男を見つけるために、今はティンダーに自分のアカウントをつくって設定してるところ。メイジーの言うとおりで、彼女はちゃんと説明してもらうべきだ。つらいかもしれないけど、それで区切りがつく。前にも進める。中途半端なまま放っておかれるのが一番傷つく。相手がもどってくるかもしれないっていう誤った希望に、どこかでずっとしがみついてしまうから。

そして、誤った希望は希望がないより性質が悪い。ともかく「リファイナリー29」［ミレニアム世代女性の支持を集める米デジタルメディア］にはそう書いてあった。

架空のキティをつくりあげるのは、正直かなり楽しい。

餌をばらまくときって、男はこんな気持ちなのかな？　メインの画像には、わたしのとびきりセクシーな写真を使う。

モノクロのショット。着ているのはヴィクトリアズ・シークレットの胸の大きくあいたビスチェ。

左の肩ごしに振り返り、カメラの向こうのだれかに笑いかけている。謎めいた微笑みで、わたしだけにわかる何かを伝えてるけど、顔自体はほとんど見えない。数年前の写真で、最後に付き合ったボーイフレンドのアダムが撮ったものだ。

正確に言うなら、彼は最初のボーイフレンドでもあった。彼はこの写真を、ソーホーにある会員制クラブのゲストルームでいっしょにいたときに撮った。アダムは自身の小説の朗読会を終えてきたところで(彼は〝要注目〟の〝新進気鋭〟の作家などと言われていた)、チケットを購入して集まった顔を赤くした熱心な聴衆は、ほとんどが女性で、文学専攻の学生だった。

ステージからおりた彼は、エネルギーに満ちあふれていた。歩きまわってひとりひとりと話をする様子は、飛びまわる社交的な蝶というよりミサイルだった。ようやくくたびれて、ふたりのために用意された上の階の部屋にあがると、拗ねたわたしがそこにいて、絶対に泣くまいと涙をこらえていた。

「ベイブ」と彼は言った。首筋、肩、背中からさらに下へ、そっとキスでなぞられると、とうとう肌がわたしを裏切って喜びに震えた。

「今夜はずっとわたしのこと無視してた」わたしは言った。

「キティ、僕のエンジェル、仕事だったんだ。僕がああいう場が大嫌いなのは知ってるだろう」彼はあらわになったわたしの肩と鎖骨を指でなぞった。「僕だって当然、ここできみと過ごしてたかったよ。それはこの前買ってあげた下着かな？　すごくきれいだよ」

「アダム、わたしは怒ってるの。知り合いがいないのをわかってたくせに。間抜けみたいな気分だった」

「なあ、写真を撮るあいだ、ちょっと怒りを保留にしてもらえないか。見たことないほど、最高に美しい。この瞬間を残しておきたい。老いてすべてが混乱してきたときに、きみが完璧だったこの瞬間を思いだしたい」

わたしは言われるがままだった。どうかしていた。

彼は高価なカメラで五枚写真を撮り、それからふたりはシャンパンを飲んで何時間も愛し合った。なかでもとくにいいのがこの一枚。撮られたときには、きっともう彼を許していたのだろう。

終わってみれば、結局すばらしい夜だった。でも、そんなことより今にもどらないと。わたしは何度か深呼吸をして、気持ちを入れなおす。

ジョエルみたいな男が引っかかりそうな言葉を選ぶ。ここではわたしが狩る側だってことを、彼は知らない。主導権は自分にあると思わせることが大事だ。あの夜に会ってわたしを憶えている可能性もあるし、どんな展開になってくるか興味深い。

キティ、29、ロンドン

〈職業〉インフルエンサー

〈地域〉SW3

〈自己紹介〉こんにちは、キティです。オンラインデートは初めてなので、どうぞお手やわらかに。コーヒーも好きだけど男も好きだと気づいた、シングルになりたてです――よその女に目移りするひまは与えません。

父親コンプレックスをかかえてるのかな。

父がだれかも知らないけど。

ユーモアを忘れず、なおかつ、かなり隙のある女だということをにおわせる。自尊心の低い女ほど、最低なクソ男を惹きつけるものはないから。

わたしにはわかる。

あいつのことはすぐに見つかった。公開ボタンを押して、それっぽいプロフィールをいくつかスクロールするかしないかのうちに、もう目にはいってきた。

ジョエル。

プロフィールには身長一八八センチとあるけど、記憶によれば実物は一八〇もない。いかにもな感じのひげは〝クール〟というより〝ゲスっぽい〟。趣味は（急にぷっつり消える以外には）ゴルフ、クリケット、ラグビー。でも「最近はプレーするより観るほうが多め（笑）」だとか。メイジーがどこに惹かれたのか理解できない。プロフィール写真（ちゃんと自分の写真なので、少なくとも内緒の妻か恋人か、その両方がいることはなさそう）は、カメラの外のどこかに向かって笑っている、スナップ風の写真。

演出なのがバレバレ。

〝ねえ、おれを見て。おれはこんなに愉快で楽しいよ。おれとデートしたら人生がすごくよくなるよ〟

こんな平々凡々な男が原因のメイジーの赤く腫れた目と深い嘆きが頭のなかいっぱいに広がって、わたしは画面を右にスワイプしてマッチングを希望する。

9

グリニッジのジョエルの家

予想したとおり、ジョエルとマッチングするまでは一ナノ秒もかからなかった。その後、生まれてきたことを後悔するような会話がはじまったけれど、素直な女の子を演じてそれに付き合った。そんなわけで、わたしは今グリニッジの私道に車を乗り入れて、親友の心を踏みにじった男と会おうとしている。

バックミラーで自分の姿をチェックして（カモによく思われたくて来たわけじゃないのに、なぜか）、車を降りる。

ベルを鳴らすと、一、二秒でドアがあく。ジョエルは前のめりだ。玄関の前で待たせて不安になるひまを相手に与えない。じつはレースカーテンの裏から見張ってたんだろう。やれやれメイジー、これはもう明らかに最初の危険信号じゃないの。ジョエルは笑顔で両手を広げ、久しく会ってなかった古い友達みたいにわたしを歓迎する。

「キティ！　また会えて嬉しいよ」

あっそう。

「こんにちは、ジョエル」わたしは言い、〝親しげな〟ハグで迎えようとする彼をかわす。「はいってもいい？　じつは漏れそうなの」

彼はバカっぽくにやついて、横にどいてわたしを通した。

「最初を左にはいったところがリビングだ。それともこのままキッチンにいって、飲み物を用意しようか？　トイレはキッチン手前の右側にあるよ」

「オーケー、ありがとう」わたしは言う。「でも車だから、何かアルコールじゃないものをお願いね」

彼はまたにやりと笑い、わたしを廊下へと案内する。家のなかを見まわすと、ジョエルと兄弟だかいとこだかの写真がたくさん壁に飾られている。わたしは階段下の空間につくられた狭いトイレにはいり、蛇口から水を出しながらざっと観察する。ハンドソープ以外、とくに目につくものはない。少なくとも衛生にはちゃんと気を使うタイプらしい。

その後、彼のいるキッチンにいったけど、三十何歳の独身男と聞いて想像するようなキッチンではなかった。まるで〈キャス・キッドソン〉が爆発して同時に吐き散らしたみたい。

「すてきね」わたしは言う。

ジョエルはまたしても間の抜けた笑みを浮かべる。「正直言うと、これは自分の趣味じゃないんだ、キティ。ここは親の家なんだよ」

親との実家住まい。そうでしょうとも。

「今はよそにいってる」すぐに続ける。「スペインにいってるんだ。スペインの南のほうに別荘があってね」

「ああ、そうなの。それで留守番してるってわけ？」

ここでもばつが悪そうに笑って、ちらりと左を見て（そういうのは何を意味するんだっけ）、それからまたわたしに視線をもどす。

「アレクサ、新しく音楽をかけて。ちょっとちがうんだ。じつは、まだここに住んでて。まだって言うのもちがうな。大学のときに家を出て、当時の彼女といっしょに住んだけど……」

メイジーはこんなダメ男の何がよかったんだろう？　だれもが簡単に家を買えるわけじゃないのはわかるけど、借りてよそに住むくらいできるんじゃないの？　それならそこまでお金はかからないはずだし、というか、この人は何をしてるの？

「そう。で……仕事は何をしてるの？」

「ああ、コンピュータプログラマーだけど、去年、解雇されてフリーになって、その後はいろいろうまくいってなくてさ」

思うに、たぶんそんなことを言っている——じつはわたしは、人が自分の仕事について話しはじめると、スイッチをオフにする癖がある。ジョエルは飲んでいた一杯をぐっと空け、すぐにワインのお代わりを注ごうとする。もしかしてアルコール依存症？

「で、きみはインスタグラムがメインってわけ？」彼は言って、二杯目のワインをごくごく飲む。

「それってつまり、どんなことをするの？」

「たいしたことはしない」わたしは正直に言う。「写真を何枚か投稿して、自分が今何をしてるかフォロワーに近況を知らせるくらい。聞いて面白いようなことはないわ。インスタはやってる？」

彼は肩をすくめる。「まあやってるけど、仕事のためだ。そこまでのフォロワーはいないよ！」あとで彼のアカウントをチェックするのを忘れないようにしないと。

「ほんとに一杯もいらない？」ジョエルがわたしの顔の前でワインボトルを振る。「一杯ならいいんじゃない？」

アレクサからいきなりハイテンポのダンス曲が響いて、ふたりともびっくりする。

「うわ、アレクサ、つぎ」

「ほんとはいけないけど」わたしは言う。だって、そのとおりだから。「でも、そう言うなら。一杯だけね」

彼はコンビニで買ったにちがいない何かのワインをグラスに注いでくれる。彼が店にはいっていって、冷やしたワインのコーナーをうろつき、何があるのか見て、いつもデートで買う安いピノと十ポンド以上するピノとで一瞬迷ってから、高いほうを手に取る様子を想像する。その値段ならきっとヤレる可能性があがるから。わたしはひと口飲んで、喉を落ちていく刺激に身震いしそうになる。

「それで、ティンダーについてはどんな感想？　デートはたくさんしたの？」わたしは尋ねる。

ジョエルは肩をすくめた。「何人かとは。でも、これって相手とは出会えてない。不思議だよな。リアルの世界でちゃんと楽しいトークができるかは、本当に未知数だ。だけどさ、きみとマッチングするなんて、マジで驚いたよ」

楽しいトーク。うわ、吐きそう。

「そう？　それはどうして？」

「メイジーのことがあって、ちょっと気まずいんじゃないかと思ったから」

「じつは、彼女にははっきりとは話してないの。だから、しばらくは内緒にしておいてくれる？　正直、すごく嬉しくはないだろうし」

ジョエルはうなずく。「ああ。あの子はちょっとしたサイコだったしな」

それでわたしも思いだした。「そういえばニュースで友達のことを見た。マシューだっけ？　割れた瓶の上に転んじゃった、あの人。あなたも気を落としてるんじゃない？」

ジョエルは小さく肩をすくめる。「マシューとはそこまでの知り合いじゃなかった。ただの友達の友達だ。あの夜いっしょにいたネイサンの。だけど、まったくだよ。ひどいことになった。マシューには小さい娘もいた。葬式は胸が痛かったよ。前に進みでていって小さなテディベアを柩(ひつぎ)に置いて、この子をいっしょに天国に連れてってなんてパパにお願いしたりしてさ。見てて胸がつぶれそうだった」

うーん。そんな場面は憶えてないけど。

「悲しすぎるね」わたしは口を合わせた。「何かほかの話をしましょ。ティンダーはどのくらい役に立ってる？　メイジーのことは置いとくとして」

「まあ、何人かの子と会って、そのうちの何人かは気に入った。結果、みんなメンタルに難ありだった。そんな調子だ。そっちは？」

「二、三人と会った」わたしは嘘を言う。「でも、さっき言ってたとおり、直接会ってみるまでは、相性がいいか判断するのはむずかしいよね。出会い系アプリで恋人を見つけられた人って、実際、身近なとこにはいない気がする」

ジョエルもうなずく。「ちゃんとしたガールフレンド候補を探すっていうより、ナンパ目的の場だから。いや……もちろん、きみはべつだよ。ああ、くそ、ごめん」自分を恥じるようにしらじらしくうなだれる。「何かしゃべれば失言するって、母親によく言われる」

わたしは笑う。「心配しないで。見逃してあげる。少なくとも正直だし」

「だけど、女だって同じことしてるよ。恋愛は求めてないって表明してる女たちがいっぱいいて、おれはそういう子にメッセージを送りまくってる。どっちもどっちだ」

「この手の話題は最初にすませちゃったほうがいいのかもね」わたしは言う。「そしたら、先々、片方の期待が相手より大きくなって、こじれることもないし」わたしはちょっとでも顔が引きつったりしないかと、しばらくジョエルを観察する。なんの変化もない。

「オーケー。じゃあキティ、きみは何を求めてる？　恋愛？　それとも、ちょっとしたお楽しみ？」軽く戯れる冗談っぽい感じで、わたしを小突いてくる。体を使った楽しいトーク。

すごい嫌。

「どうだろうね。わかるときにはわかるんじゃないかな。あなたは？」

「同じだよ。意気投合できて、でも鬱陶しくならない人を探してる」

「メイジーは鬱陶しかったの？」

「ちょっとね。ここは口に注意するべきところだよな？　これは罠かな。ひょっとして鎌をかけてる？」彼は笑う。「メイジーは鬱陶しくなった。ほんとのことだ。一日じゅうメッセージを送ってきた。それも毎日で、しかも数分で返さないとすぐ怒るんだ。しまいにこっちがキレた」

　言ってることは信じてあげよう。実際ジョエルは少し悔いているようにも見える。

「ついに我慢できなくなったんだ。彼女はいい子だし、ベッドでもまともだったけど……」そこで口ごもる。「ごめん。だれと話をしてるか一瞬忘れてた。要するに、いっしょにいてもう気を許してるってことだろうね」ジョエルは自分で魅力的だと思っているふうの表情でにっこりする。クソ男。

「どうやって関係を終わらせたの？　メイジーはかなりこたえてるみたいだけど」

ジョエルは驚いた顔をする。「彼女は大丈夫かな？」

「まあね。自殺しようとか、そういう感じじゃないけど、ちょっと戸惑って悲しんでる」

「ふたりはべつにそういう関係じゃなかったから、とくに別れる必要もなかっただろ」

「メイジーの見方はちがうみたい」

「ああ、だけど、付き合ってたわけでもないんだしさ。っていうか、彼女はどっちかっていうとよろしくやるための相手だった」

「要するに、ただのセックスフレンドだったってこと？」

「うん、まあ」

「メイジーはそれをわかってたの？」肌がぴりぴりしてくる。

ジョエルには気まずそうな顔をするだけの良識はある。「ほかとは会わないって約束を交わしたことはない。真剣な交際じゃないのはわかってると思ってた。ともかく、おれからすればそうだった」

アレクサは今、コールドプレイの何かの曲を流している。「アレクサ！　くそ。スキップだ」

「それで、どうしたの？　彼女に連絡するのをただやめたの？」

「キティ、この話題を続けるのは、正直言っておれは嫌だな。だって、意味がないだろ？」

「ごめん。だけど、ちょっと話をすればそれですむのに、どうして無視するほうが楽だって男の人は考えるのか腑に落ちなくて。どうしても興味があるの」

不愉快きわまりない。

ジョエルはまたワインをごくりと飲んで、長々とため息をつく。「リビングに移ろうか。あっちのほうがここより全然居心地がいい。それとも、外に出かける？」

「リビングで十分よ」わたしが言うと、ジョエルはわたしのグラスに注ぎ足そうとする。

「もう一杯飲めよ。好きなときにウーバーで帰って、あした車を取りにくればいい。友達のことで追及するためだけに来たんじゃなければ」

わたしはワインをもっと注がせたあと、案内されてリビングへと進むが、キッチンと同じレトロ風の内装で、そこらじゅうが花柄で、がたがたのシャビーシックな家具が置いてある。とりわけ目に不快な書棚を見ていると、それに気づいたジョエルがわたしの恐怖を興味と取りちがえる。

「母親がつくったんだ。まあ、つくったっていうより、アップサイクルした。オンラインビジネスなんかもやってるんだ」あまりに誇らしげで、わたしは吐き気がしてくる。

いや、真面目な話、壊れたキャビネットと〈ファロー&ボール〉のペンキをひと缶わたせば、だれもが自分はインテリアデザイン界のつぎのブームになれると勘ちがいする。

「すてき」わたしは笑顔で言って、棚の本のタイトルをチェックする。予想どおりのベストセラー本に混じって『フィフティ・シェイズ』シリーズが押し込まれているのを見つけ、ジョエルの背景について知るべきすべてを知る。

書棚の本に埋もれるように、あちこちに旅行のお土産も置いてあった。ナチスの敬礼のように前足をあげた、わりとむっつり顔の真鍮（しんちゅう）の猫、木の象、民族楽器の太鼓、そして特等席の場所には、金属のブルジュ・ハリファのタワーの置き物。目を見ひらいているのをジョエルに気づかれ、わたしはしかめ面を笑顔に変える。

「うちの親は」彼は肩をすくめる。「旅先のがらくたが大好きなんだ」

そしてホラーな花柄のソファに腰をおろし、いっしょに座るようにと横の場所をぽんとたたく。わたしは座りはしたけど、腕の長さの距離を取ることは忘れない。

「面白いわよね。出会い系アプリでの男女の差って」わたしは言う。「メイジーは本当にあなたに夢中だった。ふたりのあいだに縁を感じてた」

ジョエルはため息をつく。「なあキティ、よりをもどさせるために来たんだとしたら、時間の無駄だよ。彼女はいい子だ。本当にいい子だけど、おれには合わない」

「じゃあ、それをそのまま言ってあげればよかったのに。どうして、自分は何かまずいことをしたんじゃないか、あなたの身に悪いことが起きたんじゃないかって、メイジーを心配させたままにして放っておくの？」

ジョエルはぎくりとして、わたしの顔を見る。

「それって最低だし、失礼じゃない？」

「ああ、いい終わり方じゃないね。つぎからは気をつけるよ。約束する」

「彼女に電話するべきだと思う。そして説明するの」

ジョエルは苛立ちと不快の中間のような表情を浮かべる。「キティ、はっきり言って、ちょっとおかしな流れになってきた。帰ってもらったほうがいいかもな」

「メイジーに電話して正直に話すまで帰らない。彼女はひどく落ち込んでた。気にならないの？」

「ああ、正直言ってね。なんでそんなにこだわるんだよ。男女がアプリで出会って、セックスして、つぎにいく。べつに大騒ぎすることじゃないだろ」

彼のスマホがソファの横にあったので、わたしはそれを手に取る。

「彼女に電話して」

「うざいこと言うなよ、キティ。もう帰れ」

「電話して」わたしはいよいよ本気だ。ロックがかかってないことに驚きつつ、スマホの連絡先をひらいて、名前をスワイプしていく。〈アナル・ダフネ〉、〈でかパイ・ケイリー〉、〈アソコがにおう・エリン〉、〈メンタルやば・メイジー〉などなど。ジョエルがスマホを取り返そうと体あたりしてきて、わたしは一瞬宙に浮く。彼はわたしを床に押し倒し、わたしは〈ファロー&ボール〉の醜い代物に頭を打ちつける。

「スマホを返せよ、頭のいかれたクソ女」ジョエルは今ではわたしの両脚にのって、わたしを床に押さえつけている。体を動かせない。頭の上方向以外には。ホラーな書棚から適当な何かをつかんでみると、それはたまたまあの金属製のブルジュ・ハリファのタワーで、わたしはそれを――目をつむったまま――ジョエルのほうに振りおろす。その威力にぎょっとし、タワーがジョエルの頭と合体した音に驚く。ゴンという音を想像していたけど、実際はもっと水っぽくて、さながらスイカを落下させたような音だった。それでヤバいと気づいた。ジョエルが短い苦悶の咆哮（ほうこう）をあげて、床に倒れる。

やがて、静かになる。

あけたくない目をあけて見ると、タワーはジョエルの顔を直撃したらしく、尖った長い先端が左目にずぶっと刺さっていた。意外にも血はあまり出てなくて、顔の横から何かの液体が漏れているだけだ。でもジョエルは死んでいる。どう見てもそれはまちがいない。

ファック。

10

グリニッジのジョエルの実家、死体とともに

ファックファックファックファックファック。

慌てない、慌てない。きっと、どうにかなる。

と思う。

わたしはワインを飲む。ベストなアイディアではないけれど、自分を落ち着かせる必要がある。深呼吸もする。精神統一をする。他人の家のリビングで。グリニッジなんて場所の。死んだ男とともに。

ジョエルのワインも飲む。深呼吸だけじゃもう足りない。

彼をここから出さないと。

わたしもここを出ないと。

ワインボトルを空にして自分のバッグに突っ込み、グラスをきれいに洗い、布巾(ふきん)できっちり覆(おお)った手で、ほかのグラスといっしょにラックに吊るす。

そしてジョエルの目からおそるおそるブルジュを抜こうとするが、思ったよりだいぶしっかり刺さっている。最終的にはジョエルの胸にひざをあてて、本気で引っこ抜く。血を見慣れて育ったわたし

は、ふだんはちょっとやそっとじゃ動じないけど、タワーの先っぽに脳と目の一部がくっついてきたのを見て、さすがにひるむ。えずきながらドレス（残念だけどガニー）でぬぐい、シャネルのクラッチじゃなくバケツタイプを持ってきた自分の用意のよさに感謝しつつ、バッグに押し込む。

そのあとキッチンに駆け込み、ゴミ袋を探して引き出しをいくつかあさる。それを持ってリビングにもどり、どろどろしたものがこれ以上カーペットにこぼれるのを防ぐため、苦労して一枚をジョエルの頭にかぶせようとする。でも、袋の口をあけるのに百年かかって、イライラして叫びそうになる。どうにかして彼を車に乗せないといけない。大の大人を家から車まで、人目につかないように運んでいって。ちなみにだけど、〝ずっしり重い（デッド・ウエイト）〟って表現は決して大げさじゃない。

そのとき名案が浮かぶ。こんなふうに脳のギアが嚙み合った瞬間というのは、本当に気持ちがいい。ジョエルの両親は休暇中だけど、彼はそうじゃない。ということは、二階に少なくともスーツケースがひとつはあるはず。わたしはカーディガン（エシカルなウールを使ったルル・ギネスの一枚）の袖で手を覆って、慎重に二階にあがる。

正面のベッドルームはジョエルの両親の部屋なので、そこはスルーする。一番手前の部屋はメインのバスルームで、もちろんのことスーツケースはない。でもふたつめの寝室では収穫があった。置き型のクローゼットの横の隙間に、まあまあ大きなスーツケースが押し込まれているのを見つけ、それをつかんで部屋から出ようとしたとき、ベッドサイドテーブルに置かれた希望的観測のコンドームが目にはいる。

これぞまさしく、ごく平凡な白人男性の謎の自信というやつだ。

死体をスーツケースにしまうのはあまり楽しくない。骨を折らないといけないし、蓋をするのにも上に座って何度も弾まないといけない。でも、どうにかなかに収まって、あとはスーツケースを車のトランクに積むところまで来る。それだって楽じゃない。おまけにトランクはキラキラのカウボーイハットとか、ローラースケートとか、一九二〇年代パリ風の装飾に凝ったときの名残(なごり)の、解体したマネキンとか、過去に買った妙なものでいっぱいだった。

　わたしは運転席に乗り込み、行く当てもわからないまま慎重にバックで私道を出る。

　ファック、ファック、ファック。この男をいったいどうしたら？　メイジーのために何かしらの答えを聞きたかっただけなのに、なぜかトランクには死体があって、バッグのなかには凶器（にしてはショボいけど）まではいってる。

　ハンドルをしっかり握り、しばらく車を走らせながら、死体をどうにかする方法を必死に考える。ふつうはこういうものをどうするのだろう？　燃やす？　テムズ川に捨てる？　豚の餌にする？

　急に答えが降りてきて、わたしは思わず笑ってしまう。文字どおり声をあげて。

　もうこれしかないでしょう。

11

A3道路を時速一一〇キロで移動中のキティのレンジローバー・イヴォーク

つまり、ジョエルを始末する一番簡単な方法は、自分のルーツに立ち返ることだ。ナビとスマホの電源をすばやくオフにし、早くもわたしは裏通りやくねくねした小道を抜けて、ロンドンの外へと車を走らせている。建物や街灯が野原や林に変わるにつれて、奇妙な感覚が血管のなかを駆けめぐる。わたしは子どものころ、まさにこの道を何百回と通った。父は家業のことや、富がどこからやってくるのかについて、わたしに興味を持たせようと必死だった。

なんだか帰省するみたいな気分。

12

ノースハンプシャー州の〈コリンズ・カッツ〉の工場

一時間ほどすると、それが見えてきた。工業用地にある大きな建物っていうだけなのに、相変わらず威圧的で不吉な感じがする。小さいころは前方から大きく迫ってくる姿に震えたけれど、感覚は案外簡単に麻痺するものだ。

もうすぐ夜の十一時で、工場の従業員はだれもいない。入り口に車をつけ、グローブボックスを掻きまわして鍵を探す。南フランスに逃避行する前までは、母が〈コリンズ・カッツ〉のいっさいを見ていた。母の下には工場長（トムだか、ティムだか、そんな名前の）がいるけど、何かあったときのために身内がいてくれると安心だって母は言う。

こんなわたしでも。

iPhoneの電源を入れなおし、懐中電灯アプリで行く手を照らしながら、十四年以上来ることのなかった建物に足を踏み入れる。懐中電灯で周囲をさっと照らすが、すべては当時からほぼ変わってない。まずは狭い事務室のほうまでいって、防犯カメラのスイッチを切る。

それから外の車までもどり、トランクをあけてスーツケースを工場に運ぶ作業にかかる。父が豚と人間について当時語っていた言葉を思いだしながら、ジョエルを地面に引っぱりおろし、かつてピッグ・アレーと呼ばれていた（たぶん今もだと思うけど）場所まで転がしていく。血を抜いて絶命した豚を足首から吊るし、内臓を取り除いて、毛をすべてバーナーで焼いて除去する場所だ。その後、豚は冷凍庫に移され、スライス場に送られて、砕いたり、挽いたり、スライスしたり、つぶしたりなんだりしたのち、ふたたび形を整えられて、最終的にはソーセージやハムとなってスーパーに送られる。人が消費するのに適さない断片は、細かくすりつぶして動物の飼料になる。

全工程を終えるのには、ほぼひと晩かかる。とくに血が抜けきるまでは何時間もかかり、その間ずっと血をホースで排水溝に流さないといけない。それでもハンプシャーの田舎に朝の太陽が顔を出しはじめたころ、やっとすべてが終了する。ジョエルはいなくなった。

くたくたになって、スーツケースを忘れないようにして外に出て、ロンドンへの帰路につくが、今の気分は……工場で徹夜で死体の処理をしたかのような気分。やっと自宅の建物までもどってきて、車を駐車し、血のついた服の上からコートをはおり、リーアンがフロントデスクにいるのを見る。彼は時計を指でたたいて、訳知り顔でウィンクをよこした。

「朝の五時ですよ、ミス・キティ」くすくす笑って言う。「何かいけないことをしてたんじゃないでしょうね」

わたしは罪を悔いる顔で微笑み、なおも笑いつづけるリーアンを前にエレベーターの扉が閉まって、金属の箱に閉じ込められる。スタンガンで撃たれたみたいにがつんと閉所恐怖症に襲われて、自分に呼吸することを思いださせないといけない。

ゆっくりよ、キティ。落ち着いて、キティ。

ピッグ・アレーのにおいをシャワーで洗い流すと、ほぼすっかり元気が回復し、自分でも驚く。ジョエルを殺す気はなかった。それは嘘じゃない。だけど、後悔の気持ちもまったくない。むしろその逆。わたしのおかげで夜も眠れずに悩む女性がひとり減るのだから。自分の何がいけなかったんだろう、何が足りなかったんだろう、と悩む女性が。

髪を整えながら鏡の自分を見る。光線の具合か、いつもより少しツヤがあるみたいじゃない？　それに肌も内側から輝いていて、徹夜明けとはとても思えない。むしろ、すごくきれいに見える。窓から金色の光が射して、まるでスポットライトを浴びているみたいで、わたしはスマホを取って鏡ごしに自撮りする。こんなインスタ向きの写真を逃す手はない。

アップロードして、#絶好調　とタグ付けし、そこにつけられたコメントと〝いいね！〟の数にびっくりする。いつもたくさんつくけど、なんかわたしのインスタがバズっている。

「天然の美しさだね、キティ」

「なんでこんな朝からかわいいの？　わたしなんか寝てるあいだに喧嘩でもしましたかって顔だよ（笑）」

「起きてそれ？　わたしは起きるとこれ💩」

そして、べつのコメントを見て、自分の血が工場の排水溝にすべて流された気分になる。

「ゆうべ何をしてたか知ってるよ🐗」

だれが書いたかは、グロテスクなアイコンを見るまでもなくわかる。

〈クリープ〉。わたしのストーカー。

これはちょっと問題かもね。

13

フラムのメイジーのアパートメント

ジョエルを工場のミンチ機にかけてからおよそ一週間。正式に行方不明者になったということは、彼の両親はわたしたちのデート後、わりとすぐに休暇からもどってきたのだろう。とくに大きな扱いではなく、ウェブ版「メトロ」で数行触れられただけだった。

それでも、バルコニーで日光浴をしながらその記事を見せると、メイジーの顔がふたたび希望あふれるかわいい表情になった。

地元男性、両親が捜索願い

グリニッジに住む男性、ジョエル・ギディング(32)が行方不明になっている。母モイラ、父ジェフと同居しているが、先週、夫妻がスペインの別荘から帰宅したときから姿がない。「帰国する二日前に話しました」と母モイラ(63)は取材に答える。「空港に迎えにくるはずが、あらわれなかった。代わりにタクシーを使ったので痛い出費になりました。心から心配しています」

ジョエルはグリニッジのパブを出て実家の方向へ向かう姿を最後に目撃されている。

母親は強盗未遂の末に誘拐された可能性を考えている。「とても奇妙なのですが、家からドバイのブルジュ・ハリファの置き物もなくなっています」

ジョエルに関する情報はテムズバレー警察まで。

メイジーは興奮らしきもので頬を赤くしている。

「警察に連絡したほうがいいかな?」いっしょに脚に日光をあててエスプレッソ・マティーニをすすりながら、彼女は言う。

「連絡して具体的になんて言うの?」わたしはクリーミーな泡のひげをぬぐって尋ねる。「数週のあいだ文字どおり音沙汰がなかった、って? 切られたのかと思った、って?」

メイジーの顔には、ほくそ笑むと表現するのに近い笑みが浮かんだ。

「言ったでしょ、きっと何か悪いことがあったんだって」彼女はカクテルの向こうから眉をあげて言う。「理由もなくあんなふうにわたしに冷たくするはずはないって、わかってた」

わたしはあっけにとられ、太陽の下ですらりとした体を伸ばしてカクテルをすする彼女を、口をあけてしばし見つめる。自分がただ振られるより、相手が行方不明で身に何が起きているかわからない状況のほうが、本気で嬉しいんだろうか? 寝椅子の上で身をくねらせて楽な体勢を探す彼女の唇に、小さな笑みが浮かんだ。

「どっちみち、もういいの」そう言って秘密めいた顔で笑う。「べつの人と出会ったから」

えっと、ふざけてるんですか?

恩知らずな人っているよね。

14

チェルシーのキティのアパートメント

ティンダーはもはやわたしにとっての狩りの場で、すっかり夢中だ。アプリをひらいて、人間としてもっとも原初的なレベルで関係できそうな相手を必死に探す、ユーモアのセンスが高く〝誠実でフレンドリーな〟男たちをつぎつぎスワイプしていくと、本当に心がやられる。こういうアプリで本気で恋人探しをする女性たちが、気の毒でならない。

でもね。

写真なしのプロフィール、顔のわからないぼやけた写真、そうした卑劣でずるい嘘をまとった連中を見かけると、わたしはほかの何でも経験したことがないほど血が沸いてくる。ドラッグやセックスなんか比じゃない。やつらは社会から抹殺されるべき男たちだ。その男たちが遊んでいる陰には、夜中の三時に枕に涙する女性や、なぜ帰ってこないのかと気を揉んでいる女性がいる。こういう男が家庭を崩壊させて、そしてその子どもたちはいくら高額なセラピーを受けてもどうにもならないくらい、たくさんの問題をかかえて大人になるのだ。

そういう男たち、そういう浮気で嘘つきで肉食の男たちがいないほうが、世のなかは平和になる。

わたしはこの耐えがたいほど汚い社会を浄化するのに手を貸してるだけ。わたしには彼女たちの気持ちがわかる。家にいて、胃の不快なしこりをどうにかほぐそうとするのに、自分のなかの警報システムが何かがおかしいと告げてくるのだ。わたしもむかしベッドに座って泣き腫(は)らし、自分に何が足りないのかと思い悩んだことがあった。失恋の痛みほどきついものはない。だれが何を言おうとそう。時間は癒やしてくれるものでもない。

しかも、何もそれを修復してくれないし、心の準備ができるものでもない。

わたしの心を傷つけたのは、言うまでもなくアダムだ。アダム・エドワーズ。年上で、成功者で、初めて出版した本(〝世界における自分の立場、さらに、自分がそれにふさわしい人間であるかを考えさせられる、非常に実験的なフィクション〟)のおかげで、当時、ロンドンで注目の的だった。

そう、言われなくてもわかる。

だけどわたしはとても若かった。

それにアダムはすごいハンサムだった。まあ過去形ではないと思うけど。彼のことは殺してない。そういう話じゃない。黒髪に黒い瞳に、こんがり焼けた肌。完璧な顔立ち。四十過ぎぐらいになると失われてしまう、シャープなあごのライン。でも、わたしが惹かれたのは彼の外見じゃなく、頭脳だった。なんでも知ってるし、彼にかかるとどんな話も面白く聞こえた。ヘンが父親の夜会で初めて紹介してくれたとき、彼はわたしの手にキスをして言った。「人生には闇もあれば、光もある。きみはその光、すべての光のなかの光だ」

ブラム・ストーカー〔小説『ドラキュラ』の作者。アダムの台詞は作中の一文〕だ。

わたしはその場で心をつかまれた。だけどそれをアダムに悟られる必要はないと気づく知恵は、当時からあった。

「お会いできて嬉しいです」とわたしは言った。「出版、おめでとうございます。かなりの反響だったみたいですね」

でもその後は、夜のあいだずっと彼を無視した。

案の定、アダムはあとで友達を説得してわたしの電話番号を聞きだした。そして初めて会ってから数日後、怒濤のようにメッセージを送ってきて、誘惑を開始した。

アダム：美しいキティへ。ヘンのパーティですっかりきみに魅了されてしまった。その後話す時間がなかったのが、とても残念だ。きみは人気者すぎる。

アダム：そうそう、電話番号はベンから聞いた。大丈夫だったかな。ちょっとストーカーみたいだという自覚はある。だけど、僕は人を殺す怪しい人間じゃないと一〇〇パーセント断言できる。

アダム：気づいたけど、まさに怪しいやつが言いそうなことだね。

アダム：とにかく、ロンドンにもどったときにまた会いたいということを、どうしても伝えたかった。例の小説がらみで今はだいぶ慌ただしいけど、二、三週間後には予定があくはず。連絡してもいいかな？

今振り返ると、明らかな危険信号がいっぱいだ。メッセージの連投、自分の重要人物ぶりをそれとなく伝える表現、本人の許可なく悪びれずに電話番号を聞きだした事実。でも言ったとおり、当時わたしはまだ若かった。あとからならなんとでも言える。しかも、わたしは嬉しくてバカみたいに舞いあがってた。あのころはまだインスタグラムがここまで普及してなくて、わたしは一見チェルシーで裕福かつ健康的な生活を送っていたけれど、知り合い以外にまともに関心を寄せてくれる人はいなかった。そんななか、もう一度会いたいと言ってくれる、成功を収めた若いキラキラの作家があらわれたのだ。そう、わたしは舞いあがった。舞いあがったし、バカだった。

一日くらい置いてメッセージを返した。

こんにちは、アダム。忙しさと重要な用事で身動きできなくないときに、ゆっくり会えたら嬉しいです。都合のいいタイミングで気軽にメールして。xx（キスキス）。

うわ。何がキスキスよ。できるなら二十二歳の自分をひっぱたきたい。

最初のデートでは、彼の友人が脚本を書いたという芝居を観にいくことになった。どういうわけか由緒あるオールドヴィック劇場で上演されていたけど、信じられないくらいつまらない作品で、わたしは困ってしまった。観たあとは、彼はわたしを見せびらかすように連れまわしてバーをはしごし、いろんな不快な友人に紹介した。みんな女性。みんな文学系。みんな、わたしがいかに教養がないかアダムの前で証明しようと躍起で、あれこれ本に関する質問をしては揚げ足を取ろうとした。

「それで今はだれの本を読んでるの、キティ？」まんまるの顔にちっちゃすぎる目鼻のついたブロンド女が聞いてきたけど、見下したような笑いのせいで、ますます不細工に見えた。そしてその言い方は、わたしがメイジーに〝だれのデザインの服を着ているの〟と聞くときと同じような口調だった。どこからどう見ても、自己満のクソ女。

「じつはわたし、本が読めないの。一語もね。読み書きがまったくできなくて」わたしはにっこり笑って舞台上手から退場した。

自分のほうが上だと思ってる相手とは、絶対にいっしょにいたくない。その理由は、(a)どうしたって波長の合わない人といても時間が無駄なだけだし、(b)わたしより上の人はいないから。その場から出ていくというのはあまりわたしの流儀じゃないけど、でもアダムは明らかにそれで火がついたらしく、ウォータールー・ロードを歩いていると、彼が名前を呼ぶのが聞こえてきた。わたしは足を止め、振り返らずに向こうが追いついてくるのを待った。

「悪かった」アダムは言い、目は心配そのもので、見たところ嘘はなさそうだった。「サスキアにはちょっと嫌味なところがあるんだ。いや、ちょっとどころじゃないか。教育に金をかけたわりに、礼儀作法のひとつも身についてないらしい。大丈夫かい?」彼は指先でそっとわたしの頬を撫でた。のちにわたしは、彼が文章を書く指がキーボードの上を踊るのをうっとりながめることになる。そしてその同じ指が、わたしから何度も何度もオーガズムを引きだすことになる。

「べつに平気」わたしはそっけなく言った。「自惚(うぬぼ)れた嫌なやつに付き合うほど、わたしは安い人間じゃないってだけ」

アダムは両手でわたしの顔を押さえた。「きみこそ自惚れた嫌なやつだ」彼は笑い、それからわたしにキスをした。力強い、しっかりしたキス。唇を押しつけられて、わたしは不意を突かれた。ウイスキーの味とタバコのにおいにくらくらしたけど、当時は不快なものというより、何かダークで不可欠な小道具のように思えた。ウォータールー駅の下の暗がりで、顔を両手でつつまれ、わたしは彼のなかに溶けていった。

ようやくおたがいに身をほどくと、黒塗りのタクシーをつかまえて、ふたりは急くようにわたしの家に向かった。エレベーターにいるうちから相手の服をつかみ、扉から転がりでるころには、彼はシャツのボタンが半分あいて、わたしはワンピースが腰まで落ちていた。嚙んだり引っぱったり剝ぎ取ったりしながらリビングにいって、彼はそこでわたしをソファに激しく押し倒した。唇が体の上をおりていき、わたしは彼を求めて身をくねらせた。彼はまず舌で犯してわたしを喘がせ、それから身を引いてわたしの太ももを押しひらき、前にひざをついた。女の部分が完全にさらけだされていた。月に一度、高いお金をかけて痛みに耐えて、下の毛をレーザー脱毛してもらう前のことだった。

「最高に美しいあそこをしてる」アダムが言い、わたしはその言葉に尻込みするどころか、ささやく彼の唇に自分がますます濡れるのがわかった。それから彼の口が口のところに来て、押し入ってきた舌に自分の味を感じると同時に、彼のペニスもわたしのなかにはいってきた。「目をあけてて。きみがいくのを見ていたい」

自分のものだけでいかせられると思ってるなんて、たいした自信だと思ったのを憶えているけど、ひざを胸まで押しあげられ、初めて感じる角度で彼がなかで動きだすと、自分の考えがひどくまちがっていたのがすぐにわかった。出たりはいったりする彼を一センチごとに感じ、突くたびにそれがわたしの奥の秘めた場所にあたった。すぐに体全体が彼を締めつけはじめた。

「目をあけてて」アダムは昇りつめるわたしにもう一度言い、からみ合う視線のせいで、打ち震えるほどの絶頂がいっそう強烈なものに感じられた。彼はわたしの髪を撫でながら激しくキスをし、なかで自分を解き放つと、汗ばんで力果ててわたしの上にくずれた。「一滴も外にこぼさないで」横になりながらささやいた。わたしも同じ思いだった。その瞬間から、わたしは彼の全部を自分のなかにとどめたいと思った。

ふたりの関係はセックス、アルコール、パーティ、ドラッグの合わさった、めくるめく時間で成り立っていた。わたしたちは何週間も、何カ月も、たがいとたがいの快楽以外の何も存在しない、自分たちだけの世界で過ごした。友達からは苦情が出るようになり、最近は全然会えないとメッセージで愚痴られた。わたしは気にしなかった。アダムだけを求めていた。本の宣伝ツアーや、本の講演や、〝難産の二冊目〟の打ち合わせのためにアダムがいないとき、友達と会うことはあったけど、彼が忙しいときしか自分たちとは会わないと文句を言われるのがおちだった。それはまちがいない。でも、自分じゃどうしようもなかった。彼には中毒性があった。うちのアパートメント（三カ月くらいたったころから半同棲状態になっていた）に突然はいってきて、わたしに旅支度をするよう言うこともよくあった。そして、気づくとふたりはカンヌやパリやバルセロナにいて、そこでシャンパンを飲み、コカインをやり、濃厚なセックスをして激しく求め合った。

「愛してるよ、キティ・コリンズ」タイミングがすっかり合うようになった絶頂のあと、息を乱した至福の余韻に浸りながら、彼はわたしの口にささやきかけた。「ヤバいほど愛してる」

ところが、彼という快楽の熱狂がハリケーンのようにわたしの人生を襲ったのと同じくらい唐突に、彼は身を引きはじめた。わたしは宇宙の高みにいたと思ったら、一気にどん底に落とされ、隕石（いんせき）のようなパワーとスピードで急降下して地上にもどされた。

それは地球壊滅レベルの影響をもたらした。

彼はコカインをやめて、代わりにタバコを吸って自分を緊張させるのを好むようになった。パーティもなくなって、仕事や〝難産の二冊目〟を完成させるプレッシャーを理由に、わたしを追いはらった。打ち合わせが頻繁になり、彼のプリムローズヒルの家を訪ねても（そのころには、うちに来なくなっていた）、わたしにかまうどころか、ほとんど眉さえあげなかった。

このときわたしは人生に役立つ教訓を得たわけだけど、当時はとても苦しかった。アダムが自分から離れていくのを感じるほどに、わたしはますます彼にすがりつき、わたしがすがるほど、彼はますます引いていった。わたしは作文のような長文のメッセージを送って、彼への愛を訴えた。返事はいつもひとことだった。たとえ来たとしても。わたしはしょっちゅう電話をかけ、彼はほとんどいつも通話を拒否した。出てしゃべったとしても、自分のことや、自分のつらさのことしか話さなかった。

わたしが夕食や飲みに誘うと、彼は「今はうつなんだよ、キティ」と毎度キレ気味に言った。するとわたしが泣きだし、すると彼はうんざりしたように目をまわして、気持ちのこもらない謝罪の言葉をつぶやき、愛してる、今は我慢してくれ、と言うのだった。

「出版社からのプレッシャーがどれほどのものか、きみはわかってないんだ。約束する、埋め合わせはするから」

とうとうアダムは診察を受けることに同意し、その結果、やはり病気としてのうつと不安症を患っていると医師に診断された。薬が出され、そのせいで彼はさらに引っ込みがちになり、わたしはそばに座って、うつ病のパートナーを支える方法について書かれたものを片っ端から読み漁（あさ）った。彼の好きな作家の物語を読んで聞かせたりもした。チャリングクロス・ロードにいって、本屋から本屋へと連れ歩き、初版本や〝見て！　これサイン入りよ！〟の言葉に、暗い瞳に光がもどるのを期待した。彼のために料理をつくり、前に置かれた料理が冷めてまずくなっていくのをながめた。彼にキスをし、上にまたがり、ペニスをしゃぶろうともしたけれど、命が失せてしまったかのようだった。

　アダムは壊れ、わたしの心も壊れていった。

　二カ月ほどすると薬がきちんと効いてきて、彼は――少しずつ――わたしのもとにもどってきた。手料理の皿をわたしてあげたときの笑顔。本屋で見つけた〝レアもの〟をプレゼントしたときのキス。ハイドパークに散歩に連れだして、小さな子どもみたいにアヒルに餌をやらせたあとの、ふつうのセックス。彼の不調のあいだそうした男女関係の基本中の基本にものすごく飢えていたわたしは、愛という魔法の国の鍵をわたされるような思いで、それらのひとつひとつを受け取った。

　わたしは哀れだった。

　アダムがふたたび輝きだすにつれて、打ち合わせの回数も増えた。彼は――今ではまたわたしのうちに――帰ってくると、次作品についてのプランを興奮気味に話し、出版社は今度も前回と同様かそれ以上の成功を確信していると熱く語った。ブッカー賞やピュリッツァー賞や、映画化の話やロサンゼルスへの移住の可能性についておしゃべりをして、夜遅くまでわたしを寝かさなかった。

「きみが僕を狂わせた」ある夜、愛し合ったあとにアダムが言い、わたしはあらためて彼に夢中になった。うつでどん底にいたことは、過去として忘れられた。

「アダムが双極性障害だって考えたことはない？」ランチをしているときにトアに言われた。

「アダムがクソ野郎だって考えたことはない？」ディナーをしているときにヘンに言われ、なおも恋人に忠実であろうと必死だったわたしはヘンをにらみつけはしたけど、自分でもすでにそれを疑いはじめていた。

「メンタルが不調だと自己中心的にもなるから」わたしは説得力の乏しい反論を試みた。

「そうかもしれないけど、最低な嫌なやつになることはない」その指摘には一理あった。とても痛い指摘だった。でも、わたしは今もアダムの虜(とりこ)で、本人にそのことを言ってみようとは考えもしなかった。まあ、そうしょっちゅうは。

アダムの二作目(一語でもすでに書いたのかは定かではなかったけど)の前評判が立つにつれ、招待と社交の嵐がふたたびはじまった。アダムは招かれたどのイベントでも、わたしをパパラッチに見せつけるのが大好きだった。わたしたちは雑誌の「ハロー!」や「タトラー」のソサエティのページをつねに飾ったし、リアリティ番組をやらないかといろんな制作会社から持ちかけられた。

「無理な相談だ」とアダムは言った。「むしろミステリアスなままでいたいのでね」

アダムとわたしの破局は夏にやってきた。彼は自宅の寝室にいて、その夜もまた外出の予定があって身支度をしていた。わたしはリビングにいて、彼のノートパソコンでくだらないリアリティ番組を見ていた。テレビは怒りの発作を起こしたときに壊されたきり、買い替えられてなかった。何カ月もたつのにそこに放置されたままで、怒れる亀裂のはいった画面がしかめ面のように部屋をにらみつけていた。

わがままな金持ちアメリカ人どうしが言い争うのをながめていると、パソコン画面にメッセージのポップアップがあらわれた。アダムはiPhoneとパソコンを連携させていたようで、サスキアの名前を見て、わたしは軽い驚きを覚えた。

サスキア：ハイ、ベイビー。会えなくて淋しいな。あのクソ女はもう追いはらった？
アダム：今ここにいる。悪いね、努力はしてる。でも、ただ捨てるってわけにはいかない。
サスキア：どうして？　このままずるずるするなら、じつはあの子を好きなんじゃないかって疑いはじめるわ。
アダム：キティはもろいんだ。父親が行方不明になった件でまだ苦しんでいる。バカなことをされて責任を負いたくない。
サスキア：ともかく一刻も早くすっきりさせて。愛人みたいな気分は、もうたくさん。
アダム：笑！　そうじゃないのはわかってるだろう。愛してるよ。ただ、彼女によって宣伝効果があることも忘れないでほしい。長くは待たせないよ。
サスキア：オーケーーーー。わたしも愛してる。とにかく、早くね。

最初は何を読んでいるのかわからなかった。正確に言えばわかってはいたけど、自分以外のだれかについて書かれているみたいに思えた。物語を読んでるような気分だった。アダムが書いた小説を。だって、これが現実のはずがある？　サスキアとアダム？　アダムと、あのクソむかつくサスキア？　そんなわけがない。でも十回読み返して、どういうことになっているのかはっきり理解した。アダムが自分のなかに怒りがあると思っていたとしても、それはまだかわいいものだった。彼の怒りには物を壊したり、相手かまわずわめき散らしたりする、星が爆発するような激しさがあったけれど、わたしの怒りはもっと静的だった。ふつふつと沸く圧力鍋のような怒り——火山のような、破滅的な怒りだった。

だから、十分後、アダムが出かける支度をして階段を軽快におりてきたとき、わたしは待ちかまえていた。そして、「何か飲む？」とキッチンから声をかけた。

「頼むよ、ベイビー。先にアルコールを入れておこう。何を見てるのかな？」

わたしはそれには答えず、こっちに背を向けたソファにアダムがみずから座るように仕向けた。目の前にはさっきのままのノートパソコンの画面があった。自分とサスキアのやり取りが、アダムにはばっちり見えていた。わたしはリビングにもどって、秘密がばれたと彼が気づく瞬間を、頭のうしろ側からながめた。彼はびくっとしてわたしを振り返り、口はすでにひらきかけ、とどめのひとことを放とうとしていた。嘘で繕うのか、わたしの心を打ち砕くのか。

わたしはどっちのチャンスも与えなかった。

アダムをそのまま残して歩いて家に帰り、一週間ずっとうずくまっていた。

15

チェルシーのキティのアパートメント

ジョエルをミンチ機にかけ、マシュー・ベリー＝ジョンソンが聖人でなかったことを確認したあとで気づいたのだけど、わたしはふたりの男、ふたりのろくでもない男を殺した（まあ厳密には事故だったけど）というだけでなく、うまく逃げきった。しかも、逃げきっただけでなく、わたしはそれを楽しんでいた。妙な具合に。サイコ的にじゃなく——人間の腕を折ったり、人を切り刻んだりするのは必ずしも愉快じゃない。でも、自分の写真をネットに投稿するだけより、ようやく何かもっと意味のあることをしている気がした。

ストーカーの存在も、わたしを興奮に水を差すことはなかった。そして、わたしが投稿する写真は、過去一番の人気を集めている。

「キティ！　すごく輝いてるよ」

「新しいフェイスクリームでも使ってる？　それともレーザーか何かやった？」

「恋する女の顔だよね。白状して、キティ」

「ヴィーガンの輝き、それに尽きる」

フォロワーは一週間で二万人ほど増えたけど、そんなことは久しくなかったし、わたしが顔や髪に何を使っているのか、またはどんな相手と寝ているのか、みんなが知りたがっている。で、何が〝見た目〟にあらわれたんだと思う？　それは目的意識。

とにかく、おかげでもうちょっとこれを続けてもいいかなと思えてきた。といっても、ろくでもないクズ中のクズに限定した話ね。明白かつ現在の危険といった男だけを、今後は始末するつもり。

ともかくわたしは、いわば〝デクスター〟的な思考で、本当に死んで当然の人間が存在するのだと結論した［米ドラマ〈デクスター　警察官は殺人鬼〉の主人公は独自のルールで凶悪な犯罪者を殺して、自身の殺人欲求を満たす］。もちろん、そうでない人間も存在する。そこで、自分なりのルールをリスト化してみた。こんなふうにすると、なんだか自分が世のなかで有益なことをしてる気がしてくる。

キティの掟

1　まず、女性は除く。絶対に。トランスジェンダーはどう扱うのかとか、そういう面倒な話は持ち込まないで。ここはチェルシー。黒人だからってトアですらじろじろ見られる界隈だ。女は肉食の捕食者じゃない。男とはタイプがちがう。どんな規則にも例外はある――これは世界一アホくさいことわざだ。イギリス的な古い言いまわし。女を殺したいと思ったことが一度もなかったとは言わない。〈エキストラ〉の何人にはかなりイライラさせられて、我慢して舌を噛んでいると血の味がしてくるほど。サッカー選手や最下層のセレブリティにまとわりついてるのを見ていると、内臓を引き裂いて、はらわたで化粧しなおしてやりたくなる。あの子たちのおもな目的は、そうしただれかに孕（はら）まされること。結婚式もいらなくて、赤ちゃんだけでいい。

「一生、食いっぱぐれないから」ティファニーとかいう子が、ある晩、わたしに言った。
「自分だってお金を持ってるじゃない、T」わたしは返した。彼女の父親はホテル界の大物だ。
「お金はずっとは続かないよ、キティ」彼女は薄い唇を尖らせて言った。「永遠なものなんてないんだから」

2

無実の人には手を出さない。無実かどうかはわりと主観的な問題なので、ここのところはちょっと厄介だ。バーで会ったあのゲス男は、無邪気にヤレることを期待して、帰るわたしをつけてきた？ それとも、不遜にも自分を拒絶したわたしをとっ捕まえようとして外に出てきた？ わたしには答えは明らかだけど、合理的な反論の余地がないとまで言いきれるか。それはだれにもわからない。だからああいう連中は罪を免れて、何度でもくり返すのだ（余談：イギリス国民がなぜ司法システムのなかでこんな大きな役割を任されているのか、不思議でしょうがない。だって〈ラブ・アイランド〉や〈ティッピング・ポイント〉［恋愛リアリティやクイズ等の娯楽番組］に応募するような人たちだよ。ジョン・ロンソン［作家・ジャーナリスト］はこのことについて本を書くべきだって真剣に思う）。でもわたしがここで言っているのは、本当に罪のない存在、子ども、動物、知的障がいをかかえる人たちのことだ。声をあげられない人たちのこと。

3

それから、ホームレスや苦しい立場にいる人にも手を出さない。ホームレスや売春婦殺しは、記録の残る古い時代にまでさかのぼれるし、それ以前にもまちがいなくあっただろう。でも彼らに必要なのは支援だ。殺しじゃなくて。世界の切り裂きジャックやバンディ［被害者の数と残虐性で名を知られる英米のシリアルキラー。売春婦や少女や一般の女性が犠牲になった］的な連中の話は、ここではいい。そういうやつと部屋で三十分ふたりきりになって、手元に研ぎたての旬（Shun）があれば最高なんだけど。

4 ドアマンはやらない。すっごく役に立つから。

5 警察官もやらない。理由は同じ。

6 捕まってはいけない。当然すぎて説明の必要もないと思う。捕まれば刑務所に入れられる。それも長い期間。さらにそれはグレーのジャージとぺったんこの靴を意味する。ついでに、ジムの設備はどれも消毒されてないにちがいない。

7 殺しには目的がなければならない。でないとただの殺人になってしまう。はいはい、〈デクスター〉からそのまま盗んだのは認めるけど、でも的を射ていると思う。わたしはただの怒れる女なので、ロンドンをうろついて人々をめった切りにすることは望まない。手にかけるのは死んで当然の男のみ。ひとりの例外もなく。だからそういう意味では、これは殺人じゃない。

帰宅する際、襲われたときの用心として指のあいだに鍵をはさんだりしなくていい世界に、わたしは住みたい。自分がそうしてるわけじゃない。わたしとしては、鋸刃（のこぎりば）のハンティングナイフと麻酔剤（GHB）の注射器のほうが心強い。ヘンもメイジーもトアも、ワッツアップのチャットで無事の連絡を入れることを考えずに、いっしょにいた場所から家に帰れるといい。わたしはこの美しいロンドン（の少なくともその一部）で、耳にイヤホンを入れたまま歩きまわりたい。

しばらく前に開催された、ある〝インフルエンサー・パーティ〟のことが思いだされる――地獄にいくつ階層があることになってるかは知らないけど、あれはまた新たな階層の地獄だった。参加者は全員、各インフルエンサー用にブランドがプリントされたキラキラしたリストバンドをわたされる。

わたしはなんのやつだったかも憶えてないけど、たしかインテリア関連だった。ヘンを連れて会場に到着すると、広報の若い女性が名簿のわたしたちの名前にチェックを入れた。

「さあ、どうぞ」彼女は微笑んで、金と青のふたつのリストバンドを差しだした。光るものの好きなカササギみたいなヘンは、金のほうをつかもうとした。「あ、すみません、ちがいます」広報はリストバンドを取り返した。「金はキティで、あなたは青のほうです」

ヘンは青いリストバンドをつけながら、広報の女性に短剣のような眼差しを向けた。「なんなの、今のは？」わざと聞こえるようにわたしに耳打ちし、わたしは金のリストバンドを手首にぎゅっとつけ、ふたりで会場へと続くレッドカーペットを歩いた。カーペットの終わりには、またひとり、そっくり同じ格好をした広報の若い女性がいて、地獄の門を守るケルベロスみたいにイベント会場の入り口を守っていた。

「リストバンドを確認させてもらえますか？」ほとんど歌うような抑揚で声をかけてきた。「ええと、青のお客さまはこのままもう少し進んでください。金のお客さまはここから階段をあがって、ＳＯＶＩＰエリアへどうぞ」

「すみません。何エリア？」わたしは聞き返し、横にいるヘンはジミー・チューのオープントウまであごが落っこちそうな顔をして、目を見ひらいた。

「超ＶＩＰルームです。インスタグラムでフォロワー一〇〇万人以上の方をご案内しています。すごいですよ。ジャグジーまでありますから」まるでわたしたちが性感染症スープのビニールプールに感銘を受けると思っているみたいに、ひそひそ声で言った。

「だけど、友人はいっしょにいけないってこと？」

広報は金髪のボブを揺すった。「ブルールームのほうにはフォロワーを増やすコツを教えてくれる頼れる人たちがたくさんいます」彼女はヘンに微笑みかけた。「かなり有意義でしょう？　人脈作りに最高です」アートメイクした眉をあげて、励ますようにヘンにうなずきかけた。

ヘンは何かを言おうと口をひらいたけど、出かかっている言葉がなんであれ、声に出してはいけないことなのはたしかだった。

「じつは、ほかにも顔を出すと約束したイベントがあるし、水着も持ってきてないから、ここは遠慮するわ」

ヘンはケルベロスを見つめたままレッドカーペットから一歩も動かなかった。

「いこう、ヘンリエッタ」わたしは肩に腕をまわして、彼女を誘導して来た道をもどった。

「なんだったの、あれは？」

「インフルエンサーとしての〝影響力（インフルエンス）〟で客を振り分けるのがいいって、どっかのアホが考えたんでしょ」わたしは吐く真似をした。

「ほんと、最低なことするよね」そう言うヘンは、空気が抜けはじめたときの風船みたいな顔をしていた。彼女はまちがってない。品がないし、そんなふうにして人を超不快にさせるなんてありえない。

「ほら」わたしは言った。「もう、終わり、終わり。うちに来て、酔っぱらって、〈トゥルー・クライム〉でも見ようよ」

彼女は一瞬わたしを見つめたあとで笑顔になり、リストバンドをむしり取って、最初のドアのところにいた、もうひとりの地獄の門番に返した。

「ありがとう。でももういらない」わたしも自分のを突き返した。

「待って、ちょっと!」門番がうしろから言った。「翼のところでインスタ用の写真は撮りました?キティ、SOVIPのお土産は受け取りました?」

わたしは振り返った。

「すっこんでな、ケルベロス」わたしはヘンと腕を組んで、ふたりで大笑いしながら夜のなかに出ていった。

ともかく、このささやかなエピソードで何が言いたかったかというと、男がみんなそうじゃないのは、わたしとしても理解はしてるってこと。でも残念ながら、いいやつと悪いやつの区別がつくようにリストバンドで色分けされているわけじゃない。だから仕組みが必要になってくる。これがわたしの天職。ええ聞こえる。わたしの出番よ。

16

スローンスクエアの〈ボタニスト〉

はあ。親愛なるみなさん、今日はメイジーの新しいボーイフレンド、ルパートと会うために、SW1にあるわたしのお気に入りの店にみんなが集められた。ジョエルは死んで、とっくのとうに忘れられた。少なくともメイジーの頭からは。この前、彼のことを聞いてみたら、メイジーは目をどんよりくもらせた。

「ああ、あの人ね」彼女は笑って言った。「だって両親と実家に住んでるんだよ、キッツ。わたし、何を考えてたんだろうね。それよりルーに会って。きっと大好きになるから」

息を大きく吸って店内にはいると、すでにトアとヘンが席にいるのが見えた。ヘンはパンを食べているけど、これはまちがってもよい兆候ではなく、あとでトイレに全部を吐きにいくのを知っているトアは、やれやれという顔で目を泳がせている。ヘンは緊張してる？　なんで緊張しないといけないわけ？　メイジーの新しいボーイフレンドと会うだけなのに。

わたしは〈ボタニスト〉のお店がすごく気に入っている。外を飾る花は四月から五月へと移り変わる華やいだ季節を思わせるし、寒くて暗い夜はもう遠い過去の記憶として去り、二度とめぐってこないような感じがする。ここ数週間、雨が降らず、猛烈な暑さが続いていることを考えると、だれかがほぼずっと外に張りついて、日よけをぐるりとかこむ美しい花飾りに絶えず水をやっているのだろう。

「ハーーーイ」メイジーはそう言いながら、わたしをヘンの横の席に案内した。微笑んでいるトアは、国境の検問で没収されても不思議じゃないくらいの、明らかな偽の笑顔だ。「ルーを紹介するのが待ちきれない。今はあっちに飲み物を取りにいってる」

カウンターのほうに目をやると、〝ブロー頭の赤パン男〟としか形容しようのない人物がすぐに目にはいる。わたしの反応を待つヘンの視線を感じた。わたしはすでに血の味がしてくるほど強く舌を噛んでいて、ヘンを見ることもできない。ルパートはいかにもメイジーのタイプ。歴代の彼氏たちはひとり残らず、まさにああいう外見だった。それもあって、正反対のタイプのジョエルに惹かれたのがとても不思議だった。

「すごくすてきな人でしょ」メイジーはわざとみんなに聞こえるようにわたしに耳打ちする。

ルパートが飲み物を載せたトレイを危なっかしく持って、テーブルのほうにもどってきた。メイジーが手を貸そうとして立ちあがる。ルパートが笑いかけてきたけど、歯茎ばっかりが目にはいる。

「キティ、わたしのボーイフレンド、ルパート・ホリングワースよ。ルー、こちらはインスタの有名人で、超仲良しのキティ・コリンズ」

ルパートはトレイをテーブルに置いて片手を差しだし、わたしが握手をしようと手を出すと、それを自分の唇のほうに持っていって指にキスをした。わたしはバッグのなかの消毒液のことを考える。

「会えて嬉しいよ、キティ。話はいろいろ聞いてる」魅力的だと自分で思っているふうに目を合わせてくるけど、実際にはただぞっとする。

「はじめまして、ルパート」わたしは笑いかけてさっと手を引っ込め、そして三人ともが席に着くと、メイジーがわたしにぎゅっと身を寄せてきて、ルパートがいかにすばらしくてハンサムかをため息まじりに語る。わたしは相槌を打ち、メイジーが幸せそうでよかったと思う。過去に付き合ったぼんぼんたち相手と同じ結末（心をずたずたにされて）を迎える予感はしつつも。

「彼はユージーンとジャックの結婚式に出たの」メイジーは言い、わたしはすごいと思うべきところだと察して、そのふりをする。

メイジーがやたらと持ちあげるのが耳にはいっているだろうに、ルパートには恥じらいを見せる礼儀もない。彼はわたしにヴーヴのシャンパンを注いでくれる。

「で、ふたりはどんなふうに知り合ったの？」わたしは尋ねる。ヘンが目で天井を仰いだ。同じ話をもう何度か聞いたにちがいない。トアは口をグラスにあてて笑いをこらえている。

「運命よ」メイジーがため息をつく。

「ルパートはマリアときょうだい」ヘンが言う。「彼は人生の大部分をあちこちの教育機関で過ごした」

「マリア？　教育機関？」

「豊胸に失敗した〈エキストラ〉。寄宿学校からオックスフォード経由でハーバード」

ああ、なるほど。

「たぶん僕らは子どものころに会ってるよ」ルパートがわたしに言う。「SNSでも、よくそういうのを見かけるだろ。幼児用プールで裸で遊んでた子たちが何年かたってから会って、当時の写真を再現しているのを」

「そうなの?」

「キティの子ども時代は〈大草原の小さな家〉っていうより、どっちかっていうと〈キャリー〉だったから」ヘンが言う。

「なるほどね、我らがポーク姫。動物のビジネスはうまくいってる?」

「全然知らない。わたしは関わってないから」

ルパートは疑わしげだ。

「ほんとのことよ。家は母が買ってくれたけど、それ以外は自分のインスタからの収入で生活してる。あっちの商売のお金には興味ない」

「だけど、うなるほど財産があるんだろう?」ルパートの高学歴の頭脳が苦戦している。「そのお金はどうなるんだ?」

「母が南フランスで楽しく散財にはげんでくれてるから」わたしは微笑む。この方面の会話をこれ以上続けたくはないので、ヘンのほうを向く。こんなふうにお金の話をするのははしたないし、ルパートもお金のかかった学歴からして、そのくらい知っていて当然だろうに。

「今日はグルートはどこにいるの?」ヘンは半年ほど前から父親が契約しているバンドのリーダーと関係を持ったり持たなかったりしている。一週間のセックスマラソンにいそしんでいるか、あいつはクソ浮気男だと絶叫しながら、泥酔するまでお酒を飲んでいるかのどちらか。

「スウェーデンじゃないかな」ヘンは肩をすくめる。「くだらないショーケースがどうとかで。パパもいっしょ。船でいったから、どんな旅かは想像がつくよね」

「僕もじつはクルーザーを持ってる。お父さんのものほどじゃないだろうけどね」

ヘンの父親はえげつないくらいのスーパーヨットも持ってるし、もう少し小さめの船も世界のあちこちにつないである。わたしたちはだいたいその小さめのほうに年に何回か乗る。ヘンがデッキに寝転んで日焼けすることのほうに圧倒的に興味があるのを見て、ジェイムズはわたしに喜んで船の操縦を教えてくれた。

「わたしは観念してティンダーに登録したよ」トアが言う。

「どんな感じに活用できてる？」わたしは尋ねる。

彼女はお酒をぐびっと飲む。「一生の相手をあそこで見つける気はないけど、でも今週、まあまあまともなセックスを三回した。出会い系アプリについてひとつ言わせてもらうと、おかげでカジュアルなセックスがすっかり浸透して、最近の男たちは地図アプリなしにわたしのクリトリスにたどりつけるようになった」

恐怖の表情で何人かが振り返り、ルパートもトアを見つめる。口が床まであんぐりあいていて、とうとうメイジーに脇腹を小突かれる。

「わたしは気にしない」トアは大声のまま続けた。わたしたちのとなりの、ちょっと年上の女性たちのテーブルに向かって言っている。「わたしにはクリトリスがある。わたしは女で、脳が溶けるような濃厚なセックスを楽しんでる。ちなみに、みなさんは〈セックス・アンド・ザ・シティ〉とか性的エンパワーメントとかのど真ん中の世代じゃないの？」

彼女たちはトアを無視する。

「だぶん、みんな結婚してるんだろうね」トアは言う。「きっともう何カ月も男のチンチンを見てないんじゃないの」

まったく。この子はどれだけ飲んだの？

「じゃあキッツはどうなの？　最近は、何か刺激的なことはあった？」メイジーはルパートの居心地をよくしてあげようと必死だ。でも、わたしに話を振ったのも名案とはいえない。

「刺激的なことの連続よ。つい数週間前には、目を突き刺して男を殺したしね。そのあとバラバラに刻んで、うちの工場のミンチ機にかけた。その前は、家に帰るわたしをつけてきた変態を殺してやった。まずいワインを何杯かおごったってだけなのに、ヤラせないからレイプするって脅してきたの。あと、父のことは話したっけ？」

もちろん、そんなことは言わない。

「べつに求めてないから。ひとりでいるので十分。平和だしね」それに面倒なことを聞かれることもない。どこにいってたのかとか、どうして電話に出ないのかとか、財布のなかにあるのは人間の指かとか。

ヘンが顔に哀れみのようなものを浮かべてこっちを見ている。

気に食わない。

「ねえ」彼女は言う。さあ、お説教だ。「アダム以来、だれともまともに付き合ってないよね」

「うん、ちゃんと自分で気づいてるよ、ヘンリエッタ。たぶん、恋人がほしくないからだと思う」

「傷つけられたのはわかるけど、クソ男ひとりのためにミス・ハビシャム［ディケンズ著『大いなる遺産』に登場する風変わりな老婦人］みたいに一生を送ることはないでしょう」

「公平に言うと、あの男は超のつくクソ男だった」トアが言ってくれる。

「ミス・ハビシャムのたとえはどうかって思うよ」わたしは言う。「わたしたちはふたりともバカで若かった。どっちみち長続きはしなかった」

「あのサスキアっていう女が文学オタクみたいに彼につきまとってなければ、ちがったかも」メイジーが言う。

「とにかくさ、そろそろ思いきって外に出てみるべきだとは思わないの?」ヘンが続ける。「アダムをすごく愛してたのは知ってるけど、時間を無駄にしててもったいない」

「じつはティンダーをはじめたの」みんながいい加減に口を閉じてくれることを期待して、わたしは言った。おそらく姉妹愛といえるような気持ちでこの女性たちを愛してはいるけど、正直、指を一本ずつ切り落としてやるところを想像することもないではない。

メイジーとトアの顔がぱっと明るくなった。

「なんで言ってくれなかったの?」

「他人がわたしの性生活を気にしすぎるのは極めて不健全だから。それにおかしいでしょ」

「ヤッたほうがいいよ」ヘンが言う。「生まれつきヴァギナがないらしいって、もう噂になってるから」

となりのテーブルの女性たちが会計を依頼する。

17

SW3のチェルシー・エンバンクメント

ふだんはみんなの言葉を気にかけたりはしないのに、汗びっしょりになって帰宅しながら、わたしはボーイフレンドのことについて考えはじめていた。彼氏を持つのはそんなに悪いことかな？　メリットはない？　たしかにセックスはそのひとつで、女性用自慰玩具（ウーマナイザー）がいくら気に入っていたとしても、あれはイッたあとにハグしてくれない。それに、持つのがふつうなのかも？　最新のセックストイじゃなくて、彼氏のほうだけど。ルイ・ヴィトンのバッグを持つのと同じで。あるいは歯のベニアとか。それに彼氏みたいなあたりまえの存在がいれば、わたしの趣味を隠すのにもきっと役立ってくれる。だれかがいっしょにいると思えば、〈クリープ〉もストーキングをやめるかもしれない。よくよく考えると、そこまで悪いことじゃなく思えてくる。でもだれがいる？　身近なところの男たちを思い浮かべて、即座に全員を却下する。あの人たちは自惚れが強すぎて、一瞬だっていっしょに過ごしたら、喉を切り裂いて血を流すところを見たいと思わずにはいられない。それに、だいたいみんなだれかと寝てるから、どの男を選んでも友達のひとりを怒らせることになる。

アダムがわたしの心を傷つけたというのは事実だ。それもかなり徹底的に。でも、わたしが彼にしたことは、それよりはるかにひどかった。しかも、故意ですらなかった。夜にソファでいっしょに毛布にくるまる相手がいたなら、たしかにすてきだとは思う。〈トゥルー・クライム〉のチャンネルをいっしょに見てくれる相手がいたら。でも実際それはちょっと危険かも。わたしもふつうの人間みたいにドラマのボックスセットに夢中になれるかな？　って結局また、ふつうのものがほしいのかって話にもどってきた。

　そうだとしても、もっとちがう人がいい。新しい人。性差別的なジョークでわたしに自分の皮膚を掻きむしりたくさせない、優しくてふつうの人。ああ、それから、つまらないクソ女と何カ月も浮気しない人。だけど、そんな人を出来損(そこ)ないのラブコメの世界のどこで見つければいい？　アプリじゃないのはたしか。ティンダーで会った人と実際のデートに進むことを想像しただけでも、ワインボトルをかかえてベッドに雲隠れしたくなる。でも、わたしくらいの年齢の子は、出会い系アプリや知り合いの輪以外のどこで恋人を見つけるの？　公営住宅団地でユニコーンを探すみたいな話だ。

　すっかり暗くなり、バッグのなかの旬(Shun)をありがたく思いながら、わたしは歩くペースをあげる。あたりを見まわすと、道の反対側の川沿いに女の子——というか女性——がいる。わたしとまあまあ似たような年格好で、わたしよりさらに速いスピードで歩いている。ヒールを手に持って裸足で急いでいるのがかろうじて見える。道の少し先のほうに目をやり、こそこそあとをつけている男がいるのを見つけたわたしの驚き（のなさ）といったら。わたし自身が襲われ（かけ）た夜の映像を見ているみたいだ。

「ねえ」そっちへ道を渡りながら声をかける。「あなたを探してたの」

　わたしが横に並んで、速度についていくためヒールを脱ぐと、彼女は困惑した表情を浮かべる。

「男につけられてるのに気づいているのよね？」わたしは耳打ちする。

彼女はうなずく。「ええ。バーでナンパしてきて、ずっと断ってるのに、ほっといてくれないの」涙が乾いてファンデーションが筋になっている。

「そう、じゃあいっしょに道を渡りましょう。わたしはちょうどそこのブロックに住んでるの。ウーバーを呼んで、来るまでいっしょにいてあげる。いい？」

彼女は感謝の顔でわたしを見つめ、わたしは道を渡る彼女の手を取ろうとする。むかしからの仲間同士みたいに。だけど何かが手のひらに刺さった。

「いたっ」一瞬痛みが走って、手を引っ込める。

「ごめん。鍵よ」見せてくれた手には、指と指のあいだに鍵がはさまっている。夜道をひとりで歩く女性の定番の武器。わたしは代わりに腕を組む。

「ったく、クソったれどもが」わたしは口にしながら、ウーバーのアプリをひらいて車を予約する。

「あなたの名前は？　予約のための」

「クレア」

「はじめまして、クレア。こんな出会いで残念だけど。わたしはキティよ」

彼女は小さく微笑む。「知ってる。インスタでフォローしてるよ。投稿がいつもすごく楽しそうだから、わたしたちもよくチェルシーに遊びにくるの。それに安全そうだし」

わたしはもう一度、道の向こうを見る。男はまだつけてきているけど、速度をだいぶ落とした。ぶらぶら歩きくらいにまで。

「どのエリアにも同類のクソがいる」わたしは言う。

呼んだ車は三分後にはやってきて（ウーバー、好きになっていいかな）、さらに運転手が女性でほっとする。

「ありがとう」クレアはわたしの腕をぎゅっと握り、またうっかり鍵でわたしを刺してしまう。「あ、やだ。ごめん」

「そろそろバッグにしまっていいかもね」わたしは腕をさすりながら言う。

彼女の投げキッスとともに車は走り去り、暗闇のなかのふたつのライトとなってほかの車のなかに消えていく。わたしも靴を履きなおし、そうしながら目を細めて河岸通り（エンバンクメント）の反対側をもう一度見る。案の定、男はまだいた。バッグから旬（Shun）を出してそっち側へわたる。心臓がどきどきするけど、恐怖じゃない。むしろ興奮だ。甘美な期待。わたしはブレザーの袖のなかに刃を忍ばせる。

「悪かったわね。あなたの夜を台無しにしちゃったみたいで」

男がわたしをじろりと見る。上から下までながめる目には、なんの感情もあらわれてない。思ったより年がいっている。近くからだと、目と口のまわりにしわがあるのがわかる。こういうのを笑いじわと呼ぶんだよね？　白人で男性だと、笑えることも人よりいっぱいあるにちがいない。

「さあどうだろうな」男はとうとう口をひらいた。「面白そうな子だ。無事に帰るのを見とどけようとしてうしろを歩いてたんじゃないと、なぜわかる？　なぜ自動的に悪者にされるんだ？」

「実際そうだったの？」

「ちがう。あいつは娼婦だ」

「彼女は怯えてた。かわいそうだと思わないの？」

男は肩をすくめる。「なら、あんな思わせぶりな態度をしなきゃよかった」

わたしは顔をしかめた。「彼女は娼婦じゃなかったの？　両方は成り立たないと思うけど」

「ホットラインのコールセンターだか、どこから来たかは知らないが、さっさと帰ったらどうだ？　どういう状況か、何もわかってないくせに」

「あなたが女性のあとをつけて、女性が怯えてたって状況でしょう。なぜそれがわからないの？　というより、わかってて、なぜ気にしないの？」

「いいから本気で目の前から消えてくれ」男は皮肉に気づかずに言い、わたしに一歩近づいた。

わたしは動物的に反応した。自分が何をしているかわからないうちに袖から旬（Shun）を滑らせ、手に出したそれで相手の首を切りつけていた。一秒とかからずに。

男は両手で自分の首をつかんでよろめき、わたしは血しぶきが服にかからないよう脇にどく。続く一秒で、すでにアルコールで酔ってふらつく男を、通りとテムズの暗い流れを隔てる低い塀の向こう側に押した。うしろ向きのまま川に落ちていくのを、わたしは魅せられたようにながめる。男の表情が驚きから恐怖に変化するとともに顔がゆがみ、口はまんまるの〝O〟の形で、首からはなおも血が噴きだしている。

やがてバシャンと水面にたたきつけられる。

水の乱れが静まるまで、三分ほど待つ。

詰めていた息を吐きだし、ナイフを太ももでぬぐう。ナイフを袖にもどしながら通りを渡り、うちの建物にはいる。

そしてエレベーターを待つあいだ、リーアンに小さく手を振る。

18

チェルシーのキティのアパートメント

死体は数日後にウーリッジに流れ着いた。今度の報道は、首の特大の切り傷のおかげもあって、この前よりいくらか刺激的だ。体に補充したものを再補充するための、ほうれん草とアボカドのおいしくないスムージーを飲みながら、わたしはアップルニュースの記事をスクロールした。

首を切りつけられた男性の遺体がテムズ川で見つかる

今朝、南東ロンドン、ウーリッジのテムズ川周辺で三十代男性と見られる遺体をジョギング中の人が発見し、現在、多くの緊急車両が集まっている。

現場に到着した警察と救急隊員が男性の死亡を確認し、地元住民はＳＮＳで、首を切って川に捨てられたのではないかと推測を寄せている。

ロンドン警視庁の報道担当はつぎのように言う。「午前六時三十分に一般市民が発見した遺体については、救急隊員が対応している。身元の特定はこれからで、現時点で発表できることはない。この地域が安全であることに変わりはなく、地元の人はふだんどおりに過ごし、ＳＮＳで話題にすることは避けてほしい。情報があれば近くの警察にぜひ連絡を」

　男性は傷の状態から不審死として扱われているが、被害者の特徴に合致する行方不明者の届け出は今のところない。


　底に溜まったスムージーを飲み干しながら、自分がいなくなったらどのくらいで行方不明者として届け出てもらえそうか考える。たぶん数時間でインスタでだれかが——たぶん〈クリープ〉が——おかしいと騒ぎだすだろう。しつこいストーカーがいて役に立つこともたまにはあるらしい。

　スマホをひらくと、クレア（あの夜、被害者になりかけた子）が投稿にわたしをタグ付けしていた。

「週末に怖い思いをしてから、夜道を歩くときずっと気を張ってないといけなくてイヤになる。男は夜八時を過ぎたら外出禁止にすべき。@キティ・コリンズ　#夜を取りもどせ　#通りを取りもどせ　#女性たちに人生を」

　今のところ二百以上の〝いいね！〟がついている。バズったりしないことを願うばかりだけど、彼女はほかのやや有名なインスタグラマーもずらずらタグ付けしている。ともかく、あとをつけられた詳細を省いてくれたのはよかった。彼女のポストと死んだ男を結びつけるものは今のところ何もない。

　そのままであってほしいものだ。

　アプリを閉じようとしたとき、メッセージの通知があらわれる。ゆがんだアバターを見るまでもなく、あいつからだとわかる。

「テムズの死体のことで焦ってきたころか？　見られているのを忘れるな」

　目の絵文字もついていて、怖がらせるのが目的なんだろうけど、逆に子どもが書いたみたいだ。メッセージを削除してアプリを閉じる。役に立とうとどうだろうと、気味の悪いしつこい大人子どもくん、今日はやめくれるかな。今日はやめて。とてもそんな気分じゃない。

19

チェルシーのキティのアパートメント

数日後、ヘンとトアが夕食を食べにうちにくる。メイジーはルパートとのデートでまたも不参加で、そのルパートとは意外にもうまくいっているみたいだ。まあ、付き合って間もないし、それにあのジョエルも彼女についてひとつ正しく理解していたけど、メイジーは恋愛にものすごくのめり込むところがある。でもルーは、そこのところはまったく気にならないらしい。

「いい人みたいじゃない」ヘンは食べるふりをしてお皿に料理を押しつけながら肩をすくめる。この子を摂食障害クリニックから出してあげてもいいかも。

「いい人すぎ」トアはヘンのお皿に目をやる。「メイジーのことをガラスでできてるみたいに扱って」

「でも本人は、まさにそういう男を望んでるんじゃないの？　むかしからお姫さま気取りなところがあるから」ヘンが考えながら口にする。

「自分でそれを望んでると思ってるだけだよ」トアは言う。「本当に必要なのは、ときにはぶつかってくれる骨太の男だと思う。あの子は深刻な父親コンプレックスをかかえてるから」

「みんなそうじゃない？」ヘンがつぶやく。「とにかく、よかったら水曜にふたりに会えるよ。パパがチャリティ活動で勲章だかなんだかをもらえることになったの。それを祝って盛大な祝賀会と、そのあとのパーティが予定されてる。ふたりも来てよ。グルートとバンドのメンバーも来るし」ヘンはわたしに秘密っぽくウィンクする。つまり、彼の毛むくじゃらの友達のひとりとわたしをくっつけるつもりだ。ぞっとする。それにノー・サンキュー。

だけど、自身のことにも寝る相手のことにも執着しない人たちと会話するのは、気分が変わっていいかも。

「チャリティの人たちも来るの？」

ヘンはうなずく。「うん、もちろん。会場はヴィクトリア&アルバート博物館。善良なことをしてみんなからお金を引きだそうとする善良な人たちであふれ返るよ。紛争地帯の孤児に関係する何かみたい。パパがそこに無駄に大金を投じたの」自分がたった今何を言ったか気づいて、ヘンの目がほとんど漫画みたいに大きく見ひらかれる。

「ヘン」トアが言う。「あんたってほんと最低」でも声は笑ってる。「それに、お父さんが何かしらするのは、いいことだよ」

「そうだけど、派手なこととかセレモニーなんてしなきゃいいのに。虚栄心丸出しのいい人アピールだし、たまには黙って小切手だけ切っとけばって思う」

トアはヘンの肩をぽんぽんとたたいた。「まあ、会にはほかのいい人アピールの大金持ちもいっぱい来て、飲むほどに財布の紐もゆるむだろうからね。前向きなことだって考えたら？　もちろんシルヴィとわたしは遠慮するけど」顔をしかめながら言う。

「わたしのほうは数に入れといて」わたしはヘンのグラスにグラスを合わせる。

20

サウスケンジントンのヴィクトリア&アルバート博物館内ジョン・マジェスキー・ガーデン

水曜の夜になるころには、このパーティが血への欲望を止めるのに必要な充足感みたいなものを与えてくれるかもしれないと期待するようになっていた。わたしも女性や少女に対する暴力を撲滅（ぼくめつ）するチャリティなんかに、ボランティアで参加してもいいかもしれない。

今日の服装は、数週間前に買ったガニーのドレス。脚をさらけだす丈だけど、襟が高いからオンリーファンズ［イギリスの成人向け有料プラットフォーム］の広告塔の女の子みたいには見えない。髪はブローで完璧なウェーブに整えてもらい、顔はヘンのメイクの子（スキ）が、みごとにナチュラルかつセクシーに仕上げてくれた。チャリティに真面目に取り組んでいる感じと控えめな色気の、絶妙なバランス。きまった。さっとスナップを撮ってインスタにあげる。ぱっちり、とハッシュタグをつけて。

授賞の会はヴィクトリア&アルバート博物館の美しい構内で行われる。ヘンはもう来ていて、わたしが着いたときには、ベルベットのロープのところで交互の足でぴょんぴょんしていた。彼女はチャリティ用ボーホーシックで決めていて、ひらひらのロングスカートをはき、首にネックレスをじゃらじゃらつけている。ちらっと見えたけど、お腹にヘナのタトゥーまではいってて、二年間ボルネオでオランウータンのボランティア活動をしてきました風に見えるようにがんばっているように見える。

「キッツ！　すごいきれいだよ！」両手を広げてハグで迎えてくれようとするが、わたしはまだロープの反対側にいるのでちょっとやりにくく、通りにいるパパラッチに苦笑いの笑顔を向ける。

「あなたもね、ヘンリエッタ。二〇〇四年ごろのシエナ・ミラーって感じ」

彼女は自意識過剰を装って髪の毛をふくらませる。「ありがと」

なかにはいり、そのとたんにわたしは圧倒された。まさにお金、お金、そしてさらにお金を盛ったといった印象だ。わたしはこの〝チャリティのお祭り〟にこんなにも費用をかけるという皮肉に、心のなかで苦笑いする。

「金に糸目をつけないとはこのことだよね」ヘンが片眉をあげて言う。

庭までいくと、美人のホステスがテーブルに案内してくれる。そこにはメイジー、ベン、アントワネット（ヘンとベンの妹）、グルート、ヘンの両親、それにルパート（今日も赤パン）がいて、すでに着席していた。メイジーが席から飛びだしてきて、今晩二度目のぎこちないハグでわたしを迎えてくれる。

「こんばんは」わたしはテーブルのみんなに言う。「あなたとそのパンツにまた会えて嬉しいわ、ルパート」

「優しくしてあげて、キッツ」メイジーがわたしに耳打ちする。

わたしは彼女の頬を唇でそっとこする。「いつだって」愛嬌たっぷりに笑いかけ、すると今度はベンにハグされ、彼はちょっと許される以上に強く体を押しつけてくる。

「いつもながらすてきだね、キティ」彼は言い、わたしはバターナイフをひっつかんで、この場で腹を裂いてやりたいのをぎりぎりでこらえる。

そのあとは愛らしく微笑んで、ヘンのパパのジェイムズと握手を交わす。また会えて嬉しいです、云々かんぬん。続いてママのローレルの頬にキスをするけど、だいぶ香水をつけすぎでしょう。

それぞれすでにシャンパンを何杯か飲んでいて、どうでもいい人や物事についてどうでもいい会話を続けている。わたしは気が散ってきて、メイジーがテーブルのみんなとしゃべっているあいだ、よそのテーブルや、敷地のほかの場所を目で探した。必死になって……だれかのことを。

わたしは運命とか恋の神さまの信者ではないけど、大勢のスピリチュアル系の人たちは偶然というものは存在しないと信じている。そしてわたしも、その考えにだんだん傾いてくる。なぜかというと、ほかのみんながつまらない世間話を続けるとなりで、初めてその人を目にしたから。彼は（たぶん酔っぱらった金持ちが噴水に飛び込みだすのを防ぐための）仮設の低い囲いの上に座っていた。今は親指の爪のまわりの皮膚を噛みながら、紙きれをいじっている。濃いブルーだけど紺色とまではいかないスーツは高価そうだけど、ここにいるほかの男性みたいなオーダーメイドじゃない。黒いフレームのメガネをかけていて、親指を噛む合間に何度も鼻にあげなおしている。髪はちょっとくしゃくしゃ――というか、そう見えるようなスタイリング――で、ブロンドよりは暗く、ブラウンよりは明るい色だ。顔には少し無精ひげがあって、親指とメガネのルーティーンの合間にしきりに激しくこすっている。摩擦で火がつかないか心配になるほど。

わたしたちのあいだにはたっぷり何メートルか距離があるけれど、魅力的なのがわかる。すごく魅力的。彼のどうにも落ち着かず、そわそわが止まらない様子から、わたしは目が離せない。

彼がふと顔をあげて、わたしの視線に気づいた。

わたしは恥ずかしくて慌てて目をそらしたけど、何秒かしてもう一度目をもどすと、彼はまだこっちを見ている。おずおずと小さく手を振ってくるが、からかっているのかどうかは判断がつかない。わたしは勇気を出して、思いきって手を振り返す。

それにメイジーが気づいた。気づかないわけがない。恋でウキウキの彼女は、みんなもそうなってほしいと願ってる。月みたいに大きなハートを持った子だ。ルパート・赤パン（レッドパンツ）が彼女を幸せにしてくれることを心から願う。

「いって話してきなよ」メイジーが言う。

「そういうのはすごい苦手」

「そんなことない。自分で苦手って思ってるだけ。インスタにキャプションをつけるみたいに考えてみて。こういうときはなんて書く？」

「だれかホースで水をかけて。あそこが燃えて火事になってる、とか？」

「ううん。こういうときは言わないで。ただ挨拶するの。それで、ここで何をしてるんですか、って」

「本気で言ってる？」

「キッツ。起こりうる最悪のことって何？」

一瞬のうちに何億もの考えが頭のなかをよぎる。転んで彼のひざに顔から倒れ込むとか、ほかのウエイトレスが遅すぎるのでシャンパンを一杯持ってきてほしいと頼まれるとか。わたしはメイジーに〝あの顔〟をする。要するに、やりたくないの意思表示の顔。

「ドバイのウォータースライダーで滑るのを拒否したとき以来、その顔を久しぶりに見たわ。でも、あのときは平気だったでしょ？」

「まあ、ビキニの上が脱げて、みんなにおっぱいを見られて、危うく〈史上最悪の地球の歩き方〉［外国でひどい目にあった人たちの体験を再現ドラマにしたテレビシリーズ］でわたしのエピソードを放送されるとこだったけど。でも、そうね、それをのぞけば最高だった」

メイジーはわたしの頬にキスをする。「愛してるわ。ほら、彼がいなくなって一生後悔する前に、いって話してきて」

うわ。ドラマチックすぎ。だけどメイジーのことは大好きだ。わたしは大きく息を吸って椅子から立ちあがり、彼のほうへ歩きだした。

「今度はちゃんとおっぱいをしまっておくのよ！」メイジーがうしろから叫んだ。

前言撤回。メイジーなんか最低。

ともかくわたしは、芝生を青々と元気に保つためにスプリンクラーが残業にはげんだらしい場所の泥にヒールを埋めながら、彼のいるところまで歩いた。ようやく好みの男性に出会えたっていうのに、初めて歩きだしたよちよちの幼児みたいだったはずだ。でもどうにかごまかせたと思う。

「ここの席は空いてますか？」わたしは囲いの彼のとなりを指さした。

彼は一瞬、なぜ話しかけられたのか理解できないような戸惑った表情を見せた。でもすぐににっこり笑い、囲いをぽんぽんとたたかれて、わたしは自分の内臓が（いい意味で）溶けていくのを感じる。

「ははは、空いてますよ、どうぞ」

そこに腰かけたわたしは、ちょっと気を持たせる感じで、でも安っぽくも過剰にセクシーでもない何かを言わないと、というプレッシャーに駆られる。でもそれは想像するほど簡単じゃない。

「授賞式に来たの？」わたしはとうとう尋ねたけど、口のなかの舌が超厚切り肉みたいに感じられる。

目と目が合う。まばゆいグリーン。緑の瞳が一番めずらしいとか、そんな話を思いだす。「そう。ウェイターかと思った？」彼が言う。「飲み物を持ってきてくれって頼むつもりだった？」

わたしがぎくっとした顔をしたのか、彼はほんの一瞬そのままわたしを苦しめたあと、笑い声をあげる。「からかったんだよ。ごめん。そう、賞のために来たんだ」おたがいに見つめ合い、一拍分の沈黙が流れる。「じつはスピーチをすることになってて」手にした紙を急に蛇でも見るような目で見つめる。それもヤバめの蛇を。「人前で話すのはあまり得意じゃない。内緒にしておいてほしいけど、めちゃめちゃ緊張してる」

「聞き手が裸なのを想像するといいって、知ってる？」

「そうだね、聞いたことはあるよ」彼はあたりにいる大勢の白人中年男性と、その中年ならではの腹まわりをながめる。「でも、すごく魅力的な考えとはいえないな」

彼はふたたびわたしに顔をもどし、わたしは彼の目をじっと見つめる。

「スーツを脱いだ姿を見るに値する男性が、このなかにも何人かはいると思う」わたしはあえて言わない言葉を残し、一瞬待ってから沈黙を解く。「それで、どういうわけであなたがスピーチを？」

「〈難民チャリティ〉で働いてるんだ。その、今回の賞を後援している慈善団体のひとつだよ。今年協力してくれたすべての人々に、われわれから感謝を伝えたくて。本当に苦労の多い一年だったんだ。チャリティ団体にとってはとくに」

わたしはうなずく。「この国で暮らせるように、多くの女性や子どもたちを支援したんでしょう？ものすごく立派なことだと思う」

彼は目を輝かせ、わたしが自分の活動を少しでも知っていることに驚く。

「そんなにびっくりした顔をしないで」わたしは言う。「そこまで脳が空っぽの人に見える？」

「正直に言っていい？」

わたしはうなずく。「正直は最善の策らしいから」

彼はわたしのデザイナーズドレスとスタイリングした髪に目を——本当にグリーンだ——這わせる。

「ここにいるみんなと同じに見える。いや、きみはとてもすてきだよ。だけどニュースを熱心に読む人だとは思えない」

わかってないね。

「本を表紙で判断するなって言われなかった？　ところでキティよ。キティ・コリンズ」わたしは手を差しだした。

「はじめまして、〝ところでキティ〟。僕はチャーリー。チャーリー・チェンバーズ」彼はわたしの手を握る。力強くて、指輪はない。「それで、このちょっとした集いに参加したのはどういうわけで？」

わたしは笑って、ステージ、サウンドシステム、それに仮設のバーまである、手のかかったガーデン会場を見わたす。〝ちょっとした〟何かというよりフェスティバルだ。

「友人の大金持ちのお父さんが太っ腹な博愛的精神で賞をもらうのを見物して、わたしたちはシャンパンを飲んで、すばらしいですって彼に伝えて、そのあとはみんな、親ガチャにあたったことに感謝しながら、広々した家にもどって広々したベッドで寝るの」

チャーリーはここでも笑い声をあげ、それから不本意そうな顔でわたしに微笑む。「キティ、短い時間ながら話せて楽しかったけど、じつはこのスピーチを暗記しないといけないんだ。世界でもっとも裕福な人たちと大勢の報道陣を前にステージ上で自爆するなんてことは、人生のやりたいことリストにははいってないからね」

「あ、そうなの。どうぞ遠慮なく。がんばってね」わたしはあらためて笑いかけたけど、彼の目は早くもわたしからメモにもどっている。これには少なからず驚く。

泥の上をよろよろ歩いてテーブルにもどり、席に着くとちょうど前菜が運ばれてきた。

わたしは今起きたことに少しばかり動揺している。チャーリーは完璧に礼儀正しかったけど、わたしの身近にいる男たちとはふるまいがちがった。気持ちをまぎらわすためにワインをゆっくり飲む。

「楽しくおしゃべりできた？」メイジーが尋ね、ベージュ色のねっとりした何かの小皿がわたしたちの前に置かれる。

「フォアグラ？」わたしは恐怖の目で自分のお皿を見る。

「やだ、キッツ、ヴィーガンなのをすっかり忘れてた！」ヘンが言う。

ジェイムズが大きな笑いを浮かべて向こうからわたしを見ている。「ヴィーガンだのなんだのを、いまだに続けてるのか、キティ？」ジェイムズはわたしが動物やそれに由来するものを食べないことを、なぜかいつも面白がる。「父さんが墓のなかで泣いてるぞ」

冷え冷えした沈黙がテーブルをつつみ込んだ。ヘンが殺意のある顔で父親をにらみつける。

「行方不明」きつい口調で言う。「死んだんじゃなくて」

「べつにいいって」わたしは気まずい雰囲気をどうにかしたくて言う。そして、ふくらまされたガチョウの肝臓の皿を前に押しやった。

食べない料理と、聞いてない会話で、ディナーの時間が漫然と過ぎる。そして太陽がロンドンのビル群の向こうに沈むころ、ようやくがやがやしたおしゃべりを耳にやかましいノイズが打ち砕き、サウンドシステムのハウリングの音が夏の湿った空気のなかに満ちた。マイクで増幅された神経質そうな咳が場内に響きわたり、するとチャーリーが——それはそれはゴージャスなチャーリーが——庭の中央の仮説ステージに登場した。

トレリスにはミニライトの装飾が巻きつけられ、ヴィクトリアズ・シークレットのモデルみたいなウェイトレスたちがテーブルのあいだを踊るように縫って、キャンドルに火をつけていく。会場全体が魔法のような雰囲気につつまれ、まるで映画のセットに迷い込んだよう。そしてステージにあがったチャーリーは、なぜかさっきよりさらにハンサムに見える。たぶん照明のせいだ。

それに、ほぼすきっ腹にごくごく飲んだ三杯のクリュッグのシャンパンのせい。ところで、わたしはなんでお酒を飲んでるの？

「レディース、アンド、ジェントルメン」チャーリーが言う。「まだそうした人が生存するらしいと聞いてますが」

会場から笑いがあがる。

「忙しい社会生活とスケジュールの合間を縫って、このささやかな夜会にご出席くださり、おひとりおひとりに感謝いたします」

ふたたび笑いが起こる。この会は〝ささやかな夜会〟とは対極のものだ。

「みなさんご案内のとおり、今日わたしたちがここに集ったのは——すみません、これではお葬式みたいですね」彼は口をつぐみ、頬がほんのり赤くなる。ジャケットのポケットから、さっきのくしゃくしゃの紙を出す。「ご案内のとおり、わたしたちは今夜、〈難民チャリティ〉の非常に厳しい一年を支えてくださったある寛大な男性を称えるために、ここに集まりました。それではみなさん、グラスを掲げて、われわれのすばらしい後援者であり、全方位的な救世主であるジェイムズ・ペンバートンに乾杯しましょう」

ヘン、ベン、アントワネットの三人は、慈善的な行いに対し二百人から拍手喝采を浴びる父親を、そろって愛おしそうに見つめている。ジェイムズはトレードマークのまぶしい笑顔（まぶしいのはつまり、歯の色が不自然なほど真っ白だから）を浮かべ、チャーリーのいるステージにひょいとあがる。あの年にしては驚くほど軽い身のこなしだ。それにあの背格好にしては。ローレル（元モデルで、今は美容整形して、本人かどころか人間かすらわからない）は、自分より恵まれない人たちを支援する大切さについてスピーチする夫を見ながら、自分のことのように誇らしさで胸を熱くしている。ジェイムズは、〈難民チャリティ〉のような善意の活動に寄付することにより湧いてくる特別な感情について語ったあとで、みんなに自分のポケットに手を入れて寄付をするよう呼びかけた。

「みなさんの席の横にはボタンがあって、今この場で、このすばらしいチャリティに寄付することができます」そう言いながら金色の紐を引っぱると、彼のうしろに巨大なスクリーンがあらわれた。

今そこには、世界各地の困難な地域にいる女性や子どもたちの画像とともに、○・○○ポンドとだけ表示されている。「今夜の寄付額が積みあがっていくのを、ここでリアルタイムで見られます。さあ、ご婦人がた、ボタンを押してください！」

ジェイムズがかつて審査員をしていた、今はもうないタレント番組の性差別的なキャッチフレーズを言ったので、また場内で笑いのさざ波が起こる。「見てるよ、アリー・トーマス」ジェイムズは有名なテレビコラムニストを指さして言う。客たちが驚きの目をみはる前で、スクリーンに映しだされる数字が上昇していって、ついにはなんと七桁の額になった。クリュッグによってゆるんだ財布もまちがいなくあったのだろう。

飢餓に苦しむ子どもたちの悲惨な映像がスクリーンに映しだされる前で人々が陽気に背中をたたき合う様子は見ていて忍びなく、わたしは仮設のバーに足を向ける。

「ウォッカをお願い」バーテンダーに注文する。「どうせならダブルで」今夜のわたしはどうしちゃった？

バーテンの女性がよく冷やしたグラスにグレイグースを注ぎ、わたしはそれをストレートであおる。空っぽの胃のなかでぐるぐるしているシャンパンと合わさって、身震いが出た。

「そんなにひどかった？」

顔をあげると、バーのわたしの横にチャーリーがいた。今ではメガネをはずして、さっきよりさらにセクシーに見える。わたしは本気で飲むペースを落とさないと。

「あら。あそこで司会進行みたいなことをしてなくていいの？」わたしはジェイムズが今も客の注目を一身に浴びて立っている場所を顔で示す。

「いやあ。プロに任せたほうがいいこともあるから。きみはどうして友人たちといっしょにパーティで盛りあがらないで、こんなところで悲しみをまぎらわせてるの？」

その〝友人たち〟という言い方には、彼がわたしたちのことを必ずしも高く評価してないのをうかがわせる何かがある。

「そんなにパーティ好きの人間じゃないの。まあ、今夜はね」

「じゃあどんな人間なのかな？　余計だったら悪いけど、ひとりでストレートのウォッカをあおるようなタイプにも見えないから」彼はわたしの横の空いたショットグラスをあからさまに見る。

わたしはため息をついた。「こういうことのせい」そしてパーティのほうに顔を向ける。「金持ちたちがチャリティを口実に食事して酔っぱらってる。あまり正しいとは思えない」

チャーリーはわたしのほうを見て、さらに何かを言うのを待っている。

「ああ、忘れて。きっとお腹がすいてるだけ。それにちょっと酔ってるのかも」

「料理は口に合わなかった？」

「じつはヴィーガンなの。内臓とかお肉とかには、正直言って惹かれない。申し訳ないけど」

「とんでもない。それじゃあお腹がすいてるはずだ！　いいかい、動かないでここにいて」

彼は大勢のなかに姿を消し、十分ほどして——ちょうどすっぽかされたのかと疑いはじめたころに——もどってくる。植物ベースの魅力的なものを山盛りにした紙皿を手に持って。

「よかった、まだいてくれた。メニューの計画を立てたとき、ヴィーガン用のオプションも用意するように言ったのに、だれもほしがらないと断言されたんだ。量はないけど、足しにはなるだろう」

「ありがとう！」わたしは豆コロッケ(ファラフェル)を詰め込んだ口で言う。

「飲み物はいらない？　それとも口直しにウォッカのストレートをもっともらう？」

「大丈夫。ありがとう。わたしのためにここまでしてくれなくてよかったのに」

チャーリーはぶどうの葉の詰め物を皿から手でつまみ、にっこり笑う。「きみのためじゃないよ、キティ・コリンズ、自分のためにやったんだ」

彼はどうやらわたしの戸惑った顔を面白がっている。

「ボーイスカウト体質の人間だからね。きみのおかげで、〝空腹のヴィーガンに食事させる〟っていう、とても得がたいバッジを獲得できたようだ」

わたしたちは座ってたがいに微笑みながら、皿に盛られた食べ物をもりもり食べたが、そのうちにヘンがやってきて、わたしをパーティに引っぱりもどそうとした。

「キティ！　ここにいた！　パパが新しいお友達をテーブルに連れてきていっしょに飲めって言ってるよ。非社交的な態度はそのへんにしろって」

ヘンはヒールでふらついてわたしの腕をつかみ、さらにチャーリーの腕もつかもうとするが、つかみそこねて彼に倒れかかる。

「彼ってセクシー」ヘンはわたしの耳に小声のつもりで言う。

ヘンの頭ごしにチャーリーを見ると、彼はにやにや笑っている。

テーブルのほうは宴たけなわといったところだ。安っぽいポップス（大半がジェイムズ・ペンバートンのレーベルの曲）が鳴り響いていて、メイジーとルパートはぱっと見、骨盤でつながっている。

ローレルは三人の子どもたちのあいだをいったり来たりしてるけど、だいたいアントワネットにまとわりついている。十八歳の一家の赤ちゃんで、今は大学にはいる前の最後の夏を家で楽しんでいるところ。グルートのバンドメンバーも到着し、哀れなアントワネットは見るからに母親を追いはらいたがっている。

テーブルまでもどると、ヘンはわたしたちを連れてくるというミッションをもう忘れたようで、さっさとボーイフレンドのところにもどった。

チャーリーとふたりで気まずそうに突っ立っていると、だれかの手が腰に置かれた。ぞくっとした。いい意味じゃなく。

「やれやれ、ようやくわれわれのところにお出ましくださったか」

振り返るまでもなく、腰にあるのはジェイムズ・ペンバートンの手だ。

「ジェイムズ！」そう言うわたしを、ジェイムズは飲み物をこぼさないよう片腕でハグする。「すばらしいスピーチだった。それに、みんなからこれほどの寄付を集めるなんて」トアが言っていたのは正しい。いい人アピールのことは置いておいて、本当の目的がなんなのか思いだすことが大切だ。

ジェイムズのことは物心ついたころから知ってるけれど、両肩を強すぎる力でつかまれ、両頬への逃れられないキスのために顔を寄せられると、今でも身構えてしまう。「チャーリーのことは当然知ってるでしょ？〈難民チャリティ〉で働いている」

とくにチャーリーには関心を示さないだろうと思った。ジェイムズは自分のように金と影響力のある男か、若い女か、あとは、自分をさらに儲けさせてくれるうぶなポップアーティストにしか興味がない。子ども時代に見たアニメのように、現金でいっぱいの部屋を泳ぎまわるイメージの人だ。

ところが、ジェイムズはチャーリーとその既製のスーツを鼻であしらうことはせず、ロバが鳴くみたいな笑い声（ベンとまったく同じ笑い声）をあげた。「お嬢ちゃん、チャーリーは〈難民チャリティ〉で働いてるんじゃない。この男が〈難民チャリティ〉だ。オーナー、設立者、ＣＥＯ——呼び方はなんでもいいが。下っ端のヒラだと本気で思ったのか？」

それからチャーリーのほうを向いて言う。「ほら、だからスーツについて忠告したんだ！」チャーリーの背中を大きくたたく。「よくやった」ジェイムズはチャーリーに言いながら、わたしに向かってウィンクする。それからほかの人と話すために酔った足取りで去っていき、わたしはぶるっと身体を震せた。

チャーリーとわたしはたがいに顔を見合わせる。

「つまり、あなたが仕切ってたのね?」わたしは言う。

「すばらしいチームの助けがあってのことだけど、まあ、そのとおり。これが僕の大変なお仕事だ」

「すごい」

「残念ながら父はそう思ってくれない。自分の背中を追って家業の金融の道に進まなかったから、僕は平たく言って縁を切られた。父はジェイムズと親しいんだ。まあ、お金が取り持つ縁というか」

「淋しいわね。お気の毒に。こういうすばらしい仕事をしてたら、ふつうは誇りに思うでしょうに」

チャーリーは自分の靴を見る。

「お母さんのほうは?」

片足から片足にもぞもぞ体重を移す。

「母は亡くなった」ようやく言う。「僕が十三のときに死んだんだ」

「そうなの」なんて言っていいかわからない。「ごめんなさい」

視線がわたしの顔にもどる。「いや、いいんだよ。謝らないで。きみが母を殺したんでないなら」彼はわたしに悲しく微笑む。

「うちの父はわたしが十五歳のときに行方不明になった」わたしは言う。「何があったのかわかってないの」

「〝ミート界のドン、どこかにドロン〟」チャーリーは父が行方不明になった当時にタブロイド紙が好んだフレーズを口にする。「大変だっただろうね」

今度はわたしが地面を見つめる番だ。嘘をつくときには目を合わせたくない。

「わからないっていうところが一番最悪」わたしは言う。「死んでるのか、生きてるのか」

チャーリーの手が腕に触れ、自分がとっさに身を引いたり振りはらおうとしてないという事実に、一瞬うっとりする。

「きみにとってどれだけ大変なことか、僕には想像すらできない。どうやって気持ちに折り合いをつけているの?」

この話はもうやめてと思う。話をするということは、口を滑らせる可能性があるということ。とくに今は、ただ酒でだいぶ舌がなめらかになってそうだから。

「だって折り合いをつけるしかないでしょ。ほかに何ができる?」

「ああ、そうだね」

わたしたちはしばらく立ったまま無言でいる。

チャーリーがもじもじ足を動かし、上着の糸くずをつまみはじめた。「ねえキティ、今夜は話ができてすごく楽しかった。そのうちまたおしゃべりしたいなんて、きみは思わないよね? たぶん会うにしても、ここまでじゃない……もっと……」彼は庭を見まわすが、そこでは金持ちや洒落た人たちが笑って飲んで、寄付されたとんでもない額が示されたスクリーンの横で自撮りしている。この忌まわしいパーティがツイッターのトレンド入りするのは確定だ。これ以上ここにはいたくない。

「うん、ここまでじゃない、もっとちがう場所がいいわね」

21

チェルシーのキティのアパートメント

　その後帰宅し、ノートパソコンをひらいて、チャーリーを探してみようとインスタにログインした。でも見つける前に、メッセージが一通来ていることを示す小さなアイコンが目にはいる。写真が一枚送られてきていた。仮設バーのカウンターにいるわたしとチャーリーの写真で、笑っていて、おたがいから目が離せないといった様子をしている。

　メッセージはひとこと。

「いつだって見てるよ、キティ」

　わたしは勢いよくパソコンを閉じる。なんなの？　パーティ会場にいた人にしか撮れないのはまちがいない。しかも、ほんの数時間前の写真だ。本格的に気味の悪いことになってきて、嫌な感じがする。わたしはドアの鍵をすべてダブルチェックしてからベッドにはいる。

　でも、父や、子どものころの家で父がひらいていたパーティの不快な夢で、眠りが破られる。父がいたころ、うちの両親は異常なほどの社交家だった。家はいつも人であふれていた。ありえないくらい豪華な人たちが大挙してやってくる、贅沢なパーティだった。

リアル版ギャツビーの世界。

わたしは女の人たちのスカートやヒールが混ぜこぜになったなかに飛び込んでいって、香水の香りにくらくらしたものだ。あの母も、パーティがある日にはがんばって、とても美しいドレスに身をつつんだ。

「お姫さまみたいだね」あるとき、寝室での身支度の最中にわたしとワルツの真似事をして部屋をめぐる母に、わたしは言った。

「ちがうわ、わたしは女王で、お姫さまはあなた。わたしのかわいい本物のお姫さまよ」母はそう言って、顔や頭にいっぱいキスしてくれた。

わたしは母とのそうしたひとときが大好きだったけど、禁じられた場所からわたしが盗み取ってきた時間だといううしろめたさがいつもぬぐえなかった。そうした時間は、長く続くことも決してなかった。たいてい最後の客が帰って一日くらいすると、母はふたたび自室に引きこもって、そこから出ることも、わたしを入れることもなかった。わたしはいつもドアのそばに座っていた。〈アナと雪の女王〉の実写版さながらに。

招待客はみんなわたしを見ると喜んでくれて、子守りにベッドに連れていかれる時間になるまで、キスしたりしてちやほやかまってくれた。パーティの大人たちはびっくりするくらい幸せそうだと思ったのを、今も憶えている。大きくなってやっとわかったけど、みんな酔ってるかハイになっていたのだ。

父はいつもパーティの盛りあげ役だった。あの大きな笑い声が家のあちこちの部屋で響いていたのが今も思いだされる。父の笑いを聞くと安心した。わたしのお父さん。わたしの保護者。

こんなどうでもいいことをつらつら考えるのは、このくらいにしたい。スマホで時間をチェックすると夜中の二時四十分なので、バーコーナーにいってウォッカをなみなみ注ぐ。それから寝室にもどり、ナイトテーブルに置いてある睡眠薬（ゾピクロン）をシートから三錠押しだして口に入れ、それをウォッカで流し込んだ。

つぎの日の朝、遅い時間に目が覚めると、悪夢と、意識を失うために飲んだいろんな薬やお酒のせいで、頭がずきずきした。子どものころの記憶が今も頭をめぐり、胃の奥でぐるぐるしている。

ベッドから這いだして、寝室のバスルームにこもってトイレに吐く。むかしは激しく嘔吐すると浄化された感じがして、気分がましになったけど、今はなんの効果もなくて、ただ歯を四回磨きたくなる。どうにも気分が落ち着かず、この感覚をすぐにも何かでまぎらわさずにはいられない。

キッチンへいき、想像できる最高に濃いブラックコーヒーを淹（い）れ、スマホでティンダーをひらいた。今回のこの二日酔いを治すには、性犯罪者の腹を裂くことが必要かもしれない。

すでに何人かに目星をつけてあった。でも、不運なマッチ相手のひとりにメッセージを送ろうとしたそのとき、ショートメッセージの着信通知があらわれる。

チャーリーからだ。胃が何かの反応をしている。ゆうべ〈クリープ〉のメッセージを受けたあとの不安感とも似てはいるけど、そのもっと嬉しいバージョンだ。これが世に言う、胃でばたばた飛ぶ蝶というやつ？　そんな考えを振りはらい、わたしはメッセージをひらく。

こんにちは、キティ。必死でウザいやつじゃなく、さりげなく伝わるといいんだけど、今夜は忙しい？　僕が関わっているアート展の初日のチケットがあるんだ。チャリティ関連だけど、面白いと

思ってもらえるんじゃないかな。

わたしはネットスラングを交えない文章に満足し、ストーカーの件があってチャーリーをSNSで調べることをすっかり忘れていたのを、ふと思いだす。インスタのアプリをスクロールして、検索ボックスに彼の名前を入力する。チャーリー・チェンバーズは何人かいるけど、見つけるのに時間はからない。まちがいなくそのなかの一番のイケメンが彼で、プロフィールの写真は白黒の笑顔のスナップ写真だ。あのえくぼ。そこに指を突っ込みたい。フォロワーの数は二千人ほどで、つまりいないに等しいといっていい。

腹立たしいことにページは非公開だ。アカウントに鍵をかけるというのは、わたしの界隈ではまったく聞かない話だし、だいたいはウェブ版「デイリー・メール」のサイドバーに載るような恥ずかしくて不名誉な何かをやらかしたことを意味する。でもまさかチャーリーの場合はちがうだろうし、もしかしたら純粋に非公開を望む人なのかも。

本当はメッセージを返すまで最低一時間ほど待つべきだろうけど、そんなのはどうでもいい。

わたしは返信を書いた。

こんにちは！　たまたまだけど、今夜あいてます。アート展は面白そう。だれかわたしの知ってそうな人の作品？

返事を入力していることを示す小さな点がすぐにあらわれる。

全然ちがう！　美大生みたいな感じだから期待しすぎないで。それにだ。東の方面にくだってくれる気はあるかな(^^)

なぜだか彼に笑顔の顔文字を使われても、バルコニーから身投げしたくなるどころか、笑みがこぼれてくる。

わたし：どのくらい東？
チャーリー：ルイシャム？
わたし：なら大丈夫。

しかめた顔がメッセージごしに彼に見えなくて助かる。

チャーリー：よかった。ＳＷ３エリアを出たら西の魔女みたいに溶けちゃうんじゃないかって心配してたよ。

22

南東ロンドン、ルイシャム

待ち合わせは現地でということになり、ショッピングセンター内の仮設のギャラリーに向かった。心のなかの優越意識を押さえ込んで建物の前で車を降りたけど、正直言ってそこは、ケン・ローチの映画の場面をそのまま持ってきたみたいな場所だった。入り口付近にはティーンの若者がたむろしているけど、SW3界隈でわたしに声をかけてくるような、キラキラで身ぎれいにした子たちとはちがう。熱気のなかには、湿気とマリファナのにおいが漂っている。わたしは自分を持て余して左右の足にそわそわ体重を移し替え、そのうちにチャーリーが向こうから歩いてくるのが見えて、ほっとする。ヌードカラーのルブタンのフラットシューズに、テッドベーカーの赤のひらひらのミニドレスという自分の格好が妙に無防備に思えて、ちょっと落ち着かない。

彼のほうはダークジーンズに、腕まくりした黒いリネンシャツというスタイルで、とてもすてき。このくらい暑いと、男はなんかつまらない。だって、どれだけの選択肢がある？　汗をかいてジーンズをはくか、若者パック旅行ではしゃいでるみたいな、短パンにノースリーブという格好をするか。ついでにサンダル履きの男についても、ひとこと言いたい。公衆の目にさらしてはいけないものが世のなかにはいくつかあるけれど、毛深い足指もそのひとつだ。

「キティ！」チャーリーがぎこちなくわたしの頬に挨拶のキスをし、その際に腕の素肌にそっと触れられてぞくっとする。ああ、肌と肌との触れ合いが恋しかった。「来てくれて本当に嬉しいよ」

彼は会って二十四時間のうちに日光を浴びたようで、肌がうっすら日焼けして顔のそばかすが際立ち、記憶していた以上に目が明るく輝いている。

「うん、わたしも」

「実際、面白いと思ってもらえると思う」彼はわたしの腰に手を置き、野良の動物のような子たちのあいだを抜けて、ショッピングセンターへと優しく誘導する。「全部の作品は、フランスのカレーにあったむかしの〈ジャングル〉という難民キャンプで、作者たちが清掃を手伝ったときにひろった断片や破片でつくられているんだ。いわゆる〝特権〟ってやつだね」

恥ずかしながら、わたしは芸術ファンじゃない。もちろん嫌いと言うわけではないし、いい絵はいいとわかる。でも、最近の作家は、たぶんひとりも名前をあげられない。バンクシーくらいしか。それに正直、現代アートっていうものにはあまり賛成できない。そもそもほとんど理解できないから。ギャラリーに案内されながら、チャーリーの生き生きした顔を見て心配になってくる。深いコメントなんかを求められないといいのだけれど。

「さあ、これが目玉の作品だ」チャーリーはそう言って、ガラスケースにはいっている、台に広げられた汚い白いキャンバスのほうにわたしを連れていく。白い表面が灰の染みで覆われている。

わたしはそれをしばらくのあいだ見つめながら、何か口にすることを考える。

「とても抽象的な絵だよね」チャーリーが助けてくれる。「展示されている作品のほぼ全部がそうだ。

だけど、この染みのひとつひとつが、戦争を逃れてアレッポからやってきた女性と子どもをあらわしてるんだ」わたしのひじをそっと持って、つぎの作品のほうへ誘導する。一見まったく同じ絵だけど、染みの数がずっと少ない。「こっちは安全な場所まで無事にたどりついた家族をあらわしている」

わたしは震える。「なんてひどいの」小声で言う。そんな言葉で言い尽くせないのはわかっている。

「そうだね、こうやって実際に見せられると、本当に考えさせられるね。文字どおり、白黒はっきり見える。無駄になったすべての命。ひとつひとつが尊いものだ」

少しのあいだ、わたしたちは無言でながめる。

「だけど、あるのは暗いものばかりじゃないよ」チャーリーが言う。「こっちに来て見てごらん」

彼は明るい絵が並べられた壁面のほうにわたしを連れていった。虹、太陽、ユニコーン、いかにも子どもらしい字で書かれた願い事。

「これは希望の壁だ。どれも子どもが難民キャンプで暮らすなかで描いた絵だよ。彼らはそれまでの生活を捨てて、想像を絶する劣悪な環境で生きることを余儀なくされた。それでもなお、こんな絵が描けるんだ」

わたしは黙って絵をながめる。ただ生きていることへの色鮮やかなファンファーレ。

「これを描いた子どもたちは何歳くらいだったの？」

「ほとんどは本当に小さな子だよ。八歳とか、それより幼い子」彼はひときわ美しい虹色のチョーク画を指でなぞる。「これはヤラっていう女の子の作品だ。当時はまだ五歳で、カレーまで移動するあいだに両親のどちらとも離ればなれになってしまった。だけどとても勇敢な女の子だった。すごく大きな心の持ち主だ。いつかまた家族と会えることを片時も疑ってなかった」

「それで会えたの？」

チャーリーの表情が厳しいものに変わる。「わからない」永遠のように思われた沈黙のあとで、彼は言った。「キャンプをつぎに訪れたときには姿がなくて、だれも行方を知らないようだった」チャーリーは唇の内側を噛んで、少しのあいだ、べつの世界にいってしまう。「やれやれ、悪いね、キティ。なんでここに連れてくるのが名案だって思ったんだろう。最高に胸躍る初デートとは言いがたいな」彼はどうにか微笑む。

「これはデートなの？」

「まあね。そのつもりだった。でも、想像ではもっとずっとロマンチックなはずだった。悪かったね」

「謝ることなんて何もない。どれも見ていてすごく惹きつけられるし。それに、あなたにとって仕事がとても大切なんだってよくわかる。それを見せてくれてありがとう」わたしは安心させるように腕をぎゅっとつかむ。「光栄です」

「ほんとに？」

「ほんとに」わたしはうなずく。

「それなら僕が饒舌なＣＥＯの役をやってくるあいだ、ちょっとひとりでいてもらってかまわないかな。大丈夫、そんなかしこまったものじゃないから」

「もちろん！」

彼が手をたたくとものすごく大きな音が響いて、わたしは実際に飛びあがった。みんなが彼のほうを向く様子を、ちょっと感心する思いでながめる。でも同時に、心の底のほうで何か不快なものが湧いてくる。わたしの好みからすると、アダムのときと状況が少し似すぎだ。わたしはここで何をしてるんだろう？　なぜ傷口に塩を塗るようなことをしてるの？

「さて」チャーリーがスピーチをはじめた。ゆうべのパーティでしゃべったときより、ずっと肩の力が抜けている。「まずは、今夜、近所のパブに足を向ける代わりに、ここに来てくれたみなさんにお礼を言わせてください」

「ほんとは家に帰って、あけた冷蔵庫の前にいたかった」痩せたブロンドの女の子が言い、倒れるふりをする。みんなから笑いがあがる。

「地球温暖化に対する鋭い指摘だね、ジェナ」チャーリーは彼女にウィンクする。「こうした暑さがエアコンのないキャンプではどのくらい厳しいものになるか、想像してみてください。あるいは冷蔵庫がいっぱいある場所では。それはともかく、展示は気に入っていただけたでしょうか。おそらくすでにみなさんご存じのとおり、多くの作品はかつてカレーにあった〈ジャングル〉の難民所で集められたゴミからつくられています。作者のほとんどは今この場にいますから、話を聞きたければつかまえてみてください。このジェナは」さっきのブロンド娘を指さす。「目玉作品のブレーンで、詳しい説明を聞けば、きっとだれもが心揺さぶられることでしょう。毎度ながら、みなさんからのどんな寄付も歓迎しています。ようやく秋が来たら、またみんなでギリシャのキャンプにいきたいと考えているところです。では、あとはジェナに任せましょう。あらためてみなさん、今日は時間を割いてくださり、本当にありがとうございました」

　チャーリーは盛大な拍手をひとしきり浴び、その後ジェナがさっきの灰の点々の話をはじめる。チャーリーがわたしのところにもどってきた。「ここから出たい？」ひそひそ声で言う。

「うん、お願い。でも大丈夫なの？」

「おいおい、いっしょにいるのはボスだよ。何をしたって大丈夫だ」彼はここでもウィンクをしたけど、さっきジェナに向けたものよりずっと意味深で、わたしの心はたちまち癒やされる。「何人かにちょっと挨拶してくるから、そしたらすぐにいこう」

この〝ちょっと挨拶〟は実際には四十五分かかり、チャーリーは動きまわって地球上のすべての人に別れを告げ、わたしはグラス（紙コップ）のぬるい白ワインをちびちび口にしながら、そんな彼の様子をながめた。チャーリーはとてもフレンドリーで、大勢の女たちがほれぼれと見ているのが、嫌でも目にはいってくる。

アダム、アダム、アダム、と、急に脳がわたしに向かって叫びだす。頭のなかではきっと、黄色い警告灯が点滅しているにちがいない。わたしは記憶の数々を追いはらう。

やがてようやくチャーリーがもどってきて、わたしを出口へと追い立てた。

「だれかが話しかけようとしてくる前に、さあ急ごう」彼が耳元でささやく。首筋に息がかかるほどのそばから。

「それで、今からどうしたい、キティ・コリンズ？」夜の湿気のなかに出てきたところで彼が言う。すごく蒸していて、スープのなかで息をしているみたいだ。「飲みにいく？　それとも出席しないといけない華やかなイベントがある？　写真撮影会とか？」

わたしは笑う。「飲むのは賛成。だけど、ここまでじゃない、もっと……」

彼が笑う番だ。「そうだね、ぜひ、ここまでじゃない、もっとちがう場所にいこう」

黒塗りのタクシーを止めて中心地の方面に向かう。グリーンパークのところで降り、十分に〝もっとちがう〟場所が見つかるまで歩くことにする。

「それで、どう思った？」チャーリーがにっこり笑って言い、そのえくぼを見ると、自分が世界の重要人物だと勘ちがいしそうになる。

「じつは、とても落ち着かない感じがした」わたしは正直に答えた。

「それだよ！」チャーリーがこっちを向いて緑色の瞳を輝かせる。「まさしくそういう感情を持ってもらうのが目的なんだ。落ち着かない気分になって、自分は幸運で贅沢なんだってことを感じてもらう。僕らはニュースで苦しみをたくさん見すぎていて、ともすると感覚が麻痺してしまう。あの作品は――とくに子どもたちの作品は――われわれにそのことをシンプルに伝えてくれる。ある意味で、ひどさがより際立って感じられるだろ」

わたしはうなずく。彼の言うとおりだ。自分が世間知らずで贅沢なのを感じる。

「ああいう子たち以外はどうなるの？　無事じゃなかったほうは？」わたしは尋ねる。

「ほかの子どもたち？　そうだね、いろんなひどいことが起こりうる。さらわれて人身売買されたり、激しい虐待を受けて殺されたり、安全な場所に船でたどりつく途中で命を落とす子もいる」

「あなたはそうした子どもたちを助けるの？」

「みんなで努力はしている。教育を施したり、母親と子どもたちを安全な場所に連れていったり、離ればなれになった親子を再会させたり、そういうことのためにできるかぎりのことはしてる。だけどむずかしい。世界は腐りきってるし、もちろん資金の問題もある」

「現地にもよくいく？」

大きく息を吸い、一気に吐きだして頬をふくらませる。

「ああ、カレーもだけど、ギリシャのコスでも難民問題の支援に多くの時間を使った。食事を提供する場所を設営して、やってくる難民のためにあたたかい毛布や服を用意して。でも簡単なことじゃなかった。家族が引き裂かれるのを目の当たりにしたり、長年築いてきた暮らしや仕事や人間関係を捨てざるを得ない人たちを見たりするのは、すごくしんどい」わたしをじっと見つめるその美しい顔に、不安の表情がよぎる。「黙っちゃったね。どうしたの?」

「べつに。ただ、痛いところを突かれたんだと思う。自分が恵まれてることを突きつけられるのは、つらい」

「そうだね——そうかもしれない。でも、何事も一面的にとらえるべきでないことも忘れずにいたいね。この世で望むすべてを手に入れても、なお不幸って場合もある」

わたしは身震いする。

「ほら」彼は言う。「あそこにパブがある。いって一杯やろう。これは意図していた以上に正しいことだったみたいだ」

23

W1の〈グレープ・オン・ザ・ヴァイン〉というパブ

わたしたちは小さめのパブにはいった。長い夕方とビアガーデン向きの気候を最大限に楽しもうとするロンドン住民や観光客であふれ返ってない、貴重な場所だ。このパブが混んでないのにはもちろん理由もあって、それはつまり、じめじめしたにおいが強烈だということ。長く続く湿度の高い夏とそこらじゅうにいる人の体臭も相まって、とても快適とはいえない。

「べつの場所にいこうか？」チャーリーが空気のにおいを嗅いで顔をしかめる。

「そして、ゆったりしたスペースをあきらめて、立ち飲み席しかない、注文するのにカウンターで四十分押しつぶされないといけないお店にいく？　遠慮したいな」

「この悪臭に耐えられる自信があるなら、かまわないけど。何かがなかで死んだみたいなにおいだ。ところで、わたしたいものがある」チャーリーはポケットを探りながら、内気な小学生みたいににんまりする。「これ。オックスフォード・ストリートの露店で売ってた。すごくつまらないものだけど」

彼はユニオンジャックがでかでかと描かれた、紙の小さな袋をくれる。なかにあったのはキーリング。ユニオンジャックのTシャツに、頭にピンクのリボンをつけた白い子猫の。

てこなかった。ごめんね」

沈黙が流れる。気まずさとはちがうけど、そこに……何かしらのものが漂う。「わたしは何も持っ

「ちがう！　かわいい。すごく嬉しいわ。ありがとう」

「だから期待しすぎないでって言ったんだ」

「ハローキティ！」

「いや、いいんだよ。もちろん期待もしてなかったし」チャーリーは自分のビールに向かって微笑む。そのえくぼ、そのそばかす、その目。わたしは自分が危ういところにいるのを自覚する。

「また黙っちゃったね。どうしたの？　安っぽいプレゼントが気に障った？」

わたしは笑みを浮かべる。「そうじゃない。かわいいわ。たぶん緊張しているんだと思う」

「なんできみが緊張するんだ？」彼は無邪気さを絵に描いたような顔で尋ねる。

小包みサイズに切ってミンチ機にかけるところを想像しない男性に久々に会ったから、とは、デート相手には説明しづらいよね。

「なんでかな。そもそも、どうしてわたしに連絡をくれたのかわからなくて。だってわたしは、どう見てもあなたが求めるものの逆でしょう。贅沢で、世間知らずで」

彼にはちゃんと礼儀があるので、ぎょっとした顔をする。「きみのことを言ったんじゃないよ！　いや、まったくちがう。驚かされたよ。パーティのときにはね。ヘンや仲間たちと同類の子かと思ったけど、そうじゃなかった。きみは一面的じゃない。興味をそそられる。正直に言うと、僕の世界がちょっと揺らいだ。自分は先入観で人を判断する人間だとは思ってなかった。でも実際はそうだった。しかもまちがっていた」

「わたしがヘンみたいだと思ったの?」

「ああ。スピーチを暗記しようとしているところに話しかけてきたときはね。憶えてるだろ? また薄っぺらな金持ちのお嬢ちゃんだって思った」

「ちょっと!」テーブルの下で彼の足を軽く蹴った。「あのお嬢ちゃんたちは、わたしの親友なのよ」

「でも、きみはあの子たちとはちがうよね」質問ではなく感想だ。

わたしは自分のことから話題をそらしてほしくてむずむずしてくる。「あなたはどうしてそっち方面に? その、慈善事業っていう。お父さんはなぜそんなに腹を立てたの?」

何かを考えるように目がわずかに細まったけど、彼はすぐにその表情を消し去る。「参ったな……どこから話をはじめたらいいのか。たぶん僕は、むかしからちょっと〝ご立派な〟人間だったんだ」言いながら指で引用符を書く仕草をし、わたしはいつもなら自分を掻きむしりたくなるのだけど、彼がそれとともに浮かべた自嘲気味な淡い笑みにとろけそうになる。「想像できると思う。学校では〝オゾン層を守れ〟と唱えて、家では闘争的なゴミ検査官。そしてゴミ箱をひとつから三つに増やさせた。親は成長すれば熱もおさまると思ってたと思う。だけど、そうはならなかった。世のなかの不公平さについても、ずっと気になっていた。なぜすべてを持ってる人がいる一方で、何も持たない人がいるのか。そんなのは理屈に合わないだろ?」

わたしは彼の情熱に魅せられて、うなずく。

「それでたぶん、僕みたいな、われわれみたいな人間は、もっと何かできるんじゃないかと強く感じたんだと思う。家族がくれると言った金は、僕には必要ない。それで幸せになることはないから」

「じゃあ何で幸せになれるの?」

「人助けかな。それに変化をもたらすこと。僕は小さいころ、心を痛めて悩んでいた。人間がいろんな場所でひどいことをしているのを見て育った。石油流出、キツネ狩り、アルミ缶リサイクルの問題。明らかに〈ブルー・ピーター〉［BBCの子ども向け番組］の見すぎだね。でもそこから影響を受けた。どんな命にもチャンスが与えられるべきだよ。そう思わないかい？」

わたしはお酒を喉に詰まらせかける。

「どんな命も？　例外があるとは思わないの？　地上を這いまわるクズのなかには、地下に葬られるべきやつもいるとは？　さっき言っていた女の子についてはどう？　ヤラだっけ？　もし誘拐されて人身売買されてたとしたら、犯人に責任を取らせたいと思わない？　自分が銃を持ってそこにいて、犯人が女の子に何をしたか知ったとする。そしたら、敵を取ってやりたいって気にもなるでしょ？」

チャーリーの顔に影がよぎり、彼は下唇を噛みながらテーブルに目を落とす。「クソ。わからない。もちろん、そいつらに適切な方法で正義がくだされるようにする、と答えるのが正しいんだろう。でも、そんなふうに言われると……」

「自分の怒りを想像してみて」わたしはたたみかける。「脳のなかの動物的な部分は、犯人を痛めつけてやりたいと思ってるはずよ」

「いや、ほんとにわからない。自分じゃ制御できない脳の原始的な部分の話をしてるんだとしたら、そういう状況での反応は、だれであろうと予測できないんじゃないかな。なんだかまたずいぶん重い話になってきたね。どれも初デートでは避けたほうがいいって言われるような話題じゃないかな？」

「そうね」わたしはうなずく。「じゃあ、好きな色は何？」

彼は笑う。

世界のもっとも深刻なことばかり話すのをやめたあと、ふたりの夜はとてもすてきなものとなった。おまけにわたしは彼を二回ビリヤードで打ち負かして（じつは密かな特技）、彼をおおいにうならせた。チャーリーはいっしょにいてとても気楽で、面白くて、賢くて、それにもちろん目の害にならない。早朝から会議があるから帰らないとって言われたとき、わたしは心底がっかりした。

「これだけは出ないわけにはいかないんだ」彼はわたしのウーバーを待ちながら言う。「じゃあ、何か僕で役立てることがあったら、なんでも言って。インスタに載せたければ、展示品の画像を送ってあげることもできる。ハッシュタグとか、そういうのも」

待って、え、何？　何？

「誘った理由はそこだったの？」痛みと怒りが混ざり合った猛烈な感情が、全身の血管でどくどくいいはじめる。「展覧会の写真とハッシュタグを載せて、わたしのフォロワーに向けて投稿させるため？　無料の宣伝みたいな？」

チャーリーはわたしをじっと見つめ、目には困惑があふれている。あるいはそれと似た何かが。

「キティ！　ちがうよ！　そんなつもりで誘ったんじゃない！　そうじゃなくて……」

「そうじゃなくて何？」

彼は口をひらいて答えを言おうとしたけど、わたしは待たない。車が停車し、それが自分のウーバーかも確かめないままなかに乗り込む。

家に帰るあいだずっと腸が煮えくり返って、あのむかしからの格言が頭のなかでくり返される。話がうますぎるときは疑ってかかるべし。

くたばれ、チャーリー・チェンバーズ。おまえなんかくたばれ。

24

チェルシーのキティのアパートメント

デスクにいるハキムに会釈して、傷ついた動物みたいにそそくさと自分の部屋にあがった。チャーリーが電話を二度かけてきたけど、二度とも通話を拒否したので、彼はあきらめる。グレイグースを注いで一気にあおり、さらにもう一杯あおる。

チャーリーを殺す方法を想像して自分をなだめようとする。でもそれも役に立たない。むしろ、さらにイライラして、結局、ゾウ向けの用量の特別なヴァリウムを二錠飲んで、ベッドで気を失った。

十時間ほどして、太陽が積極的に部屋にはいってこようとするころに目を覚ますが、気分はあまり改善してない。

二日酔いだし、気が立っている。

スマホを見る。無意識の淵に落ちる前に充電するのを忘れたのに、意外にも電池がまだ少し残っていた。チャーリーからの留守電やメッセージがはいっていたけど、全部無視して削除する。気持ちを落ち着かせるため、パーソナルジムに改装した部屋でランニングマシンにはげんでみる。脚が痛くなるだけで終わる。大枚はたいてタイ出身のグルに教えてもらったマインドフルネスのプログラムを試す。効果なし。結局、巨大なグラスにシャブリを注ぎ、ソファに倒れ込んでスマホを取る。ゴシップのアプリをスクロールし、来週の天気をチェックし（クソ暑いらしい）、ニュースアプリをひらく。そこで、この深い気分の落ち込みから、まさにわたしを引きあげてくれそうなものを見つけた。

名前はダニエル・ローズ。キャットフォード出身の三十歳。ウェブ版「ミラー」によれば、お上が いいと言うまでお勤めにはげんだのち、先ごろ釈放され、さっそくオンラインデートアプリの世界に親しんでいるという。それ自体問題はないとはいえ、二件のレイプ事件により五年服役して出てきたばかりの男だ。記事によれば、彼はティンダーの課金プランの会員らしい。ちょっと簡単すぎやしない？

ダニエル・ローズのティンダーのプロフィールを見つけるのも、同じく簡単だった。ダニエル・ローズ。なんて無垢で純粋そうな名前。早くも自分のうちに怒りが募ってきて、わたしは自己紹介のデータに目を通しながら何度か深呼吸しないといけない。

ダニエル、28、ロンドン
似た者同士を探している、ただのふつうの男。楽しいことが好き。おいしい食事、おいしいワイン、楽しい仲間といった、人生のシンプルなことが好き。

以上。不思議なことに、望まない女性に自分のものを無理やり押し込むこと、というのが彼の好きなシンプルなことリストから漏れている。

アプリを閉じて、「ミラー」の記事を再度ひらく。ダニエルは六年前、夜遊び中に知り合った女性をレイプして逮捕された。彼はうまいことを言って——女性の身の安全のためと偽って——家にあがりこみ、女性は何度かボーイフレンドに電話をかけたが出てもらえなかった。記事によれば、女性はアプローチを重ねて拒否し、最後には家から出ていってくれと伝えた。でもダニエル・ローズはそれを無視し、おまえもやりたがっているはずだと言って、無理やり行為におよんだ。女性は苦しみの七分のあいだ、ずっと泣いて、やめてと懇願しつづけた。

ローズが無罪を主張したために、被害者女性は法廷でその一部始終を再現させられることになった。彼女は衝立のうしろから証言するのではなく、自分がされたことを陪審員の前で語るときに彼の目を見ていたいと望んだ。罪を悔いているか見たかったから。

悔いてなかった。

それどころか彼は、被告人席から連れていかれながら彼女ににやにや笑いかけた。

その後、三年で釈放されるも、すぐに家族の友人の女性を犯すということをして、仮釈放の条件を破る。どうやら、〝何年もおっぱいを見てなかったから、つい〟などと言い訳したらしい。判決をくだした裁判官はダニエルのことを、〝人を巧みに操る、非常に危険な男〟と述べている。

さあ、ショータイムよ。

ティンダーをひらいて彼の顔を右にスワイプ。案の定、数分でマッチングを知らせる通知音が鳴る。わたしの名前と写真は、今回は変えてあった。本名のままではだれなのかバレバレすぎる。今度は、〝楽しいこと、デート、ちょっとだけ友達以上〟を求めるカミラというノリのいい学生、という設定でいく。カミラは明らかに捕食者のオスとしてのダニエルの心をくすぐったようで、すぐにメッセージが届いた。

「やあ、〈楽しいこと、デート、もしかしてもうちょっと〉ちゃん。元気してる?」

この適切な文法の欠如はわたしをイラつかせる。〝カミラ〟ならどんなふうに返すだろうかと考える。カミラは、この卑劣な男が少なくとも女性ふたりに手を出してレイプした過去を持ちながら、今またデート市場にもどろうとしていることを知らない、無邪気な女子だ。

「こんちわダニエル! サイバーではじめまして。週末はどかな?」わたしは自分の文法がいとも簡単にネット式になってしまうことに戦慄(せんりつ)する。

「問題なし。こっちはしばらく家を離れてて、日常を取りもどそうとしてるとこw」

「笑。どこいってたの? いいとこ?」

「人生のもろもろを整理するあいだ、ちょっと友達のとこにいってた。でも家に帰れてほっとしてる。ところで、このクソアプリはやめてワッツアップに変えない?」

うわ。それは絶対無理。わたしのワッツアップには、わたしの本当の写真からキティ・コリンズについての簡単な経歴まで、全部載ってる。

「スマホを修理に出してて、今は古い機種のやつを使ってるからダウンロードできないの。ごめん」

「じゃあ、だらだらチャットはやめて、さくっと飲みにいくってのは? こっちはキャットフォード。近い?」

「いけるよ。どこで会う?」

ダニエルが指定してきたパブは、最新式の防犯カメラがなさそうな、いい感じに悲しい名前の店で、わたしはそこに四十分もせずに到着し、しかもほぼ真横に駐車スペースを見つける。

25

キャットフォードの〈キャットフォード・イン〉

　まさに想像したとおりの場所だった——ダーツやビリヤード台的なもの一式に、前日のビールと禁煙になる前から張り替えられていない絨毯（じゅうたん）の悪臭。帰ったらシャワーを何度か浴びる必要がありそう。ダニエルのことはすぐにわかった。テーブル席に座ってスマホをいじっていて、きっと、哀れなカミラにさっそくどんなことをしてやろうかと考えてるにちがいない。ハウスワインの白を頼むと、あまり冷えていないセラーからそれが運ばれてくる。飲むつもりがなくてよかった。それから近くのテーブルに座って（ほぼがらがらなので、むずかしくはない）、〝すっぽかされた女〟の儀式をひととおりやる。深いため息、頻繁なスマホチェック、窓の外に向ける切なそうな目。

　十分ほどして、ようやくダニエル・ローズと視線を合わせる。穴のあくほどじろじろ見られているのは、席に座った瞬間から感じてた。

「忘れられたみたい」わたしはそう言って、ちょっぴり自虐的に笑ってみせる。

　向こうも笑い返してくる。「こっちもだ。クソが。逃した魚は大きいってね」

　わたしはうなずき、立ちあがって（ベタベタの）テーブルからスマホとキーを集め、もう帰ろうという素振りをする。そして、あらためて彼に微笑みかける。

「相手が来るといいわね」

背を向けて去ろうとすると、ダニエルがうしろから叫んだ。

「よかったら一杯おごるよ。なんたって同じ仲間同士だ」

チョロすぎるにもほどがある。

わたしはひと呼吸置く。ノリノリになりすぎないように。

「ありがとう。せっかくおしゃれして出てきたのに、午後を全部無駄にすることないか」

「こっちに来て座ったら？」彼は両手を大きく広げて、自分のところに来いとジェスチャーしている。

わたしは向かいの椅子に体をねじ込んだ。「で、名前は何で、何を飲む？」

「白ワインをお願い」わたしは言う。「何を飲む、のほうね。名前はキティよ」

彼はわたしのくだらないジョークにいっしょに声をあげて笑い、手を差しだした。「知り合えてすごく嬉しいよ、ミス・白ワイン。ダニエルだ」

彼の手は熱くてじっとりとしている。気取った足取りでカウンターのほうへ歩いていく姿を見ながら、わたしはテーブルで手をぬぐう。ダニエルは長居目的で来ているのが明らかな年配者ふたりをよけながら、自分のビールとわたしのワインを持ってもどってくる。このチャンスにじっくり観察する。ティンダーのプロフィールや報道の写真で見たよりも痩せている。きっとお勤め中の食事量制限のおかげだ。

モンスターのようには見えない。でも、みんなそうじゃない？　そもそも、モンスターに見えたらモンスターになる機会を得られない。ダニエルはしゃべると茶色い目のまわりにしわが寄る。鼻と頬にそばかすのある見た目からは、やんちゃな子どもといった程度の危険しか感じない。大柄でもなく威圧的でもない。ただの男。

悪魔はいろんな姿をするものだ。

彼はしゃべる。べらべらと。だいたいは自分のことで、今は休暇のあとで求職中だが、〝うまい話が盛りあがってきてる〟という話をする。くいくいお酒が進んで、一パイントお代わりするごとに少しずつ態度が大きくなる。腕が広がり、脚も広がって、最大限、幅を取る。

「だれに会う予定だったの?」わたしは尋ねる。「彼女?」

「いや、ちがう。ただの初デートだ。というか、アプリで知り合った子。しばらく参戦してなかったからね。正直言って、相手はそこまでタイプじゃなかった。ちょっと当たり障りなさすぎて」彼の視線がわたしの胸元に一瞬長くとどまり、わたしはいもしない哀れなカミラに不義理を感じて、胸がちくりとする。

彼が〝用足し〟にいくと言って席をはずした隙に、いつもわたしの薬の窓口になってくれている人が厚意で出してくれたGHBの薬液を、彼の飲み物に数滴垂らす。ネットで読んだ記事、とくにあの、被告人席でにやにやしていたという記事が頭によみがえる。どうせならドバッと入れちゃえ。反省のないゲス男め。

三十分後、呂律がまわらなくなって、頭が胸までうなだれてきたのを見て、そろそろダニエル・ローズを家に連れて帰るころだと判断する。つまりわたしの家に。ナイフが必要だから。

「どこいくんだ?」彼はもごもご言い、わたしは彼の腕を自分の肩にかけ、パブにいるだれの注意も引いてないことを確かめる。ふたりの年配者は今ではすっかりできあがってて、片方はスツールからすでに二回は転げ落ちた。国民保健サービス（NHS）はたぶん、新しい人工股関節の支出を余儀なくされそう。お酒をサーブしていた、かろうじて合法年齢の男の子も、今は姿が見えない。

「もっと快適な場所に連れていってあげる」わたしはダニエルに言う。「ずいぶん酔ってるから。横になって覚ましたほうがよさそうよ。ベッドに寝かせてあげる」

「ああ、ベッドにいこう」彼はわたしに流し目を送ろうとするけど、何かの発作を起こしているようにしか見えない。

　わたしは半ば誘導し、半ばかつぐようにしてダニエルを車まで連れていき、助手席に座らせる。

26

キャットフォードを走るキティのレンジローバー

「気分が悪い」

実際、ダニエル・ローズはすごく具合が悪そうだ。とても青白くて、目は、どうしても視界にとどまらない何かを追っているように、しきりに左右に泳いでいる。

「おまえはだれだ」一瞬ふいに正気を取りもどした彼は、身を乗りだして威嚇（いかく）するようわたしの目をのぞき込み、シートベルトをつけさせようとしているわたしの腕を弱々しくつかむ。

安全第一だ。

「あなたの最悪の悪夢よ」腕の手を振りほどいて体を押しやると、ダニエルはたちまちシートにへたり込む。その後、わたしは運転席に乗り込んでエンジンをかける。

戸惑いと恐怖の入り混じった顔で向こうから見つめられながら、わたしたちはパブをあとにし、SW３への道をもどりはじめる。

「気分のいいものじゃないでしょう？　無力感を覚えることも、自分の体を思うように動かせないことも。被害者たちも同じように感じてたと思わない？　あなたがレイプした女性たちの話だけど」

薄い紅茶の色みたいにダニエルの顔色がさめ、顔から汗が流れだして、鎖骨に汚い水たまりができる。GHBで頭がまわってないながら、ゲームは終わったと理解したらしい。

「レイプじゃない」ゼイゼイいいながら言う。「相手も望んでた」

自分の血で肌が燃えてきそうだ。

「嘘つき！」わざとブレーキを思いきり踏み込むと、ダニエルはその勢いで前に激しく投げだされ、シートベルトで定位置に引きもどされる。

「自分のしたことを認めなさい。謝りなさい。痛い思いはしたくないでしょ。それに認めたら、地獄に真っ逆さまじゃなく、煉獄（れんごく）で数千年過ごせるかもよ」

ダニエルはどうにか頭を持ちあげてわたしを見ようとするが、汗が顔を羊膜みたいに覆っている。

「おれは。悪いことした。ない」

文法が怪しくなってきたってことは、もう少しで自白を引きだせそうってことだよね。

彼を見る。なんて哀れな。縮みあがって汗をだらだら流してる。言ってみればまるで、まあ、まるでレイプ犯のように。わたしはすぐにでも家に連れ帰って、不安の目が、今から何が起こるのか理解したときの恐怖一色の目に変わる瞬間が見たくなる。

だけど、作業してる人はいないようなのに仮設照明がついたままの道路工事現場で一旦停止したとき、もう一度彼を見て、何かがとてもおかしいと気づいた。恐怖の表情が消えている。というより表情が全部なくなった。目はうつろで一点を見つめている。でも何も見えてない。なぜなら、彼は死んでるから。

ファック。

ＧＨＢを全量入れたのはまちがいだったかも。でもそれで人が死ぬことがあるとは思ってなかった。なんてこと。デートレイプドラッグについては、少し調べたほうがよさそう。もしかしてアレルギーだったとか？　わからないけど。わたしは救急隊員でもなんでもないから。わかるのは死んだっていうことだけ。車の助手席で。わたしのとなりの。

ファック。

27

キャットフォードとチェルシーのあいだのどこかを走る、キティのレンジローバー

オーケー。慌てない。

目下の問題は、わたしは死体を家から運びだすことには慣れてても、運び入れた経験はないということ。しかもそれは、まちがっても昼日中にやりたいことじゃない。酔っぱらいやホームレスの数よりベビーカーや街路樹が増えてきたところで、もっと狭い道にハンドルを切る。考える必要がある。うちに連れ帰って、暗くなるまで車に放置するということも、できなくはない。でも、どうにかして隠しておかないといけないし、この暑さでは、あいつの腐った肉のにおいが放たれるまでに時間はかからない。工場に直行する手もあるけど、たぶん作業員がいる。一番近いハンプシャーの工場でも、車で四十五分かかるし。死体が横にある状態としてはけっこうな長時間だ。それに自分の道具もほしい。結局、現実的にいって、当番のコンシェルジュのだれかの前を通過して、わたしのペントハウスまで連れていくしかなさそうだ。

後部座席をのぞき込み、自分が車の片づけが絶望的に苦手なのを神（かだれかに）に感謝する。

車のうしろは、実質的にわたしの非常用クローゼットになっている。イベントにいったらゴースト

のドレスがだれかと丸かぶりしていたという災難中の災難に、いつ見舞われるかわからない。スタイリストが一点ものだと請け合ったとしてもだ。それはともかく、要するに車には帽子もコートも上着もいっぱいある。あとは創造性を発揮するのみ。わたしは方向転換してチェルシーにもどり、地下駐車場にレンジローバーを駐めて仕事に取りかかる。

オーバーサイズのミュウミュウのバケットハットをダニエルの頭にかぶせ（ありがとう、九〇年代リバイバル）、マドレーヌ・トンプソンのストールを胴体に巻きつける。そして、ジョエルのスーツケースをトランクに詰めたときにローラースケートを見かけたのを思いだす。使えそうだ。おかげでダニエル・ローズはスタイリッシュ（っぽく）見えるだけでなく、ずっと動かしやすくなった。

ラッキーなことに（わたしは本当に幸運の星の下に生まれたらしい）当番はリーアンだ。デスクではなく、少し先の荷物室にいる。ダニエル・ローズを滑らせてホワイエを通り抜けるわたしを見て、笑って手を振ってくる。正直、けっこうな重労働だ。車輪がついていようとダニエルは軽くはない。

「こんにちは、ミス・キティ！」

「ハーイ、リーアン、お元気？」

「おかげさまで元気です。ご友人の彼女は」彼はわたしがこそこそ運び入れようとしている死体を指さす。「具合がいまいちなんですか？」

「もうひどいの」わたしは言う。「またしても飲みすぎ！　上に連れていって寝かせようと思って」

「なかなかお行儀の悪い女の子ですね」リーアンはうなずいて言う。「しかもスケートなんか履いて、転んで死んじゃうぞ！」彼は笑い、わたしも嘘で笑って、死体にしっかりしてと声をかけるふりをしながらエレベーターまで引っぱっていく。

自分の階までついてしまえば、あとはわりと順調で、翌朝、ダニエル・ローズの断片をショッピングバッグに丁寧に詰めて持って出ていくときも、リーアンはまったく気づかない。グッチに、ティファニーに、シャネルの袋。

「ちょっと返品しにいってくる」わたしは微笑んで、淹れてきたコーヒーとブルーベリーマフィンを彼にわたす。「娘さんたちによろしくね」

小さめのティファニーの袋もそっといっしょに差しだした。なかには太陽の光で電飾みたいにちらちら光る、小さなダイヤのついたホワイトゴールドのブレスレットがふたつはいっている。リーアンの娘たちは彼の妹といっしょにパキスタンにいる。妻は下の子を出産したときに亡くなったと、初出勤の日にコーヒーを差し入れたわたしに教えてくれた——もう三年くらい前のことだ。彼はここで稼いだほぼ全額を故郷の家族に仕送りして、子どもたちを学校に通わせている。親切に接してくれるし、わたしもできるときには娘たち用のプレゼントをわたすようにしている。

さらに封筒もわたす。「自分にも何かに使って」あとで勤務時間が終わって封筒をあけたとき、リーアンは二十ポンド札がぎっしり詰まっているのを見るだろう。自分がいかに心優しい人物であるかを折にふれて人に思いださせるのは、悪いことじゃない。

まあたしかに、それは賄賂とも呼べるかもしれない。でもわたしはその言い方は好きじゃない。

ダニエル・ローズを（今回はスウィンドンの工場で）始末したあと、スマホをチェックすると、メイジーが今晩〈ロスト・アワーズ〉で会議をひらきたいと言っている。シャワーを浴びて着替える時間は十分あるけど、そのあいだチャーリーのことを考えないようにしないといけない。電話もメッセージももう来ない。胃が沈んで、わたしはこの感覚を極度の落胆だというふうに認識する。

28

キングズロードの〈ロスト・アワーズ〉

遅刻してきたメイジーは、無言でそっと自分の席に着き、そんな彼女を三組の目がじっと見つめた。

「何よ?」メイジーは顔をしかめて言う。「それをわたしにもちょうだい」

トアが栓のあいたシャブリのボトルからメイジーのグラスになみなみ注ぐ。

「さあ、ほら」ヘンが言う。「言っちゃいなさいよ。全部吐いて。自分で招集したんだから」

メイジーは顔を赤くしている。「まあ、そうね。セックスの話になるんだけど」

「うわ。本気?」わたしは言う。「できればわたしたちは勘弁してもらいたいな」

ヘンがわたしをじろりと見る。「勝手に代弁しないで。わたしは全部知りたい。ベッドルームでのルーの活躍については、ほとんど何も聞かせてもらってないから」

「異議は却下」トアはワイングラスを小槌にして言い、その後トアとヘンが声を揃えて言う。「あそこの大きさは?」

近くのテーブルの人たちがわたしたちを振り返ったけど、幸い今日は木曜の晩で、みんな週末前のお酒を楽しんで、すでにそこそこ酔いがまわっている。ちらほら笑いもあがり、明白な理由もなくべストでめかした男性が立ちあがって、こっちに拍手を送る。

　メイジーはお礼に会釈してから、うんざりした目をしながら顔をわたしたちにもどす。

「まあね。やることは定期的にやってる。だけど、なんでそのことでそんなに騒ぎ立てるのかわからない。わたしはべつに干からびてたわけでもないし。だれかとはちがって」メイジーがわたしに顔を近づける。「あえて名前を挙げるような失礼なことはしないけどね、キティ・コリンズ」

「ほっといてあげて」ヘンが言う。「キティが自分のキティをライヴィータ〔ライ麦クリスプブレッドのブランド〕よりぱっさぱさにさせておきたいなら、それは本人の選択だから。まあ今はチャーリー・チエンバーズが射程内にいることだし、涸れた日々は終わったも同然でしょう。それより自分の話。ほら、話して。あの最中はどんな感じなの？」

「いたってふうつう」メイジーは肩をすくめて、ついてもないスカートのゴミをいじる。

トアが顔をしかめる。「ゆうべチャクラを整えてきた人の反応じゃないね。何があったの？」

「べつに何も。とくに変わったことはね。ただふつうのことがあっただけ」

「ということは、彼の秘密の拷問の庭にはまだ案内されてないって認識でいいよね」わたしは言う。

「だけど、大盛りあがりのセックスだったわけでもなさそう。前戯がよくなかった？」

「前戯がなかった？」ヘンが怯えた表情で目を見ひらく。「排水口から髪の毛を取るみたいに、そのまま指を突っ込むようなひどい真似をしたの？」

　メイジーは笑う。「ちがう。そういうんじゃ全然ない。悪くはなかった」

「悪くないね。悪くないセックス」ヘンは笑っている。

「もっとちゃんと詳しく話してくれないと。口でやったの？　下手だったの？」

「あそこがちっちゃいの?」トアが質問する。

メイジーは今では顔を両手で覆って、笑いで身を震わせている。「ちがう。もう聞かないで。この話はしたくない。気が変わった。いつもみたいにただ酔っぱらって、ぐだぐだしゃべろう」

わたしは息を呑む。「まさか極小サイズ?」

メイジーはくすくす笑いつづける。「ちがうって! 大きさはふつう。ただ……」顔から手をはずしてわたしたちを見る。「だめ、言えない。再現するだけでも恥ずかしい」

「それでも今すぐ話しなさい!」トアが言う。「そうじゃないとヘンが勝手に想像で話をつくって、みんなに広めちゃうから」

ヘンがうなずく。「たしかに、まさにわたしのやりそうなことだわ」さっそくiPhoneを手に取ってツイッターのアプリをひらいた。

「だめ! やめて! わかった。話すから。でもその前に、もうちょっとそれをちょうだい」メイジーはワインを指さし、トアがグラスの縁までなみなみ注いだ。メイジーはこぼれないようにグラスに口を近づけないといけない。マクドナルドのシェイクを飲む小さな子どもみたいだ。

「じゃあ話すわ。そのね、昨日の夜、わたしたちはうちにいたの。バーを二軒はしごしてきて、ふたりともけっこう酔ってて、それでソファの上で、なんていうか、いい感じになってきたの。服も脱いだりしてね」

そこで彼女は話すのをやめて、もう一度ワインをゆっくりと飲む。まわりのわたしたちは、たぶんだれも息をしてない。

「二階にあがろうって、わたしから提案した。ほら、わたしってソファに染みがつくのに神経質なタイプでしょ。それで寝室にあがっていった。さらに服を脱ぎ捨てながらね。危うく階段ではじめそうだったけど、絨毯だとすれる。それで寝室にいってキスするうちに、彼の口がだんだん下にさがっていった。わたしはそのころには彼に爪を立てて、もうイキそうだった。すばらしかった。そしてシーツをにぎりしめて、あっという間に昇りつめた。すごくよかった。それでね、わたしは余韻に浸って横になってた。彼はすごく自分に満足げな顔をしてた——まあ、許されるよね。そしたら、そのあとベッドをじりじりあがってきて、だんだんわたしの顔に股間が近づいてきた。そして彼は……」

メイジーはまたしてもそこで話を切る。そしてまたワインをぐびりと飲む。手に汗握るサスペンス。この子はオーディオブックの朗読をしたほうがいい。この上なく裕福で働く必要がないのでなければ。

「彼は何？？？」ヘンが叫ぶような声をあげ、メイジーはびくっとしてワインをこぼす。

「そして彼はね」今ではささやき声だ。「自分のおちんちんをしゃぶってくれと言ったの。おちんちんを」メイジーはふたたび手で顔を覆って、声を殺して震えながら笑いだす。

わたしはどう反応するのが正しいのか、ヘンとトアのほうを見る。ヘンは口をあんぐりあけ、トアはメイジーといっしょに声を出さずに笑いながら、息継ぎのたびに〝おちんちん〟を連呼している。

これにはヘンもツボにはいり、わたしもみんなといっしょになって笑う。

「彼はTシャツにソックスっていう格好だった」笑いがおさまったところでメイジーが続ける。「トイレトレーニング中の幼児そのまんまの姿。それであんなことを言うもんだから」メイジーはそこで間を置いて、口に手をあてる。「かわいそうなルー。わたし、笑いが止まらなくなっちゃって」

「あらあら」ヘンは言って、真っすぐに立てた人差し指をふにゃりとさせて、手のひらに落下させる。

メイジーはうなずく。「そう。まさしくね。まあともかく、彼はまたズボンをはくことになった」

「赤いやつ?」わたしは尋ねる。

メイジーがこっちを横目で見る。「そう、どうしても細かい点が大事というなら、色は赤だった」

トアが鼻を鳴らして笑う。

「それから、わたしたちは下におりた」

「彼はもう、おりてたんじゃなかった?」

ヘンは笑いが止まらない。

メイジーはそろそろイラついてくる。頬の高いところに小さなピンクの染みが浮いてきたので、それがわかる。「実際の階段をおりてリビングにいって、それで、成り行きから、セクシーな状況のときに性器をどう呼ぶのがいいかっていう議論になった」

「ありえない。で?」

「それでわたしは言ったの。〝ペニス〟なら問題なし。〝息子〟は許容範囲。でも、そこでもう行き詰まった。あとはもう官能小説の言葉の世界になっちゃって。〝脈打つ男根〟とか、そういうどうしようもないやつ」メイジーはワインを喉に詰まらせそうになりながら、くすくす笑っている。「正直、わたしはもう二度とセックスは無理って思った」

「結局、その気になったの?」わたしは尋ねる。

メイジーはうなずく。「うん。おかしな話だけど、男女のあそこを呼び合ってたら盛りあがってきちゃって、そのうちソファの上ではじめてた」

「でも染みが!」

「まあね。だけど、セックスの体液を拭き取るんじゃなきゃ掃除人はなんのためにいるの?」

三人は魔女のように高笑いし、わたしはその笑い声を聞いて嫌なものをチクリと感じる。トアはわたしが明らかに不快そうにしているのに気づいた。

「もう、不機嫌さんなんだから。冗談で言ってるんだよ。自分の倫理の物差しでメイジーをぶったぎらないであげて」

「掃除人のためにお掃除する人なんて、キティ以外に会ったことがない」ヘンが言う。

「トイレにいってくる」わたしは言う。立ち去るわたしにヘンがブーイングを浴びせる。

洗面所の鏡で自分を見ていると、一瞬後にトアがはいってくる。

「どうしたの？　今夜はいつもと様子がちがうね」

わたしはため息をつく。「そうかな。ただみんな、恵まれてる自分をあたりまえに思いすぎてる気がして。しかも、ときどきそれが目にあまる。大勢にとっては、世界はすごくひどい場所なのに」

トアはわたしに腕をまわして、引き寄せてハグする。「もう、キティってば。でもだからこそ、自分にあるものを楽しまないと。わたしなんて孤児院で最低な暮らしをしてたかもしれないんだし。わたしは今の生活に感謝してる。それに、あの子たちはただ冗談で言ってるんだよ。わかってるよね」

「チャーリーとはどういうことにもならないから」わたしはむっつりと告白する。

「ベイブ。え、何？　どうして？　本物の縁みたいなのがあるんだと思ったのに、ちがうの？」

「自分でもそう思った」わたしは体を持ちあげて洗面台に座る。「アートの展覧会みたいなものに連れていかれたんだけど、まるごと彼のチャリティの主催だった。けっこう面白いのもあったし、そのあとはパブにいって――おじさんが通うよくあるパブだけど、とっても楽しくてふつうだった――それで、いろんなおしゃべりをした。すごくうまくいっていると思った。彼はこんなものをくれたの」

ポケットからハローキティのキーホルダーを出して、トアに見せる。

「かわいいじゃない。何がいけなかったの？」

「彼は会議があって翌朝が早かったから、わたしにウーバーを呼んでくれた。家に寄っていかないって誘おうかと思ったとき、彼が言ったの。インスタで紹介したければ展覧会の画像をどれでもあげるって」自分の顔がうなだれるのがわかる。それとともに心も沈んでいく。

「ああ、キッツ、まさか。まちがって受け取ってはないよね？」

「それはない。ゆうべ電話を無視してから、彼はもうなんとも言ってこないし。だからわたしはただの宣伝の機会でしかなかったんだと思う。アダムのことを思いだしちゃった」

トアがわたしのひざをさする。「わかった、じゃあ車をひろって家に帰って、いっしょにチョコレートをたくさん食べて、男の悪口を言おう。あのラブラブのバカふたりはほっといて。うまくいかなくなったら、どうせわたしたちが慰めるんだから」

わたしは弱々しく笑い、トアに導かれてトイレから出る。彼女はメイジーとヘン（今ではペニスの太さについて大声で熱弁している）に、わたしたちはもう帰ると告げた。

「悪いんだけど」つかまえたタクシーがうちに着いたところで、わたしはトアに言う。「やっぱりひとりで家に帰ってもいいかな？　まったりしてベッドにはいりたい気分なの」

「そうして、キティ」トアはわたしの頰にキスをする。「このまま乗ってっちゃうよ」

「無事に家に着いたら連絡して」わたしは言い、リアウィンドウごしに手を振るトアを車が見えなくなるまで見送った。

29

チェルシーのキティのアパートメント

その後はチャーリーのことを考えながら、テレビの前でぼんやり過ごすつもりだった。わたしが差しだせるものではなく、わたしそのものを好きになってくれる男がいるかもしれないなんて期待した自分の愚かさについて考えながら。けれど、なんとなく面白そうな実録犯罪もの（お金のために殺しをする女たちの話）をようやく選んだところで、スマホが震えだした。

チャーリーだ。

無視するつもりだった――無視したかった――のに、それよりも好奇心が、それか、愚かにも心に放置した希望という小さな火のほうが勝（まさ）って、わたしは電話に応える。というか、ともかく出る。

そして向こうから話すのを待った。

「キティ？　キティ、聞こえてる？　もしもし？」

「ええ、聞こえてる。こんにちは。用件は何？　高画質のプレス用写真を送りたいから、メールアドレスを教えてって？　それとも、わたしのプレス担当の電話番号を教えればいい？」自分の早口でとげとげしい声の感じが気に入らない。

「どうかそんな言い方はしないで。本当に悪かったよ。怒らせるようなことをしてしまって。僕は許しがたいバカだった」

「じゃあ否定しないの？」

「自分がバカだったってこと？　いや、まちがいなくそのとおりだ」

「言いたいことはわかってるでしょう」

「否定はしないよ。きみがネットに何かをあげたらチャリティのいい宣伝になるってことは、たしかに思った。でもしゃべりながらふと思っただけだ。きみを宣伝役に仕立てあげるつもりがあったわけじゃない」

自分の選んだ言葉にひるんでいる様子が聞こえるようだ。

「いっしょにいて本当に楽しかったんだ。それを台無しにしてしまった自分を一日じゅう責めてた。だけどそれ以上に、きみを怒らせてしまった自分を責めた」声が低くなる。ほとんどささやき声で言う。「本当だ。心から謝りたい」

彼はアダムをやっている。理解はしてるけど、自分を止められない。「わかったわ」ため息をつく。「謝罪は受け入れた」どうしてわざわざ自分を苦しめるようなことを？

「ありがとう」

「だれを信用してだれを疑うか、ちょっと神経質になってるの」わたしは言う。「前に傷ついた経験があるから」

「気持ちはわかる。本当に。だけど脳が動く前に口をにしてしまった。僕はきみと会える今後のチャンスまでつぶしてしまったんだろうか？　ぜひまた会いたいんだ。裏はない。絶対だ」

「あなたは何もつぶしてない」わたしは言う。「というより、あしたの夜は何をしてるの？」

「ひょっとして、この惑星で一番かわいくてセクシーな女性と過ごせてるかな」

「正解ね。詳しいことは、またあらためてメッセージする」

「わかった。じゃあ、ベッドにはいったところだし、もうおやすみを言うよ。長い一日だった」

ベッドにいる彼の映像が頭からはなれない。

「ぐっすり眠ってね」

うわあ。わたしったら何をしてるんだろう？

30

W1Dの〈アイ・プラント・ビリーヴ・イット〉

翌朝、約束どおり、待ち合わせの場所と時間を書いた詳しいメッセージをチャーリーに送った。うっかり広報の人にいくと約束してしまったあるイベントで、彼女はその週に仕事に就いたばかりで、それにバカみたいに感じがよかったから、わたしは電話を切るころにはとりあえず自分がいくってだけじゃなく、月でも星でも連れていくと約束していた。名前はクロエ。きっと出世するね。

ともかく、そのイベントというのはソーホーの新しいヴィーガンレストランのオープニングパーティで、広報の彼女いわく、まさに〝わたし好み〟らしい。正直、ぶっちぎってしまおうかとも考えてたけど、今では楽しみになってきた。メニューからあれこれ試食もできるし、ヴィーガンのカクテルも無限に飲める。

彼はわたしより先に着いていて、黒いTシャツにジーンズという姿が目にもかっこいい。テーブルに座って、最初に会った晩みたいに親指の皮をかじっている。自分の肉を嚙む行為はヴィーガン的にはどうなのかと、一瞬思わないでもない。逆の手は首のうしろにあって、自分の髪をくしゃくしゃにしながら丸い目で広々したダイニングエリアを見まわしている。緊張してる。かわいすぎ。

「すごいね」わたしは向かいの椅子に滑り込んで、彼を驚かせる。

わたしを見て、彼の目に輝きが躍った。

「やあ！」

チャーリーが立ちあがったので、わたしももう一度立つはめになり、彼はわたしの頬にキスをしようとしたけど、わたしが逆に顔を動かしたため耳にキスをしてしまう、という滑稽なダンスがくり広げられる。ふたりして笑い、わたしはたがいの愛らしい不器用ぶりに内心で驚く。

「本当にね」彼はまわりを見まわして言う。「想像していたのとはまるでちがう。何を想像していたかはよくわからないけど」

動物／惑星への愛をテーマに振りきった内装で、巨大な壁画にはこれまでに存在したあらゆる動物がいて、わたしたちのことを見ていた。気味が悪い。中央のバーは箱舟のような形で、テーブル席は青い床の上に並べられ、海に放りだされたようだ。

巨乳で金髪のウェイトレスが、カクテル二杯をトレイに載せてこっちにやってきた。

「当店のスペシャルドリンク。ＣＢＤオイルを加えたジントニックです。どうぞお試しください」

ウェイトレスはわたしたちの前にグラスをぽんと置いて、去っていく。

「大麻カクテルだって？　オープニングパーティっていうのは、いつもこんな奇抜なものなのかい」

チャーリーがドリンクをじろじろ見ながら言う。「ドラッグがはいってるって、あのウェイトレスは本当に言った？」

「宗教っぽいニュアンスも、どうかという感じじゃない？」わたしは箱舟／バーのほうに顔を向ける。

「ああ、わりとあからさまだね」彼は思いきってカクテルに口をつけようとしたけど、突然悲痛なうめき声をあげて、メニューに頭をうずめる。ちなみにメニューはキリンの形。「遅いって、おい、もう遅い」わたしのうしろから大きな声がし、チャーリーがまちがいなく「くそ」とささやくのが聞こえた。

彼は体を起こしてメニューをテーブルにもどし、口元に引きつった笑みを浮かべる。「ハリー。元気かい？」

オレンジ色のくしゃくしゃの髪に、過分に恵まれた人生を送ってきたことを物語る騒々しい笑い声をしたチャーリーより大柄な男が、彼の背中を（なかなかの力で）たたき、チャーリーは軽く前につんのめる。連れているのはすごく小柄なブルネットの女性で、見覚えがあるのはたしかだけど、だれかはわからない。

「こういうオープニングパーティみたいなものにおまえが興味があるとは思わなかったよ、チャールトン」だれかわからない男は言い、それから初めてわたしに気づいたみたいな顔をする。「なるほど！」の言葉とともに好色そうなウィンク。「そういうことか」にやにやしながらわたしとチャーリーを交互に見る。居心地の悪い沈黙が何秒か続き、とうとう言う。「紹介してくれないのか？」

チャーリーは目をぐるりとまわした。「キティ、兄のハリントンだ。ハリー、こちらは友人のキティ・コリンズ」

ハリーの目がパン皿みたいに大きくなった。「あのキティ・コリンズ？」彼はわたしというよりチャーリーに言っている。「一家の背景を思うと、肉NGの場所に来ていること自体、ちょっとしたジョークだな！」彼はロバのようにいななく。

「こんにちは、キティです」わたしはハリーがすぐには紹介する気のないらしい栄養不足のブルネットに片手を差しだす。

「ブリジットよ」彼女はぐにゃぐにゃの手をわたしの手のなかに置いて（子どもみたいにちっちゃくて、きれいに手入れしてはいるけど、とにかく異様に小さい）、わたしに握手させる。わたしは笑いかけるけど、向こうはまったく目を合わせようとせず、ずっとハリーだけを見ている。

「とにかく」ハリーが太い声で言う。「楽しいじゃないか」彼はウェイトレスに向かって指を鳴らし、見上げたことに、彼女の顔に貼りついた笑顔は一ミクロンも揺らがない。「椅子をもう二脚持ってきてくれ、お嬢ちゃん。せっかくだからチャールトンとその友人といっしょに座ろうじゃないか。夜の遊びの場で弟に出くわすなんて、めったにあることじゃない」

　彼はふたたびヒーハーと笑い、チャーリーは口の動きでわたしに「ごめん」と伝える。

　わたしがそこにいることを突然思いだしたように、ハリーがこっちを見た。「じつはインスタをフォローしてるんだ。こないだのビキニのショットはよかった」

「ところで、兄さんこそ、こんなとこで何をしてるんだ」チャーリーが話題を変える。「まさかステーキやバーガーを食べるのをやめたなんて言いださないだろう？」

「ああ」彼はブリジットを指さす。「そこのツイッギーが来たいって言うから。インスタのインフルエンサーになりたいって憧れてるんだよ、キティ。何かコツを教えてあげられないかな？」

　ブリジットのほうを見ると、相変わらずぼやっとハリーを見つめている。もしかして、連れだす前に充電するのを忘れちゃった？　わたしは人工甘味料みたいに甘く微笑む。

「もちろんよ。ブリジット、何かとくにほしいアドバイスはある？」

　個性をつくることについてとか？

彼女もわたしと同種の笑みを浮かべる。「いいえ、ありがとう」

わたしたちの席はしばしぎこちない沈黙につつまれ、豊満なウェイトレスがもどってきて、やっとそれが破られる。彼女は試食メニューのサンプルをたくさん持ってきた。ハリーは胸元から目が離せない。

「マッシュルームとアーティチョークのスープ、〈プラント・ビリーヴ・イッツ・ノット・バーガー〉のミニザンプル、〈プラント・ビリーヴ・イッツ・ノット・フィッシュ〉のフライに当店特製〈ノー・タ・タルタル〉ソースを添えたもの、〈ノー・ラット・アトゥーユ〉のタルト、それにビーツのリゾットです。ご提供する料理はすべて、植物性由来の極上の味を楽しんでいただくため創作されたメニューです」彼女はまばゆい笑顔で台本をすらすら述べ、大きな盛り皿をテーブルに置いた。

「僕としちゃあ、もっと骨に肉がたっぷりついたものが好きだな」ハリーは彼女のおっぱいによだれを垂らしそうになっている。名札によればドナという名前で、彼女はハリーのしつこい視線にわずかに不快感を示し、背中を丸め、胸の上で腕を組んだ。

「ここはヴィーガンレストランですから……」笑顔が少し揺らぐ。

「わかってるさ！　ちょっとかわいい子と戯れてみただけだよ。さあ、お嬢ちゃん。あのすてきなカクテルをもっと持ってきてくれ。頼んだよ」

チャーリーは口をあけて兄を見つめている。

苦痛な二十分が過ぎたころ、ようやく飲み物が運ばれてきたけれど、持ってきたのは男性のスタッフだった。彼はドナほどにこやかではまったくなかった。

31

ソーホーを走るウーバーの車内

「いやいや、とんでもなかった」一時間後、ふたりでありがたくウーバーに乗り込み、チャーリーがささやいた。「ハリーのこと、謝るよ。すごく不快なやつに映ったと思うけど、悪気はないんだ」

「謝らないで！」わたしは彼の手に手を伸ばし、軽く握る。ふたりのあいだで緊張の電気がはじける。それか静電気が。「会えてよかった。お兄さんがいることも知らなかったし」

チャーリーはうめいて、両手で顔を覆ってシートに沈み込んだ。「こんなかたちで紹介することは考えてなかった」指の隙間からわたしを見る。「まだ遠くに逃げたい？」

わたしはヒールのバカ高いジミーチュウを指さす。「逃げたくてもたぶん無理」

「いつもは十回くらいデートしたあとじゃないと、うちの家族には会わせないようにしてる」彼がわたしの手を取る。また何かがはじける。「許してくれるかな、キティ・コリンズ？」

「わたしのほうこそ、ロンドン一、変わったレストランに連れていったことを許してくれるか聞かないとね」わたしは言う。「あの巨大な箱舟はいまだに解せないわ。あんな案を思いついた人はきっと……ねえ、最低のマーケティングをした人が落ちる地獄ってあるのかな？」

チャーリーはくすくす笑う。「ブリジットのことはどう思った?」

「ごめん。だれ?」

チャーリーが頭をのけぞらせて笑う。少ししてわたしを見る。

「今日は特別な夜にしたかったのに」彼は言い、指をあげてわたしの頬をそっと撫でる。

「すぐには忘れない夜になったのはたしかね」

彼はまたうめいて、恥じ入っているふうに頭を垂れる。「どうしたら埋め合わせができるかな?」見まちがいではなく、目には光が瞬いている。

「方法はいくつかあると思う」

32

チェルシーのキティのアパートメント

わたしたちはうちの建物までもどってきて、そのとたんに、セクシーな緊張感がふたりのあいだに漂ってくる。エレベーターでは必要以上にそばに立ち、体がこすれたり触れたりするたびに肌がはじけて、甘い期待に自分の心臓が走りだす。

部屋にはいるときに腰にチャーリーの手が置かれて、わたしは欲望のうなり声をもらしそうになる。

「すてきなおうちだ」彼が見まわして言う。

「うん。母が南仏に逃げるとき、罪ほろぼしに買ってくれたの」

「罪ほろぼしの贈り物としてはだいぶ太っ腹だね」

「うーん。考え方によるかな」

「でも親子の仲はいいの？」

「そうでもない。クリスマスとか誕生日には話すけど、ロンドンのことは忘れたいんだと思う。父がいなくなる前から、母にとっては最高の日々ってわけじゃなかったし。マスコミは母にひどかった」

「ああ、おぼろげな記憶らしきものがあるけど、お母さんがすぐにつぎにいったのがよく受け取られなかったんだっけ？」彼はダークブルーの羽目板の壁を指でなぞりながら、わたしには読み取れない表情を浮かべる。

「あることないこと噂されて、母はずっと不倫してたとか、父は精神的に参っててそれが原因で……」わたしは言いよどむ。チャーリーがきっぱりした顔でこっちに近づいてきて、指一本でわたしの唇を押さえる。いつものわたしなら腹を立てるジェスチャーだけど、肌と肌が触れて、またしても電気がはじける。

「過去の話はやめよう」

わたしはうなずく。話さないにこしたことはない。

一拍が過ぎる。視線はからまったまま。わたしの呼吸は速くて浅い。そして、チャーリーからの初めてのキス。わたしもキスを返し、押しつけられたあたたかな肉体、善意と命のみなぎる脈動する体の感触に浸り、そのなかに溶けていく。わたしの手は彼の髪のなかに、彼の太ももはわたしの脚のあいだにある。

あなたが欲しい。

い、い、い、い、い。

やっとおたがいから体を離すと、チャーリーはわたしの顔を両手ではさんで、目を見つめて首をかしげた。

「ところで、ちなみにだけど、きみのインスタに難民アートを載せてくれるか尋ねるには、今がいいタイミングかな？」彼は微笑んでわたしの眉間にキスをする。「冗談だよ。コーヒーを淹れる？」

え？　彼は本気でコーヒーが飲みたいの？

チャーリーはわたしのあとからキッチンにはいり、わたしがインスタグラムで嘘を並べられるように送られてきたガジェットの数々を、戸惑った目でながめる。

「どれがコーヒー用の機械かは、わかってる？」

「白状していい？」わたしは言う。「まったくわからない。飲み物はいつも外で買ってるから。うん、わかってる。すごく贅沢に聞こえるよね」

彼は笑う。「まあ、ガジェットやハイテクをいじるためじゃないなら、男はなんのためにいるって話だよね」

さあ、かかるぞということを示す、指をボキボキ鳴らす世界共通の仕草をしたあと、チャーリーは食器棚をあけ、水を注ぎ、キッチン用家電のひとつを選んで、その隠れ引き出しに小さなカプセル的なものを滑り込ませる。

機械が心配になるくらいゴーゴーいいながら湯気を噴いているあいだ、チャーリーはほかの品々をチェックする。「肉を食べないわりには、ずいぶんたくさんの武器を揃えてるね」肉切り包丁を手に取り、手のひらの上でひっくり返す。

「ココナッツをスプーンであけようとした経験はある？」

彼は笑う。「そんなやり方は考えたこともない。だけどタイにいったとき、古いサムライの刀で試したことはあるよ」

「へえ、よくできた話」

「本当だよ！　嘘じゃない」

コーヒーができてリビングに移動する。チャーリーはソファの端っこにちょこんと腰をおろした。

彼のお行儀に、思わず笑みがこぼれる。

「遠慮なくくつろいでくれていいのに。叱ったりしないから」

彼はすぐに安堵の表情を浮かべ、クッションの高級な心地よさに身を埋める。

「古い癖は、本当になかなか抜けないもんだね」彼はコーヒーをひと口飲んで言う。「子どものころは、家具は使うものじゃなく愛でるものだった」

「もう今ではいい大人なんだし」わたしは二人掛けソファ（〈ダーリンズ・オブ・チェルシー〉のローラ、張地はブルーラグーン）の反対の端に座って、足をお尻の下に折り込んだ。「それに、うちの家具は全部まちがいなく使うためにあるから」身を乗りだしてマグカップをコーヒーテーブルに置く。彼も同様にする。ミラーリングだ。気を引こうとしてるときなんかに出たりするやつ。

わたしはまたしても激しい喜びを覚える。

わたしに好意を持ってくれてる。

いい、いい、いい、いい、いい、い
「今現在、ほかにこの家具を使ってる人はいる？」

「あなたとわたししかいない」

「人生にほかに男性はいないの？」

わたしはティンダーのことを考える。それに死体のこと。グラインダーを通るときの、金属が骨にあたってバリバリいう音のこと。「ほかに男性はいない」

チャーリーがあらためてわたしを見つめる。瞳孔が黒く飢えている。身を乗りだしてきて、ふたたび唇が唇に重なる。さっきよりも濃厚で、片手でわたしの顔をつつみ込み、反対の手をわたしの腰にあてて、自分にそっと押しつける。

あなたが欲しい。

い、い、い、い、い

いよいよその時が来たと理解する。わたしは両手で顔をつつんで、チャーリーににじり寄る。すると腰の両側に手が置かれて、彼のひざの上に引きあげられる。さらに引き寄せられて彼にまたがる格好になり、片手がミッソーニのトップスの下にはいってきて、頭からすっぽり脱がされる。彼のシャツのボタンをはずそうとして指が震えたけど、肌と肌が直接触れたときの感触はありえないくらいすてき。あらわになった素肌にキスしたり歯を立てたりしながら、ふたりは一枚ずつ服を脱いでいき、とうとうそこにたどりつく。裸の姿に。引き倒されて、わたしは吐息をもらして彼に体を重ね、背中に爪を立てる。そしてふたりは、そのままソファでことにおよぶ。


結局チャーリーは泊まっていくことになって、翌日のお昼ごろ帰るまでに、さらに三回愛し合った。

「ボスでいることの役得のひとつだよ」彼は別れのキスをしながら言う。

「うわあ、ボス。いいわね」

「また電話するよ。きみのためのプランがあるんだ」

「はい、ボス」

ベッドで体を伸ばしセックスの至福の余韻に浸っていると、スマホが振動した。ランチに〈ズマ〉を予約してあることを知らせる、ヘンからのリマインドだ。今日みんなと会う約束があったのをすっかり忘れていた。わたしはキャンセルしたい誘惑に駆られる。

でも、チャーリーのこととか、わたしの直近のセックス事情について話せると思うと、今回にかぎってはわくわくする。

33

ナイツブリッジの〈ズマ〉

「でもきっと、彼にだって欠点はあるんじゃない？」メイジーはあとでルパートとのデートがあるので、できるだけ酔わないようにお水を飲んでいる。

「今のところはまだ何も見つかってないけど」わたしは言う。「ところで、ここに来るのはもうやめにしない？　これ以上枝豆を食べさせられたら、わたし死んじゃうかも」

ヘンはお得意のあきれ顔をするが、目玉を思いきりひっくり返すので完全な白目になって、何かに取り憑かれた人みたいだ。「きっと何かしらはあるよ」目玉の位置はもどったけど、目を細めている。

「だから、枝豆だって」

「その話じゃないのはわかってるくせに、キティ」

「まだ会って日が浅いから」わたしは言う。「おたがいにいいところしか見せてない」

「彼の家でまだ大はしてないってことで、いいかな」

トアとメイジーが笑う。

「だけどハードルはそこなの？」トアが言う。「彼の家で大をしたかどうか？　やめてよ、ちょっと。

まだ若いのにしわができちゃうじゃない」

「でも、したの？」ヘンは引かない。

「いつもはセックスのことばかり細かく聞きたがるのに、なんでわたしのときだけ彼の家で大をしたかを知りたがるの？　みんなこそ、何か問題があるんじゃない？」

今では三人とも笑っている。

でもじつはヘンは痛いところを突いていて、それはここにいるみんなに喜んで告白したいことじゃない。親友だろうとなんだろうと、女は血のにおいを嗅ぎつけるとピラニアになる。

「デートしはじめたばかりで、まだ彼の家にはいってないの」わたしは言う。ワインに向かってぼそぼそと。「ねえ、もうセックスの話をしていい？」

ヘンの眉が少なくとも二センチ以上、額のほうに動く。ボトックス業界を律儀にせっせと儲けさせていることを思えば、それだけでもたいしたものだ。

「今、なんて？」ヘンはテーブルにあった空のフルートグラスを手に取って、それをわたしのほうに向ける。「さっきテーブルにつぶやいたことをもう一度言ってもらえますか、ミス・コリンズ？　彼の家には、いったことがないと？」まるで警察ドラマか何かに出てるみたいな言い方だ。

「そう」わたしはやはりグラスに向かって白状する。「だけどそんな大げさに騒ぐことじゃないでしょ。ありがたいことに、わたしの家はここにあるし、わたしのものも全部ここにある。仲間もここにいる。ほとんどの場所から、みんな歩いて帰れる。それって夢みたいじゃない」わざとらしく顔を引きつらせているメイジーを前に、わたしは言う。「それにトイレ事情が気になってしかたない人のために言うと、わが家にはお手洗いが四つある。そのうえ、会って間もないの。まだ三回くらいしかデートもしてない」

「でもどうして自宅にあげたがらないの？」自分の骨を見つけたヘンは、ちょっとのことでは放そうとしない。「イギリス人にとって家は城であるとかなんとか言うじゃない。なんで彼はそんな厳重に跳ね橋で守ってるの？」

「シェアしてる相手がいるのかもよ。うわあ」メイジーが体をぶるっとさせ、わたしはテーブルの下で彼女の素足の足首を軽くひと蹴りする。

「いたっ。もう」

「わたしたちも、むかしシェアしてたじゃない。そのときも〝うわあ〟って思ってたの？」

メイジーは笑う。「そんなことない！　キティは最高の相手だった。ナイフへの異様なこだわりを除けばね。〝ヴィーガンの平和主義者〟としては、ちょっとおかしいでしょう。でもわたしたち、子どもみたいだったね。パーティ屋敷だったし、あのころはみんな仕事を持ってなかった」

「今もだけど」トアがつぶやく。

「でも三十代にもなってルームメイトと暮らす人なんている？　よっぽどの貧乏人ならべつだけど。彼がお父さんからのお金を全部断ったって話は、わたしも知ってるよ。だけどそこまで貧乏かな？住む場所に困ってる人には見えない。いつもいいにおいがするし」

「ワオ。簡潔にまとめてくれてありがと、メイジー。だけど彼にルームメイトはいない」ともかく彼の口から聞いたことはない。ふいにわたしの頭に、〈ニュー・ガール／ダサかわ女子と三銃士〉で半裸のズーイー・デシャネルとミーガン・フォックスがバスルームで場所を取り合う映像が浮かぶ。

「ルームメイトがいないのはたしかよ」

「インテリアがダサくて、キティの家がおしゃれすぎるから恥ずかしいのかもね」メイジーが言う。

「最悪だよ」トアが息を呑む。「家にはいって、ニューヨークの摩天楼群みたいないかにもなやつが壁に貼ってあったりしたら、どうよ」彼女は体を震わせ、グラスの残りを一気に空ける。「それならMAGA［選挙スローガン。「アメリカをふたたび偉大に」の意］のポスターのほうが、まだまし」

「人殺しかもよ」ヘンが言う。「想像してみて。身に付きまとうジョー・ゴールドバーグ［サスペンスドラマ〈YOU―きみがすべて―〉のストーカー的人物］。実際キティにはストーカーがいるしね。あれはチャーリーかも。彼は〈ゴシップガール〉に出てくる気味の悪いダン・ハンフリーだったりして」

「もう、ヘン！」メイジーはまたぷんぷん怒っている。

「そこまでありえない仮説じゃないでしょう」ヘンが言う。「チャーリーはメアリー・ポピンズばりに完璧なボーイフレンドだけど、まだだれも家を見たことがないんだから」

「招待されてないってだけ。何度も言うけど、まだ知り合って日が浅いの。それに、もうみんなバカじゃないの？　いい加減にセックスの話をさせてよ」

「だめ。彼のとこにいって、ダイソンが骨のかけらを吸ってないか確かめてからにして。靭帯（じんたい）とかを。〝食肉の女王〟なんだから、何を探すべきか知ってるでしょ」

「たしかに、招待すらしないのはちょっと変かもね」わたしはヴィーガンの寿司をつついて言う。

「深い付き合いは久しぶりだよね、キッツ。アダムに傷つけられたとか、父親コンプレックスがどうのとか、みんなわかってるよ。だけどやっぱり、今ごろ彼の家でヤッてていいと思うの」

うーん。またしてもヘンの言うことには一理あるかもしれない。何かプランを練らないと。

34

どこかを走っているサウス・ウェスト・トレインズの車両

「なるほど、興味深いわ」

「地上を走る電車が？　もちろん電車に乗ったことはあるんだよね？」チャーリーはわたしを横目で見て、うっすら微笑む。

「たぶん、子どものころに一度だけ。いっつも、こんなに暑くてむしむしするの？　それより、どこに連れていってくれるのかっていう話にもどるけど。公共交通機関という子どもっぽい悪夢を体験させるだけじゃなくて、もっとべつの目的があるんでしょうね」

チャーリーは笑ってわたしを自分のほうに引き寄せる。

「こっちにおいで、プリンセス」

わたしたちは立っている。電車に乗ることには同意したものの、汚物的なものが擦り込まれてるかもしれない、ぼろぼろの座席に座ることをわたしが断固拒否したから。それに、タバコ臭や体臭のような、ぞっとするにおいもする。だけどかまわない。電車が前にがくっと揺れるたび（けっこうしょっちゅうある）、ふたりはぶつかり合って、それもまんざら悪くはないし、それに超ホットなデート相手がつけている何かの香りが、すてきにふわっと香ってくる。もう何度もぶつかったせいで、今ではチャーリーがわたしの腰に手をあてて支えてくれ、わたしは彼のTシャツに鼻を埋めている。それもまんざら悪くない。

電車はヴォクソール駅にはいり、チャーリーがわたしの手をつかんだ。

「さあ、お嬢さん、ここで降りるよ」

ヴォクソール？　本気で？

「いつも本当にすてきな場所に連れていってくれるね」

そこから少し歩いたけど、デートには楽な格好で来るようにと事前に言ってくれたのはよかった。わたしはプラダのスニーカーに、カール・ラガーフェルドの黒のフェイクレザーのレギンス（この暑さだとちょっとベタつくけど、デヴィッド・ボウイが言ったとおり〝ウー、ファッション！〟っていうことで）、それにミッソーニのキュートなノースリーブという格好。チャーリーはトム・フォードのものらしきダークジーンズに、ゆるっとしたカーキのTシャツという格好で、色気がヤバい。日焼けした、淡い茶色の肌色がよく似合っている。というか、本当に似合っている。わたしに見られているのに気づいて、彼はウィンクをする。

「僕をチェックしてるのかな、キティ・コリンズ？」

「そうかも。ちょっとね」

「それで、合格？」

「まあ、大丈夫でしょう。たぶんね」

彼は笑う。「ダメとはっきり言われるよりいいか。でも、きみはすごくすてきだって、僕から言うのは許される?」

「許される」

「きみはすごくすてきだ」

「こんな古い服が?」

わたしたちは微笑み合い、わたしはこんなふうにしている自分たちが好き。からかいつつも戯れているところが。

これが好き。

この男性といっしょにいる自分が好き。

35

ヴォクソールの〈ランダム・アックス・オブ・カインドネス〉

わたしたちはもうしばらく歩くけど、会話はせず、沈黙を埋めようとして鬱陶しい話を口にしたりもしない。少し進むごとにたがいにただ目を合わせて、さっきのように微笑み合う。秘密を共有しているみたいに。とんでもなくセクシー。やがて、壁に板を打ちつけた倉庫のような場所の前まで来る。

とんでもなくセクシーじゃない。

「工場に連れてきたのね」わたしは言う。「公共交通機関に乗せるだけじゃすまなくて、今度は工場に連れてきたのね。デートはどこにいったの？　今から鶏のなかに臓物を詰めたりするの？」

チャーリーは笑ってわたしの髪をくしゃくしゃにする。いつもなら最低でも傷害罪に問うところだけど、触れられてぞくっとする感覚がたまらない。

「ほんとにひねくれや屋だよね」彼がブザーを押すと、頭の片側を剃りあげて、左手にデジタルのクリップボードのようなものを危なっかしくさげた二十代前半の女の子がドアをあける。

「ハーイ、こんにちは」彼女は〝めちゃめちゃ二日酔いだけど、この仕事を失うわけにはいかなくて〟という調子の声で言い、わたしは気に入る。仕事の最中に無駄に明るい人に、自動的に不信感を抱く性質なので。なんかまともじゃない感じがして。

　たしかにひねくれ屋なのかもしれない。

「予約はしてますか？」

「ああ」チャーリーが言う。「チェンバーズの名前でふたり」

　クリップボードの女の子は自分のクリップボードに向かって二秒ほど顔をしかめる。

「ああ、あった。じゃあ二階に案内しますんで、斧（おの）はそこでわたします」

　わたしはチャーリーに向かって片方の眉をあげる。クリップボードの子のあとについて階段を何段かのぼりながら、彼は手を伸ばしてわたしの頬をつねる。

「戸惑った顔のきみもかわいいね」

「なぜ斧が必要なのか聞いてもいい？　ここはミシュランレストランの試食会場ではなさそうね」

「斧投げだよ」彼はわたしに向けて小刻みに眉を動かす。「どうかな？　負けたほうが夕食をおごるというのは」

　階段をあがるとそこは大きな部屋で、細長いブース的なものに分かれている。各ブースの先にはダーツボードのようなもの。そしてブースの入り口には、研いだ斧でいっぱいの傘立て。クリップボードの子がそこから一本を抜いて、得意げに見せてくれる。

「見てわかるとおり、とても危険な代物です」彼女は言う。「おふたりが頭の悪い人じゃないのはわかりますけど、アクシデントがあった場合に備えて、念のため免責同意書にそれぞれサインをお願いします。または、斧を振りまわす殺人者だった場合に備えて」

　わたしは声を出して笑う。

クリップボードの子とチャーリーがわたしを見つめる。

「うまいダジャレだと思って。斧イデントでアクシデントでしょ？　ウケた」

チャーリーは小さく笑ったけど、クリップボードの子はじっとわたしを見つめている。ここでは安全衛生対策はジョークにしていいものではないらしい。それか、同じことをもう何億兆回言われたのかも。

「おふたりは、こういうことを前にやったことはありますか？」

わたしはもう一度笑いたくなる。

「ないね。キティは？」

わたしはうっかり変なことを言わないように、首だけを横に振る。

クリップボードの子は斧を回転させるのがコツだということと、斧を振っている人がいたらうしろには立たないようにということを、手短に説明する。そんなあたりまえのことをわざわざ言うのには、何かわけがあるのかもしれない。彼女はクリップボードに何かのサインをさせるが、ボードはじつはｉＰａｄで、それがすんだあとはのんびり去っていく。けれど、スタンドから斧を抜こうとかがんだチャーリーのお尻を愛でていくことは忘れない。責められはしない。わたしがウィンクを送ると、彼女はそそくさと退散する。

「ねえ、平和主義者にしてはおかしな娯楽を選んだわね」わたしは二本の斧のあいだで迷っているチャーリーに言う。

「まあね。だけど僕も男だ。狩猟採集民としての本能をどこかで発散させないと」

「特大のダーツボードに斧を投げるというのは、まさにうってつけの解決策ってわけね」

「そのとおり。じゃあ、レディファーストだ。準備はできてる？」

「先に投げて。何を倒せばいいのか、まずは見てみたい」

チャーリーは両腕に力こぶをつくり、大きく一歩さがってから的に向かって斧を放る。斧は二、三度回転して、力なく地面に落ちた。

「なんだよ。練習なしでも自然にできるものかと思ってたのに」

「何を根拠に？」

「男だから。男は女のために斧で食べ物を殺す」

わたしは笑いながら斧を手に取る。

「構え方が重要だよ」チャーリーが言う。

「的にすら届かない人のアドバイスは受けたくない。そうでしょ？」

「まあね。でもともかく爪には気をつけて。緊急でネイルバーにいくことになっても知らないよ」

わたしは彼を見て目をぐるりとまわし、投げるために斧を構える。斧は手裏剣のように回転しながら宙を飛んでいって、的の真ん中に刺さる。横のチャーリーを見る。口があんぐりあいている。

「まだ賭けを続けたい？」

となりのブースの男性が、金網の壁の向こうからこっちを見ている。彼ははっと息を吸い、チャーリーに向かって首を振る。「かないっこないよ、相棒」

チャーリーの男としての威厳がしぼんでいくのが見えるようだ。わたしはゲームのやり方をまちがってしまったかもしれない。もしかして怒っちゃった？　彼の反応を待つあいだ、不安で首の付け根がちりちりしてくる。これはどういうこと？

チャーリーは肩をすくめて笑う。「まあ少なくとも、ロンドンの危ない界隈に足を踏み入れても守ってもらえるとわかった。味方の側でよかったですよ」彼はわたしを振り返る。「それで、いったいどういうことかな？　暇な時間に吸血鬼退治でもしてるの？」

「食肉のプリンセスよ」わたしは思いださせる。「斧を使った芸当はこれが初めてじゃない」

「ああ。そうだった。まさかずっと、その、ええと、鍛錬（たんれん）を続けていたとはね」

「鍛錬はしてない。斧投げっていうのは、そういうものなんだと思う。つまり才能があるか、ないか」わたしは髪をさっとはらうふりをする。「コツは手首にある」

「それについては」チャーリーはわたしを横にどかして斧を回収しにいく。「あとで見せてもらおうか」途中で立ち止まって、じっと的を見つめる。「だけど、もっとマイルドなやり方がいいな」

　その後も十分に愉快な時間だったけど、斧を的に投げるのを楽しむには限界があることを、一時間半ほどしてふたりとも悟った。

「これからどうしたい？」クリップボードの子の先導で階段をおり、ロンドンの夜の下に出てきたところでチャーリーが言う。「どこかで食事でも？」

「あなたのとこにいくっていうのは？」わたしは言う。「ここからだとわりと近いし。それに、おうちも見てみたい」

　彼は顔を引きつらせる。「本気で？」

　わたしはうなずいて、彼の腕に腕をからめる。「本気で。だって、そこに何を隠してるの？」

「うわ。いいけど」彼はこっちを見て、わたしの顔にかかった髪をはらう。「よかったね。きみはとても断るのが大変（ハード）な人だよ」

「硬い（ハード）といえば」わたしは彼の体に手をそわせ、ジーンズの腰のところで少しじらしたあと、そっとなかに滑り込ませる。

彼は笑いながらウーバーのアプリをひらこうとする。わたしにさすられて、二、三秒で観念する。

「男はマルチタスクが苦手だってだれかが言ったけど、まったくそのとおりだ」スマホをポケットにしまってこっちを向き、わたしの髪をつかんで自分に引き寄せてキスをする。初めて見る彼の一面だった。斧投げと屋外での愛撫のせいで、脳のなかの動物的な何かがかき立てられたのはまちがいない。攻撃的なまでに貪欲なキス。チャーリーはわたしの上下の唇を歯ではさんで、わたしを壁に押しつける。左手でわたしの両腕を背中側に固定し、右手をレギンスのなかに、さらに下着のなかに滑り込ませる。「もうこんなに濡れてる」耳たぶを噛みながらささやき、さらにまた唇を攻める。そして、わたしを一瞬引き離して、目をのぞき込んだ。彼の瞳孔は大きくひらいていて、目が真っ黒に見える。

「いい?」わたしはうなずいて、両手を自由にして彼を自分に引き寄せ、手が届きやすいように片足を彼の腰に引っかける。「きみが僕に興奮していると思うとたまらない」

ものの数分でわたしは絶頂に打ち震え、自分が彼の指に吸いついて、満足してびしょびしょに濡らした。その彼の手をレギンスから引き抜いて、視線をからめたまま貪欲に彼から自分のものを舐めとる。

「うん」彼は言う。「やっぱりコツは手首にあるらしいね」

「あなたはおあずけよ」

「待てないよ。なんて悪い子だ、キティ・コリンズ」

「いいから早く車を呼んで」

36

クラパム・ジャンクションのチャーリーのフラット

「わたしが来るのをなんであんなに渋ってたのか、本当にわからない」あとでチャーリーのベッドに裸で横になりながら、わたしは言う。ヴィクトリア様式の大きな出窓を覆うベネチアンブラインドの隙間から、夕方の最後の光が忍び込んでくる。「すごくすてき。完璧じゃない」

「賃貸だよ。いつも寒い。湿気の問題だってあるし、たぶんネズミの一家が同居してる」

「全部悪いことみたいに言うのね。賃貸？　わたしの家は親のお金で支払われてる。それに寒いって？　気づいてないのかもしれないけど、今はなかなかの熱波の最中よ。湿気？　そんなのどこだっていっしょ。ネズミ？　かわいいと思う」彼の頬に手を伸ばし、顔をこっちに向けさせる。「本当に恥ずかしかったの？　どうして？」

「僕にいい印象を持ってもらいたくて」

わたしは身を起こす。「チャーリー。あなたにはちゃんといい印象を持ってる。どんなとこに住んでようと関係ない。いい印象を持ってる。あなた自身に」彼の手を取る。「あなたは面白くて、優しくて、思いやりがあって、最高にセクシー。そして、その男について」彼の手を口にくわえ、指を一本ずつそっと吸う。「よく知るために、わたしたちはもっと時間をかける必要があると思うの」

彼はわたしを見る。「本当に？」

「うん、本当に」

「元恋人たちと比較されるのは興味深い体験だな」彼は顔をしかめる。「楽しい体験じゃなくて」

「比較なんてしなくていいから。だってあなたがネットで読んだ情報は、ほとんどがでたらめだし。それに、過去のどの男より何百倍も、何千倍もすてきだから」

まだ拗ねた顔だ。

「自分をちゃんと見てみてよ。ベンや仲間のだれかが、お父さんのお金を断るところなんて想像できる？　立派に独り立ちして、そして実際に人を助ける何かをするなんて？　嫉妬でねちねちするのは女のほうだと思ってた」

「じゃあ単刀直入に聞くけど、僕が学生みたいに暮らしてるのは、本当に気にならない？」

「ならない。それより、そんなことで評価する人間だと思われてたのがショック」わたしはわざと口を尖らせる。

「じゃあ、埋め合わせに何かしないといけないかな」彼は身を乗りだしてきてキスをする。「本当にきれいな口をしてるよね。いや、もちろん顔もすごくきれいだけど、とくにこの唇。キスしないではいられない」そう言って唇を重ねる。「それに味わいたくなる」下唇にそっと吸いつく。「嚙みたくなる」狂おしげに背中に手をまわしてわたしを引き寄せ、歯で口をくわえる。「犯したくなる」

チャーリーはすでにルパートのだいぶ先をいっている。

37

チェルシーのキティのアパートメント

その後何日か、わたしはチャーリーハイに陥って、ヘンやみんなに彼の家にいったと伝えられるのが嬉しくてたまらなかった。そこは麻薬常習者のたまり場でもなければ、邪悪な異世界や売春宿への入り口でもなかった。

「血かもしれない謎の染みもなかった？　頑丈な鍵のかかった怪しげな小屋も？」ヘンのワッツアップはがっかりして見える。

「ない。殺人用の檻もなかった。いたってノーマルな人」

「そう」

ヘンは落胆したかもしれないけど、わたしはその逆。でもその高揚も、仕事で二、三日あけなけないといけないいと彼に告げられるまでだった。この一週間半はほぼ毎晩いっしょだったから、少し間を置くのも悪くないと思う一方で、頭のなかが騒がしくなってくる。人を好きになると、こういうことになる。だからわたしはアダム以来、恋愛をしてこなかった。チャーリーが出張に出ておよそ一時間後、気づけばまたスマホをスクロールしている。精神的安定を失って。このままでは彼がジェナかだれかと密かにヤッてると勝手に信じ込んで、気がおかしくなるのは必至だ。わたしには気をまぎらわせる何かが必要で、そういうわけでティンダーをひらく。

今回、見つけたい相手は決まっていた。ナイアル・キングというパーソナルトレーナーだ。やはりダニエル・ローズのときと同じように、数日前にニュースで見つけた。女性を家までつけていって襲ったのに、その後、裁判官により放免された。その女性は幸い逃げることができたけど、つぎの人(つぎは必ずいる)はそんな運に恵まれるとはかぎらない。

報道によれば、ふたりはティンダーで知り合ったが、最初のデートのあと、女性は二度と会いたがらなかった。彼の傷つきやすいエゴはこれに耐えられなかったようで、彼女をストーキングして思いなおすように説得できると考えた。悪いのはハリウッドだと思う。あなたには興味がないとはっきり示した女性をがんばって口説き落とすのがロマンチックだって風潮が、いまだどこかに残っている。

裁判官はナイアルが〝女性に脅威を与えた〟と認めながらも、刑務所に送る必要があるとは考えなかった。代わりとして彼には行動プログラムへの参加と、二百時間の社会奉仕活動が命じられた。

行動プログラムなんて舐めてる。

法がこの男を街から排除しないっていうなら、わたしがやってやろうじゃない。

創造力を発揮して、また新たなティンダーのプロフィールをつくるときがきた。今回はつぶらな瞳のブロンド女性の写真をグーグルから借りてきて、ケリーという名を与える。ケリーは最近パートナーと別れたばかりで、ふたりのあいだにできた小さな子が三人いて、人生再建の手助けをしてくれる、理解と忍耐のある人を探している。

今回もナイアルが食いついてくるまでに時間はかからない。彼はネズミが排水溝をあがってくるみたいに、ケリーのDMにすっとはいってきた。少なくともソシオパス的性犯罪者は予測が可能だ。ナイアルはメッセンジャーで〝だらだら長くチャットする〟のを好まないタイプだとわかる。直接会うほうがずっと好みらしい。

ケリーは返事をする。「わたしも直接会いたいとは思う。でも子どもがいて、夜に出かけるのはちょっとね。だけど、ぐっすり眠ってくれる子たちなの。だから、よければうちに軽く飲みにこない？今夜はとくにやることもないから」

ナイアルは自分の幸運が信じられないようだ。「それはいいね。でも、本当に大丈夫なのかな？身の危険を感じて不安にさせるようなことはしたくない」

わたしは歯ぎしりしながらケリーに答えさせる。「優しいのね（笑）。でもあなたを信じる」そしてケリーはわたしの住所を彼に伝えて、夜八時ごろに来てと言う。

わたしはデートのときとほぼ同じように殺しの支度する。ワックス脱毛と糸脱毛はつねに欠かさず、たいていは事前にプロに髪をブローしてもらう。これから数時間かけて相手にどんなことをするつもりか詳しく説明するときには、きれいな見た目でいたいから。

メイクは最低限で、ファンデーションをほんの軽くとマスカラだけつける。時計の針が夜の八時に近づくのを見ていると（ケリーの〝子どもたち〟はそのころにはぐっすり眠っている）、いよいよだという思いに胸が甘く高鳴ってくる。

ナイアルは期待を裏切らず、八時ぴったりにドアをノックする音がする。わたしはスカートをなでおろし、注射器を袖に隠してショーの準備をする。

「あれ」ナイアルはドアをあけたのがケリーじゃないことに気づく。「ケリーに会いにきたんだけど」

「ナイアルね？　ケリーから全部聞いてる」わたしはインスタで有名な笑顔を彼に向ける。「彼女はなかにいる。あなたが連続殺人鬼じゃないことをさっと確かめてから帰るって言ってあるの」

ふたりは笑う。

横にどいてナイアルを家にあげ、低く口笛を吹いた彼の首に注射器を刺す。彼は――ゴミの詰まった袋のように――床に倒れる。そこに転がる無駄にムキムキの胴体を、わたしはつい足先で蹴る。だけど深く段取りを考えてなくて、ステロイド漬けの図体をいざ動かそうとすると、道具をずらりと並べ、床に「ヴォーグ」のページを敷き詰めて準備してあるキッチンまで引きずっていくのに、わたしはかなり息があがって、汗だくになる。

というか、ほとんど動かせない。

廊下のこの場でナイアルをやらないといけないということが、すぐに明らかになる。ペンキを塗ったばかりの壁を見まわし、ここを殺人可能な場所にするにはやるべき作業が多いのに気づいて、顔をしかめる。それに、ステロイド激昂（ロイド・レージ）氏が目を覚ますまでは二時間ほどなので、急いだほうがいい。雑誌のページをキッチンから廊下に移すのはげんなりする作業で、無垢のオークの床にダクトテープを貼らないといけないのも本当に嫌。

壁も厄介だ。できれば血が飛び散らないのがいい。血飛沫がインスタ向きのすてきな装飾でないのはまちがいない。百キロ越えの男を移動させるという潜在的問題を考慮に入れてなかった自分を呪いながら、わたしはページをテープで用心深く壁に貼りつけていく。

ようやく作業を終えたとき、ナイアルが床で身じろぎするのが聞こえた。彼は手首と足首をダクトテープで固定された状態で転がっている。口ももちろんふさがれている。

いよいよお楽しみだ。

研ぎたての旬が腐った肉を切り裂こうと待つキッチンに向かったところで、ノックの音がする。

え？

ナイフをつかんで袖にさっとしまい、ドアのほうまでもどる。

うわ。

チャーリーだ。

花まで持ってる。

廊下を振り返る――壁と床は新聞販売店が爆発を起こしたみたいなことになっていて、その中央にはＧＨＢの昏睡から目覚めつつある、半分意識のあるボディビルダーがいる。

この状況を説明するのはかなり厄介だ。

居留守を使うのがいいかもしれない。

チャーリーがもう一度ドアをノックする。「キッツ？　チャーリーだ。ドアをあけて。いるのはリーアンから聞いてる」

リーアン、よくも。

わたしはとりあえずドアを数センチあけて、外をのぞく。

ものすごく不都合なことになった。

「事前に電話すべきだっただろうけど、ジェイムズのことで会って話がしたかったんだ。はいってもいいかな？」彼は片方の眉を半ミリメートルほどあげる。ほとんど見えないくらいだけど、思わせぶりなものをうかがわせるには十分だ。

「ううん。正直に言うと、今はあまりいいタイミングじゃないの」

気落ちした様子のチャーリーも、破壊的なほどセクシーだ。彼はドアのなかをのぞこうとする。

「『エル』の少なくとも半分のページが壁に貼ってあるみたい見えるけど。そこで何してるの？」

「『ヴォーグ』よ。飾り付けの準備をしているの。来週の」

チャーリーはよくわからないという顔をする。「でも、壁を覆って何してるんだ？」

ナイアルがわざわざこのタイミングで隅のほうからうめき声をあげる。今ではほぼ目を覚まして拘束と闘っていて、口をふさいだテープにも明らかに不満げな様子だ。

「今のは何？」チャーリーが家のなかをのぞこうとして首を伸ばす。「大丈夫かい？」

「ヘンが来てるの」わたしは言って、ナイアルの股間に警告の蹴りを入れる。「いっしょに新しいワックス脱毛を試してるとこ。かなり痛いの」

チャーリーは気まずそうな顔をつくる。「そう、女子の時間か。わかったよ」

納得したかはわからない。

「もしかして、あした話せるかな？」

「うん、それがいいと思う」わたしはぎこちなく手を振る。

数歩遠ざかったところで、チャーリーが振り返る。「おかしいな。ヘンのインスタグラムには、今夜はグルートと出かけるとあった気がしたけど。きっと勘ちがいだね」彼はふたたび前を向いて、振り返ることなくエレベーターのほうへ去っていった。

わたしはドアを閉めて、背中でぐったりもたれる。

ソーシャルメディアって、ほんと最低。

だけどチャーリーのことは後まわしだ。今はナイアルに全集中すべき状況になっている。彼は完全に意識を取りもどしていて、わたしがすっかり虜になった、あの恐怖と困惑の入り混じった表情でこっちを見つめている。

「今のはボーイフレンド」わたしは山みたいな男に言う。「彼はいい人なの。そういう人はほんとに多くない。なのに、あんたのせいで」ここで股間にもうひと蹴り見舞う。「べつの男とヤッてるって思われたかもしれないじゃないの」

ナイアルにまたがり、ナイフを出してから顔のダクトテープをはがす。けっこう強力な業務用のやつで、彼はちょっとしたフェイシャル脱毛も受けることになる。

「ざけんな」ナイアルが声をあげ、わたしは喉ぼとけにナイフをあてる。

「痛かったの？　今後は話しかけられたときだけしゃべるようにして。そうじゃないと、その喉から声帯を切り取ってやるから。わかった？」

ナイアルは弱々しくうなずく。

「何が起きてるんだろうって思ってるでしょうね。ネットでかわいいシングルマザーと出会ったはずが、なんでわたしに薬を注射されて、監禁されてるんだろう、って」

彼はもう一度うなずき、その目に宿る恐怖に、わたしはいよいよ興奮してくる。

「たぶん、心の奥底ではどういう状況かわかってるんじゃないの、ナイアル。自分の魂を振り返ってみて、何を思うか教えて」

彼は顔をしかめ、額じゅうに深いしわがあらわれる。日を長時間浴びすぎたか、オンラインで年齢を偽っているかのどっちかだろう。

「おまえが明らかに異常だってこと以外、何がなんだかさっぱりわからない」ナイアルは言う。「ケリーはどこだ？　おまえはだれなんだ？」

わたしは手の甲で彼の頭をコンコンとたたいた。

「きっと頭のなかまで肉なのね。ケリーなんていないの、この汗臭いソシオパス。ケリーはわたしの創作！　あんたをおびき寄せて、痛めつけて殺すための策略。ところで、直接の知り合いでもない女がなぜそんなことをしようと思うのか、考えてみて」

頭のなかでカチッとスイッチがはいったのが見えるようだ。「おれに濡れ衣を着せようとしたクソ女のだれかの関係者か？　だれに頼まれた？　どいつもこいつも、みんな嘘つきだ！」

「つながりも何もない五人の女性全員が、あんたに乱暴に殴られたっていう驚くほどそっくりな話をでっちあげたとでも？」

ナイアルはうなずく。

「うなずくのをやめないと脊髄を切るから。口で答えなさい。全員が話をつくったたって言いたいの？」

「関係を終わらせたらあいつらは腹を立てて、警察に通報してあることないこと言ったんだ。あのベスってやつなんかはサイコだった。襲いかかってきやがった。警察にも話したが、木のスプーンを持って向かってきたんだ。こっちのしたことは正当防衛だ」

わたしはスマホでニュース記事を出す。

「これによると彼女は鼻の骨が二カ所折れて、あごにひびがはいり、肩がはずれるほど右の腱板をひどく断裂したと書いてある。そのせいで六週間、赤ちゃんの娘を抱くことができなかった。それでも正当防衛だって主張するの？　この女性の三倍ほども体が大きいくせに」

ナイアルは黙っている。分が悪いという自覚があるのだ。

「シングルマザーっていうのはなんなの？　どうしていつも子持ち女性ばかり狙うの？　観客がいたほうが余計に興奮するから？」

「簡単だからだ。みんな自分の暮らしに男がいてほしくて必死で、どんなことも我慢する」

なるほど、そっちね。わたしはナイフの先をナイアルの横顔にあてて、ゆっくりと下におろしていく。刃はバターを切るように肌の上を滑り、頬に真っ赤に濡れた筋を残した。

「ひとつ教えて、ナイアル。女性を痛めつけるのが楽しいの？　正直に言っていいわよ。どっちみち、ここから生きては出られないから」

「どいつもこいつもイカれてる。機会さえくれれば、喜んでおまえをぶちのめしてやるよ」

わたしはナイアルのほうに身を乗りだし、きつい汗のにおいに吐きそうになりながらも、勇ましい言葉とは裏腹のおいしそうな目の表情に興奮が刺激される。ナイアルの腰に腰を押しつける。

「どんなことをしてくれるのか教えて」

答えるまでに一瞬の間がある。

「まずは髪をつかんで、そのへんの大理石のテーブルに頭をたたきつける。おまえはぼうっとなって、気絶するかもしれない。そうなったらこっちは遠慮なく思いきりぼこぼこにしてやる」

もう十分。わたしはナイフを首に突き刺し、ねじりながら深く沈める。刃がぎざぎざだから、こうすることでよりいっそう痛いはずだ。ナイアルはゴボゴボ、ゲボゲボと音を立て、首の傷口からは血がほとばしり、床に敷いた雑誌のページの上に小さな赤い水たまりができはじめる。「ヴォーグ」がじつはあまり水を吸わないことを忘れていた。ページがつるつるすぎて、血は上にのっかっているだけだ。次回使うときは、もっとコーティングされてないものを選ばないと。

わたしは命が引いていくまでナイアルの上にまたがっている。男の被害者たちにわたしのしたことを話したらどうなるだろうって、ときどき考えることがある。みんな、どんな反応を示すだろう。感謝してくれるかな。ナイアルのまぶたをそっと閉じながら、これで何人の未来のケリーやベスがこの野蛮な男から救われたことかとあらためて考える。

この男がグラインダーを通っていくのを見て楽しんでやる。


翌日の朝はちょうど日曜日で、つまり日中から工場を使えるので、わたしはナイアルの死体を丁寧に小分けした包みを袋に入れて、車までおりる。ところが、ちょうどトランクをあけようとしたところで、肩をたたかれる。

「すみません、ちょっとお話をいいですか？」

くるりと振り返り、そこに制服警官がふたりいるのを見て、心臓が口から飛びだしそうになる。

「お時間は取らせませんせん」

頬がかすかに震え、心臓があばらを突き破りそうなのを感じながらも、わたしは愛らしく微笑む。

「もちろんです、おまわりさん。なんでしょうか？」

ひとりめの警察官（中年で、目元がしわっぽくて、ひげ面）が同僚の顔を見たあとで、ばつが悪そうにわたしに笑いかける。

「あのインスタグラムの女の子だよね？　キティ・コリンズ？」

「ええ、そうです」

彼は同僚（めちゃくちゃきれいな顔をした長身のブルネット）を振り返って短くうなずいた。

「ほら、やっぱり」それからわたしに顔をもどす。「うちの娘たちが大ファンなんだよ」服の上から自分をたたいて、ポケットからスマホを出した。すばやく数回スワイプしてから画面をわたしに向け、ブロンドの巻き毛に満面の笑みの、幼いティーンの女の子ふたりの写真を見せてくれる。

「ふたりともかわいらしい」わたしは言う。

「ちょっと頼みづらいし、嫌なら遠慮なく断ってほしいんだが、よかったらいっしょに写真を撮らせてもらえないかな？　娘たちはきっと、それはもう大興奮だ」

こっちは心臓がドラム並みに激しく鳴ってるっていうのに、写真を撮りたいだって？

「もちろん。全然かまいません」

通りに立って、彼がわたしたちの最高の一枚を撮ろうと奮闘するあいだにも、バラバラにされた男の死体が、ブランドものの紙袋に隠れて足元でじっと待っている。

「本当にありがとう」ティーンの娘たちを喜ばせる写真が撮れたと満足したところで、彼は言う。そして路上に置かれた袋にうなずきかける。「買い物に？」

「ちょっと返品しに」わたしは袋に手を伸ばしながら全力で微笑む。

「ああ、手を貸そう」彼はそう言うと紙袋を持ちあげてトランクに積んでくれる。「さあ、じゃあ、いい一日を。本当にありがとう」

そして、たった今バラバラ死体を積み込むのを手伝ったとは知る由もなく、同僚とともにロンドンのなかへと去っていく。

わたしは突っ立って目をぱちぱちさせながら、しばし彼らのうしろ姿を目で追った。

38

ハンプシャー州の〈コリンズ・カッツ〉の工場

午前中の中ごろに、うちに話をしにいっていいかと尋ねるチャーリーからのメッセージがはいる。ナイアルの死体をグラインダーにかけている最中にスマホが鳴ったので、返信を打とうとして画面に血を塗りつけてしまう。

「もちろん。ランチのあとは家にいるからｘｘ」

「じゃあそのときに」

キスのｘの文字はない。

これはいい兆しではないいし、ゆうべの出来事を説明するうまい言い訳を、何かしら今から考えださなければ。

チャーリーは午後の二時くらいに訪ねてきたが、わたしがドアをあけても笑顔はない。

思ってた以上に深刻だ。

「何か飲む？」彼をキッチンに案内しながら尋ねる。「ちょうど食べようと思ってたヴィーガンの寿司があるんだけど、よかったらいっしょにどう……？」

チャーリーはカウンターに座って、首を横に振る。

ふたりのあいだの沈黙は緊張で揺れている。やはりいい種類の沈黙じゃないのがわかる。

わたしは彼の向かい側に座って、今から来ることに身構える。

「ゆうべのことよね?」

彼はうなずいた。「僕はバカじゃないよ、キティ。男を連れ込んでたのはバレバレだった」

わたしは何か言おうと口をひらきかけたけど、チャーリーにさえぎられる。

「ほかとは会わないようにしようとか、そういう話をおたがいに交わしたわけじゃないけど、僕は嫉妬を覚えた。それが我慢できなかった。きみが嘘をついたのも我慢できなかった。急に訪ねたこっちも悪かったかもしれないけど」

「あなたが思っているようなことじゃない……」わたしは口にしかけて、陳腐な台詞にぞっとする。

「それはいいんだ」チャーリーはため息をつく。「問題は、頭がおかしくなりそうになったっていう、そっちだ。きみがここでほかの男といることを考えて。この場所でどんなことをしていたのか、とか」

ナイフを首に突き刺したまま頭が横にくたっとなったナイアルの姿が急に頭に浮かんで、わたしは笑いそうになる。

「とにかく」チャーリーが続ける。「たぶん僕が言いたいのは、まだ覚悟がないってことだと思う。きみのことは好きだよ、キティ。すごくね。だけど今は自分が傷つくリスクを背負いたいときじゃないんだ。それにきみも、真剣な交際をする準備はできてないみたいだ。悪いけど、もう会うのはよくないと思う。ともかく直接伝えたかった。失礼にならないように」

わたしはなんて言っていいかわからない。振られようとしているときには、ふつうはどんなことを言うもの？

「本当にあなたが思ってるようなことじゃなかったの」わたしは言ってみる。

「じゃあ、どういうことか話せる？」

首を振る。「無理」

「僕はだれかと付き合ったら全部をつぎ込む」彼は言う。「中途半端な付き合いとか、オープンな関係とか、そういうことはしない」

わたしはうなずく。

チャーリーが身を乗りだしてきて頬にキスをする。「幸せにね、キッツ」

そして彼は去っていく。

十分後、スマホが鳴り、見るとインスタにメッセージが届いている。

「トホホだな。でも少なくとも今の男は命びろいした」

〈クリープ〉だ。しかも、ネットストーカーにしか成し得ない絶妙なタイミング。どこかにいるだれかに行動の逐一を把握されているという恐怖が湧いてくるのを、わたしはどうにか無視しようとする。

そのあとは一日、ワインボトルとともにベッドで過ごす。

39

チェルシーのキティのアパートメント

息ができない感じがする。家にいると閉所恐怖症みたいな感覚に襲われるし、どこを見てもチャーリーといっしょに経験できたはずのことが思い起こされる。それに何よりストーカーの存在もあって、わたしの神経系は大ダメージをくらっているようだ。ここにいては窒息してしまう。

「逃げたほうがいい」わたしは口に出して言い、そのせいでさらに恐ろしくなる。いつからわたしは独りごとを言う変人になってしまった？

トアにワッツアップして、今まさに必要なのはプライベートプールがあって、バトラーがいて、水着で過ごせるバーのある海辺で数日を過ごすことだと結論する。

「ミコノス島で何泊かするのは？」トアが提案する。

「超々いいね！」わたしは答える。

そして翌朝のフライトを予約する。

40

ヨーロッパ上空のどこかのブリティッシュ・エアラインズBA一〇〇九便

飛行機のなかで最初のシャンパンのグラスに口をつけると、あたたかいお風呂に身を沈めたみたいに体がほぐれてくる。それに、ファーストクラスでラグジュアリーな目的地に向かっているときには、シャンパンはふだんよりおいしく感じられる。

「さあ、言いなさいよ」とびきりイケメンの客室乗務員がひととおりの仕事を終え、シートベルトのサインが消えたところでトアが言った。

「どういうこと？」

「理由もなく思いつきで旅行を計画したって、本気で言い張るつもり？　キティのことはよく知ってるんだからね。何かがあったことくらいわかるよ。チャーリーなの？」

わたしは悲しい気持ちにどっと襲われて、口が重くなってうなずいた。「彼のほうから終わりにしようって」声が揺れ、悲しみごと飲み込んでしまいたくてシャンパンをあおる。

「どうして、また？　ふたりは堅いと思ってたのに。すごくうまくいってるみたいだった」

「わたしが浮気したと思ってるの。べつの男がいるときにうちを訪ねてきて、なかに入れなかったたからなんだけど、彼が思ってるようなことじゃない」ここで説明できることでもない。

トアは大きな目でわたしをじっと見ている。「浮気じゃないなら、じゃあ何をしてたのよ?」

わたしはため息をつく。「個人的なことだけど、浮気じゃない。それだけ言えば十分でしょう? どうして彼は信じてくれないんだろう」

トアが疑わしげな目をする。「かなり怪しく聞こえるのはたしかだからね。家にあげようともしなかったわけだし」わたしの手に手を置く。「ねえ、わたしは信じるよ。長い付き合いだから、ずるいところもないし、嘘がないのも知ってる。だけど、チャーリーとははじまったばかりだからね。二、三日のあいだ距離を取るのはいいことかも」

わたしは心臓の一部を掻きだしてもらったような気分でうなずいて、トアの肩に頭をあずけ、髪を撫でてもらう。

「大丈夫だって、ハニー。絶対に」

飛行機を降りてトアとふたりで熱い空気につつまれると、とたんに気分があがってくる。じめじめして息苦しいロンドンの暑さとはちがう。ここではちゃんと空気が吸える感じがする。トアはわたしの腕を取ってぎゅっと抱き寄せ、わたしたちは運転手に荷物を運んでもらい、待機していた、これまで経験したなかでも最高のエアコンを備えた車に案内される。

41

ミコノス島の〈カヴォ・リゾート&ヴィラ〉

予約したホテルは贅沢そのもので、それはまさにわたしが必要としているものだった。専属のバトラーもいて、わたしたちのスイートルームにはエーゲ海につながるプライベートプールもある。見ていて目が痛くなるほどの一面の青。部屋には氷で冷やした巨大なマグナムボトルのシャンパンが用意されていて、わたしたちは女学生みたいに笑い転げながら、ボトルから直接シャンパンを飲み、この先数日の家となる場所を探索した。それからすぐにビキニに着替えて、冷たいプールの青い楽園に身を沈める。プラチナ・ヴィラを選んだのは正解だった。すごく美しいし、チェルシーと遠くかけ離れている。まさにわたしに必要なもの。

「もう元気になってきた?」トアがミニバーから出したシャブリを注いで、グラスをくれる。しばらくふたりで無言で海をながめる。飛行機が白い尾翼で空をふたつに切り割いていくのを、わたしは目で追う。

「〈クリープ〉からもまたメッセージが来たの」わたしは沈黙を破って言った。「わたしに何を求めてるのか、さっぱりわからない」

「いよいよ警察にいく？」トアが聞く。「今度はなんて言ってきたの？」

「そこなのよ。何も言ってこないの。ペンバートンのパーティのときの写真を一枚送ってきただけ」

トアは驚いた様子だ。「望遠で撮ったような？」

わたしは首を振る。「ちがう。パーティ会場で撮られた写真」

彼女はしばらくそれについて考える。「でも、あそこに来てたのは知ってる人ばかりだった」

わたしは険しい顔でうなずく。

「最悪」彼女はグラスをプールサイドに置く。真剣だ。「スタッフが撮ったとか？　あの日はバーテンダーがいっぱいいたよね。ついでに金稼ぎができると思ったのかも？」

わたしは顔をしかめる。「そこなんだけどね。お金を要求されたことはないの。なんにも要求してこない。おかしいよね」

トアはふたたびグラスを取る。「まあ今から数日は、それについては考えないようにしよう。リラックスしないと。あなたのチャクラは荒れに荒れてるから」

わたしは微笑んで、トアのグラスにグラスを合わせる。「うん、忘れてリラックスすることに乾杯」


夜の七時には専属のバトラーが部屋に夕食を運んできたが、ヴィーガンの伝言はどうやらキッチンまでは到達していなかったらしい。バトラーが押してきたワゴンにはシーフードが山盛り――蜘蛛のような脚に、黒いちっちゃいビーズみたいな目の大エビ、バラバラにされたカニやロブスターの脚、ミニチュアサイズのタコの死骸。削った氷を舞台にした、海の大殺戮だ。わたしは事件現場の写真をスマホでさっと一枚撮って、インスタに投稿する。

「パラダイスに死す：ヴィーガニズムはギリシャの島々にはまだ到達してなかった。#ミコノスの惨殺　#海を救え　#ヴィーガン　#ヴィーガンじゃない」

トアはわたしの怯えた顔を見て笑い、マドンナの名曲の替え歌、〝ライク・ア・ヴィーガン〟をノリノリで歌いはじめる。そして、わたしがレセプションに電話して窮状をどうにか伝えようとしているあいだに、この水生生物の墓場にがっつきだした。やがてまたバトラーがやってきて、ギリシャ語で平謝りし、サラダ、オリーブ、フェタチーズ（マジで？）、それにパンとオリーブオイルを置いていく。今ではたいていどこにでもヴィーガン用メニューのあるイギリスにすっかり慣れているわたしは、かなりがっかりする。またしても気分が落ち込んでくるのを感じ、それを押しとどめるためにワインをグラスに注ぐ。

「生き物を食べるのがこんな好きじゃなかったらいいんだけど」トアはそう言いながらエビの頭をはずして、脚と殻をむしった。「命をすごく大切にしてて、キティはわたしよりずっといい人なんだよ。しかも、おかげでガリガリを保ててる」

わたしたちのいろんな摂食障害は、仲間内のあまり秘密じゃない暗黙の秘密だ。トアがあと二十分ほどで席をはずしてトイレにいき、歯ブラシの柄を使って今食べたすべてをトイレに吐くことは、わたしたちのどちらも知っている。外国にいるときには、もっと吐くためにわざわざ水道水を飲むのも知っている。それからヘンは、〝コークダイエット・ブレイク〟の常連メンバーで、〝ダイエットコーク・ブレイク〟［ダイエットコークで休憩する若い世代のトレンドを指す言葉］と名前は似ているけれど、こっちは危険度Aに分類される。ヘンは古き良きコーク［ここではコカインの意］ほど食欲を奪うものはこの世にないと言い張る。これの残念なところは、情緒の安定や、不機嫌きわまるクソ女になるのをこらえる能力まで奪われてしまうこと。メイジーは法外なお金を払って、鼻から摂取するのではなく、二週に一度、かかりつけの医者に注射しにきてもらっている。それを打ってもらうと食べたくなくなるらしい。それ自体はいいことだけど、ただしいろいろ副作用もあって、わたしが不運にも嗅いだことのあるなかでも一番きつくて、一番卵くさいゲップが出たり、噴出性嘔吐が抑えられなかったりする。ともかく、赤ちゃん用のカトラリーで食べることから、肉とクリームだけで食いつなぐことまで、みんながありとあらゆることを試すのを、わたしはこの何年ものあいだ見てきた。

「わたしはカッコつけでヴィーガンになったんじゃないからね、トア」わたしはもう何千万回目かに言う。「食べるために殺される動物を間近で見てきたの。夜遊びのシメに肉汁したたるハンバーガーなんて食べたくなくなるから」

「そうだけどさ、でも、ここにあるのは愛らしいメーメー羊じゃない」トアはもう酔ってる。「こんなことをしたって、だれが気にする？」彼女はまたエビの頭を引きちぎる。

「トア、やめて。お願い」

トアは叱られた小さな女の子みたいに、わたしに向かって口をとがらせる。「ごめんなさい。それはそうと、今夜はどうしたい？　飲みにいこうか？　それとも部屋でエステを受ける？」

「マッサージと映画くらいが気分だけど、どう？」わたしは話しながらシーフードの死の祭典にテーブルクロスをかけて、回収してもらうためにワゴンを外に出す。もどってくるとトアは自分の部屋のトイレに消えていて、ゲーゲーいっているかすかな音がまぎれもなく聞こえた。

三十分後、わたしたちはスイートルームの棚から魔法のようにあらわれたマッサージベッドにうつ伏せになっている。そして、ふたりのギリシャ美人にオイルを擦り込んでもらう。至福のひとときで、ストーカーも、チャーリーも、警察も、すべてが自分から揉みだされていくのがわかる。トアは眠ってしまって、口を半開きにして静かにいびきをかいている。彼女への愛情がどっとあふれてくる。人生でどんなクソみたいなことがよそで起ころうと、わたしにはトア、ヘン、メイジーがいてくれる。わたしにとっての不変の存在。自分で選べた家族たち。

　翌朝、厨房はゆうべのホラーショーを補って余りある配慮を示して、挽いたコーヒー豆、各種の代用ミルクとたくさんのパンに加え、新鮮なフルーツの盛り合わせを届けてくれた。

　わたしも喜んだけど、トアも喜んだ。「すごいじゃない」パンにバターとチーズを塗りたくりながら言う。「こんなに寝坊したなんて信じられないよね」口をいっぱいにしながら続ける。「わたしは時差ぼけかも」

「時差っていったって、たった二時間しかないけど？」

　トアは笑って、肩をすくめて受け流す。「わたしが時差ぼけって言ったら時差ぼけなの。オーケー？」

「オーケー」

　長年知ってる相手としか分かち合えない心地よい沈黙のなかで、ふたりはむしゃむしゃ食べ進める。

「今日は何しようか？」トアが三杯目のコーヒーのあとで聞いてきた。「ちゃんと観光っぽいことをしたいか、それとも、ただまったりしたい？」

「まったりするだけで満足」わたしは言う。「というか、こうしているのが何より最高じゃない？」

　ふたりでじっと景色を見つめる。美しい海をながめるフローティングベッドに、世界の最果てのような霞（かす）んだ水平線。

「インスタ用の写真にもいい場所だね」トアは口にする。
その後はプールベッドでごろごろしたり、泳いだり、日焼けしたり、ミニバーの中身を飲み干したりして、一日を過ごす。お昼になるとバトラーが料理を載せたワゴンを押してはいってくる。ハムの盛り合わせ（これにはトアが悲鳴をあげて喜んだ）、フムス、ぶどうの葉包み（ドルマデス）、イギリス産では見た記憶がないほどの、緑や赤の色が鮮やかなサラダ、贅沢なライスピラフ、手作りのギリシャ式ピタパンと空豆のスプレッド。わたしたちはそれをザクロのサングリアで流し込んだけど、たぶん、人生で味わったうちで一番おいしかったかもしれない。

ご馳走を食べたあとはもうしばらくのんびりくつろぎ、そのうちにわたしは休暇のときならではの理由により眠りに落ちる。つまり、太陽とお酒をたっぷり浴びて、リラックスし、ただ横になっているだけなのに、なぜだか疲れを感じて。意識と無意識のあいだをさまよいつつも、やがて海の音を子守り唄に、夢のない深い眠りに沈んでいった。

目が覚めると、自分が一瞬どこにいるのかわからず、太陽はすでに黄金色の光を連れて地平線に沈もうとしていて、軽く身震いが出た。ワインとサングリアのせいで頭がぼんやりしている。混乱したまま身を起こし、あたりを見まわす。トアが寝ているはずのとなりのプールベッドは空で、わたしはよろよろと部屋のなかにはいった。

「トア？　トア？」呼びかけても、スイートルームは不気味に静まり返っている。

わたしのスマホは充電したままベッドに置いてあった。チャーリーからなんの連絡もないのを確認し、失望で胸がえぐられる。

代わりにトアからのメッセージが立てつづけにはいっていて、今はバーにいて、わたしを起こそうとしたけど死人みたいだったと書いてある。今いる店の名前も連絡してきて、わたしが気を失っているあいだにホテルのバーで会った女の子たちといっしょだと知って、わたしは安心する。「出てきて遊ぼうよ!」と誘ってはいるけど、メッセージが送られてきたのはもう二時間以上前なので、今日のわたしは夜遊びする気はないと察してくれただろう。

「今、起きた!」わたしは返信する。「ひと泳ぎしてもう寝るね。つまらない相手でごめん。疲れちゃって。朝に全部話を聞かせてよね x x x」

数分後、悲しい顔の絵文字が返ってきて、続けて、わたしが眠り込んでいるあいだに仲良くなった相手と思われる、ゴージャスな女の子ふたりとの自撮り写真が送られてくる。わたしはひとりでにっこりする。トアはわたしとはちがい、心のなかに不安がない。わたしはいつも演技してないといけなくて疲れるけど、彼女はいつも自然体だ。キスを一行分送り、またあしたねと伝える。それから、腕の筋肉が音をあげるまでプライベートプールで何往復も泳ぐ。シャワーを浴び、ミニバーからナッツを取って、タイトルは忘れたけどサラ・ジェシカ・パーカーが出ている八〇年代のラブコメを見ているうちに、わたしは眠りに落ちた。

どれくらい眠っていたかはわからない。スイートのリビングから動物の鳴き声のようなものが聞こえてきて、目が覚めた。ベッドにはいる前に折り戸を閉めなかったのを思いだして、心臓がどきどきする。武器として使えそうなもの(ピンヒールとヘアスプレーの缶)をつかみ、つま先立ってそっとリビングにはいる。けれどもそこにいたのは野生の動物ではなく、見たことのない姿をしたトアだった。顔じゅう化粧でどろどろで、服は汚れ、髪はくしゃくしゃ、靴は片方しか履いてない。白いソファに突っ伏して、咆哮をあげながら体をひくつかせている。動物の鳴き声かと思ったのはそれだった。

わたしは恐怖の目で見つめることしかできなくて、少ししておそるおそる彼女のほうに歩いていく。きっと飲みすぎて、いっしょにいた女の子たちと喧嘩でもしたにちがいない。だけど、このまったくトアらしくない行動に、わたしは戸惑った。いつもなら『レモネード』のころのビヨンセみたいに大股でどかどかやってきて、わたしをたたき起こし、何があったにせよそんなのはどうでもよくなるまで、いっしょにショットをあおりまくるのに。腕に手を置くとトアは激しく驚いて、ソファの端っこに引っ込んで、けだものでも見るようにわたしを見つめた。一瞬トアの顔に混乱の色がよぎり、わたしだとわかると、表情が恐怖から……トアの顔にこれまでに見たことのない何か……傷つききった表情に変わった。

「キティ」まるで幼児みたいにわたしに腕を伸ばしてくる。

わたしはトアを両腕でつつみ込み、髪を撫でて肩で泣かせる。

「何があったの?」デジタルスピーカー時計みたいなものに目をやる。朝の五時半。太陽が目を覚まそうとしていて、部屋じゅうに金色の光が射している。

トアはすぐには答えず、わたしの腕のなかでただ静かにすすり泣いている。

「トア、どうしたの? だれかに傷つけられたの?」

彼女はうなずく。

「何か飲むものをあげるね」ミニバーのところにいって、ふたつのグラスにブランデーを注ぐ。トアは自分のグラスを一気に空けて、目をぬぐって深呼吸した。

「ヨットに乗ったの」彼女は語る。「いっしょにいた子たちが何日か前に男子グループと知り合って、それでみんなで彼らのボートに乗りにいこうって話になったの。リバティ号っていう名前だった。

最初は楽しかった。みんなで飲んで、コカインもあった。だけどそのうち、わたしはひどく酔ってべろべろになってきた」言葉が途切れ、わたしが自分のブランデーをあげると、今度はそれをゆっくりと口にした。「わたしがお酒やドラッグがダメじゃないのは知ってるでしょ、キッツ。だけど酔っちゃったの。一時は立ってるのもやっとだったくらい。名前は憶えてないけど男のひとりは親切そうな感じで、わたしを助けようとした。横になれるようにって船底のベッドまで連れてってくれた。でもそこでキスしてきたの。わたしは押しのけて、ボーイフレンドがいるって言おうとしたけど、ダメだった。話すことも、動くこともできなかった。ただ横になったまま、あいつに……あいつに」トアはブランデーを飲み干す。「もう一杯もらってもいい？　まだショックから抜けられてないみたい」グラスを差しだす手が震えている。

「わかった」わたしはもう一度ミニバーまでいく。「つまりレイプされた。そういうことなのね？」

飲み物をわたすと、トアはうなずいた。「でも、話はそれで終わりじゃない」

わたしは今から聞く話に身構える。

「完全に意識を失ってたんだと思う。つぎに目を覚ましたら、またべつの男、たしかアーチーとかいう名前のやつがベッドにいて、わたしをまさぐってた。怖くて何も言えなくて、そいつにも犯されてるあいだ、まだ意識がないふりをしつづけた」トアはここで糸が切れて、わたしの腕のなかで泣きくずれる。わたしはこの状況をよくしてあげられる言葉を知らないので、太陽がすっかり昇るまでいっしょに座って、涙が出尽くすまでトアの髪を撫でつづける。

「警察にいかないと」とうとうトアが言った。女はみんなそうだけど、証拠を洗い流してはいけないとか、再度乱暴されているみたいに感じる内側を綿棒でぬぐう検査の話とか、そうした数々の忠告が彼女にも染みついている。「まだ証拠があるうちにね」

だけどわたしは何年か前のニュースが突然頭に浮かんで、恐怖におののきながらトアを見つめる。ギリシャのべつの島でも似たような状況の事件があったのだ。でもその女性はレイプ被害を届けたところ逮捕され、刑務所に入れられた。ようやく家族が彼女を家に連れ帰れたのは、数カ月後のことだった。彼女のほうが嘘をついたとして訴えられてしまったのだ。メディアに対する法規制で、身元は特定されないように保護された。けれどもソーシャルメディアからは守られない。トアは絶対に耐えられないだろう。彼女は目立つのをとても嫌う。チェルシーに住む黒人女性ってだけで十分に面倒だといつも言っているくらいだから。

「ねえ、トア、警察にいくのがベストだとは思えないの。ここはイギリスとはちがう。ここでは女はろくな扱いを受けない」わたしはスマホで記事を探して、それを見せる。トアはますます肩を落とす。

「じゃあ、わたしはどうすれば？　こんなことをしておきながら罪から逃れるなんて許されない！　あいつらはきっと毎晩、女を変えて同じことをしてるんだよ」

「逃げられはしない。わたしが保証する」

その日は、惨めさと怒りと、そのあいだのあらゆる感情のなかで揺れ動くトアに、一日じゅう付き添った。メインのバスルームの巨大なバスタブで髪を洗ってあげて、ふわふわのローブとタオルで彼女をくるみ、好物の料理をルームサービスで頼み、ワインを注ぐ。そのあとはテラスに座って、太陽の最後の光をながめた。

「ああいう状況になったら、わたしは反撃すると思ってた」トアが海の遠くを見つめながら言う。

「ただ受け入れる女になるとは思わなかった」

「ドラッグで酔わされてたからよ」わたしは指摘する。

「でも、二度目のときはちがった。わたしはじっと横になってた。ただただ怖かった。殺されるとか、海に捨てられるとか、そういう恐ろしい可能性がつぎつぎ頭に浮かんで」

「どうやって逃げてきたの？」

「船は結局桟橋を離れなかったの。それでアーチーが――」その名前に喉を詰まらせる。「あいつが終わったあとで、服を着て逃げだした。うしろからいろいろ叫ばれたけど」トアは涙をぬぐう。

「ほかの子たちはどうなったの？」

「さあ、わからない。わたしが船から逃げたときには、もういなかったみたい」トアがこっちを見る。

「今夜は眠るのが怖い」

「ちょっと待ってて」

数分後、わたしは白い小さな錠剤ふたつと一杯の水を持ってもどってくる。トアがわたしを見る。

「大丈夫、ただのヴァリウム。これで眠れるから。それに、わたしもずっとここにいるよ」

トアは二錠を飲み込んで、自分の部屋にはいっていく。わたしもとなりで横になって、ぎゅっと抱きしめ、するとやがて彼女が静かにいびきをかきはじめた。さあ、これが合図だ。

一時間後、わたしは赤いミニ丈のサンドレスに、ウェッジサンダルのエスパドリーユという格好に着替えた。髪はビーチ向けの無造作カーリーヘアで、メイクは日焼け肌になったのでマスカラのみ。バカンス中の身支度はすごく楽でいい。玄関からではなくテラスから出ていくとき、トアのことをのぞいてみると、彼女はまだぐっすり眠っている。わたしはバッグとミニバーのアイスピックを持ってギリシャの夜のなかへ出ていく。

42

ミコノス島のミコノス港

港までの十五分の道のりを、鼓動の速度に合わせて行進する。リ・バ・ティ、リ・バ・ティ、リ・バ・ティと、心臓が歩調に合わせて応える。街の中心地を通り抜けるとき、あたりは暗くても身を隠したい気にはならない。大勢がこっちを見るけれど、わたしだけが目立つ理由はない。ほかの何百人と同じ、サンドレスを着たただの女。インスタにあげたこの島のポストを削除するよう、あとで忘れずにトアに言わないと。わたしたちふたりがここにいたことを知る人は少ないほうがいい。

あっという間にマリーナに着く。煌々（こうこう）と照らされていて、おかげでボートの側面に書いてある名前がよく見える。帆のついた小さなヨットが大きなクルーザーや、その中間のサイズのいろんな船ととなり合って並んでいる光景は、なかなか見ごたえがある。わたしは船に乗るのがむかしから好きだった。小さいころはうちにもクルーザーがあって、太陽を浴びてただ水の上で揺られていたあののどかな日々は、記憶に残る最高に幸せな思い出のひとつだ。ノスタルジーか、虚偽記憶症候群のせいかもしれないけど、船に乗っているときに両親が言い争っていた姿は思いだせない。いつもお手伝いさんがおいしい料理をつくってバスケットに詰めてくれて――あるいはフォートナムで買って――わたしたちはデッキに座って食べておしゃべりした。海風に髪をなびかせた母はまるで生き返ったみたいで、幸せそうで自由だった。船がどうなったかは知らない。たぶん母といっしょにコートダジュールにいったのかな。

そんな考えを頭から追いだして、わたしはあらためて集中する。すてきなボートを見てため息をついたり、おそらくは自分でつくりあげた思い出に浸って感傷的になったりするためにやってきたんじゃない。探すペースをあげ、五分ほどしてやっと中型サイズのヨットの側面に〝リバティ〟の文字を見つける。デッキに人が三人いるのがかろうじてわかる。低音のビートが大音量で響いていて、係留設備が振動している。スマホの時計を見てみるけど、まだ遅い時間じゃない。これは試合前のウォームアップといったところだろう。深呼吸をすると、海水のにおいが、ホテルを出たときからお腹の底で揺れていた小さな不安の火を消す手伝いをしてくれる。わたしはこれをやりたいし、やらないといけないけど、男三人は数が多すぎる。どんな展開になるか想像もつかない。

船首に近づいて、音楽の音に負けないように叫ぶ。「上でパーティをやってるの？」

ボリュームがさげられ、だれかが――男が――縁(へり)からのぞき込んでわたしを見る。品定めされ、船に招待するに値する女か見られているあいだ、肌がちくちくするのを感じる。結果は合格。男の笑顔に、わたしは子どものころに持っていた絵本のオオカミを思いだした。

グロテスク。

「そのとおりだ。よかったらいっしょにどうかな、美人ちゃん」

わたしはためらっているふうを装う。「どうしよう。じつは友達を探してるところなの。きっと心配されちゃう」

「おいでよ。ここから位置情報を送信して、友達も誘ったらいい。人数が多いほど盛りあがる」わたしは唇を噛んで考えるふりをする。「上にあがって、連絡を取るあいだ一杯だけでも飲んでいけば？暗いなかをひとりでうろつくのも危ないからさ」

「そうね。助かるわ」わたしはこんなにありがたいことはないという顔で、上を向いて笑いかける。

「待ってて。今そっちにいく」

二分後、男が船から出てくる。背が高くて、百八十センチを軽く超えている。マッチョ。黒髪に黒い目に、地黒の肌。着ているのはピンクのポロシャツ（ラルフ・ローレン）に、生成りのチノの短パン。足は白のビルケンシュトック。だらだらわたしのほうに歩いてきて、大きな手を差しだした。

「セオだ」まぎれもないロンドンのアクセント。

「キティよ」わたしは答えて、彼の手を握る。

「じゃあ、乗る？」

わたしはうなずき、案内された踏み板をつたってヨットに乗り込んだ。

43

ミコノス港のアーチーのヨット

三段ほどの危なっかしい螺旋階段をのぼって、メインデッキにあがる。ほかに男がふたり、白い革張りのシートに座ってシャンパンを飲んでいる。前にはテーブルがあって、ワインクーラーに入れて冷やしたヴーヴのボトルと、たぶんコカインと思われるものの粉の線がある。

「キティだ」セオがわたしを紹介する。「彼はアーチー。こっちはフレディ」

セオがオオカミならアーチーは蜘蛛だ。何かが網にかかるのを待ち構えている、有害なモンスター。

「ささやかなわが家へようこそ、キティ。一杯どうだい？」アーチーはシャンパンのグラスを差しだしてくる。

「ありがとう」わたしはグラスを受け取る。もちろん飲む気はさらさらない。

アーチーは少々薄くなりかけた赤毛で、顔はそばかすだらけ、ロレックスをして、紺のラルフローレンのポロシャツにクリーム色のチノパンという格好。フレディはかなりのハンサムで、毛は黒（頭にも腕にもみっしり生えてて、緑のラルフローレンのポロシャツからものぞいてる）、ネイビーに近い深い青色の目をしている。わたしは微笑みかける。友好的に、愛想よく。

「じゃあ、乾杯（チンチン）」フレディがグラスを掲げる。

わたしは飲み物に口をつけるふりをする。

「これはあなたの船なの？」アーチーに尋ねる。「すごくすてき」

「ああ、今年のボーナスで買ったばかりだ」なるほど、シティの金融系ね。「よければなかを案内するよ」

「ええ、ぜひお願い！」テンションが高すぎないように、ちょっとトーンダウンしたほうがいいかも。これではまるで子ども番組の司会者だ。

「じゃあ、こちらへ、お嬢さん」アーチーは立ちあがって、自分のグラスを手に取る。ついでにわたしが今もグラスを持っているのを確認する。

わたしは素直な女の子みたいにくっついていって、まずはボートを操縦する機器を備えた小さなキャビンを通った。

「ここが船長室だ。運がよければ、あとで海をひとまわりしてあげるよ」アーチーは声を出して笑う。魅力がないわけじゃないけど、特権意識がダダ漏れで、なんか醜悪。「つぎはこっち」彼はふたたび狭い階段のほうにわたしを案内して、デッキの下におりる。するとそこはリビングエリアで、備えつけの白い革張りのシートはまだまったくの未使用に見える。

「デッキにはバスタブもあるよ」言葉がつぎつぎに出てくる。「それに、ほらこれを見てみて」バーコーナーに案内し、自分のグラスを下に置いて、ミニサイズの冷凍冷蔵庫から直接氷が出てくる様子を見せてくれる。「クールだろ？」

アーチーが冷蔵庫をいじっている隙に、わたしは彼と自分のグラスをすり替え、持参した錠剤をそこに落とした。あとでのお楽しみのための、特別なやつ。彼は自分がおもちゃで遊んでいるあいだに中身が奇跡のように増えたことにも気づかずに、グラスから長々とひと口飲む。

「おつぎは取っておきの場所」アーチーはわたしの腰に手を置いて、船尾のほうに連れていく。寝室があるほうに。寝室はふたつあり、どっちも同じように豪華で、内装はウォールナット材、バスルームがついていて、大きなベッドが置いてある。顔をのぞかれているのを感じる。「横になりたいとか、そういうことがあれば言って。万一、それで酔ったりしたらね」彼はわたしのグラスをあごで示してから、自分のグラスの中身を最後まで飲み干した。

「うん、わかった」

「じゃあ、飲んじゃえよ！」わたしが半分ほど飲むあいだ、彼はわたしをじっと見ている。

アーチーに連れられてふたたびデッキにあがると、すぐにセオが話しかけてきた。

「ほら、きみのために用意しておいたよ」そう言って、八〇年代のようにロール状に巻いた紙幣をわたしてくれる。

「ありがとう。でもドラッグはやらないの。ごめんね。ノリが悪くて。友達はやるんだけど」

「お代わりは？」フレディが勧める。

「遠慮じゃなくて、もういいわ」わたしは言う。

「友達には連絡した？」セオが言う。「たいしたパーティじゃないだろ？」イライラしてきている。期待したほど面白い女じゃないと思われているらしい。

「ああ、そうだった」わたしはバッグからスマホを出し、メッセージを打つふりをする。

一方、アーチーはちょっと酔ってきたように見える。汗もかいていて、倒れないようにふんばるせいで顔がテカテカだ。

「大丈夫か、アーチー？」フレディが尋ねる。

「じつは気分が超いいってわけじゃなくて」アーチーは今では喘いでいる。「ちょっとひと休みしてこようかな」階段のほうに向かおうとするが、よろめいて宙をつかむ。フレディが助けようと慌てて駆け寄る。

「おいおい、おまえ。どれだけ飲んだんだ？」

「きっと日射病じゃないか」セオが笑う。「ああいう色白肌は弱いんだよ」わたしのほうを見て、いっしょに笑っていることを確かめる。「いい夢見ろよ、アーチー」

フレディがアーチーをデッキの下に連れていくと、セオがわたしににじり寄る。

「で、きみの仕事は何？」

言葉を言いおわるより前に、彼の首にアイスピックが深々と突き刺さる。

「人を殺すこと」わたしはそう言いながらピックを引き抜いて、彼が床に滑り落ちるのをながめた。血が油膜のようにまわりに溜まっていく。

「あいつは下で気を失ってるよ」足音が聞こえ、フレディが笑いながら階段をあがってくる。彼はデッキで血を流しているセオと、アイスピックを握っているわたしを見る。

目と目が合った甘美なひとときが流れ、フレディは一瞬恐怖で体が固まったあと逃げようとする。その一瞬は、わたしにとって相手を追いつめるのに十分だ。最後の一段をあがってきたところでフレディを捕らえて、背中にピックを突き刺して床に倒す。ピックを引き抜くと同時に体が翻って、顔がわたしのほうを向いた。

「クソ、なんでだよ？」

「うん、わたしも思った。海に飛び込めばよかったのにね。そしたら逃げられる確率はもっと高かった」

「なんでおれを刺したんだ、このイカレ女！」今ではハスキーなうなり声のようなものしか出ない。激しい痛みのうちにいるのだ。それは何より。

「理由はわかってるでしょ。わたしの友達に薬を飲ませて輪姦（りんかん）しておきながら、のうのうと休暇を続けられると思って？　不愉快なクソ男」今度は頸動脈にアイスピックを突き刺して、彼がゴボゴボ音をあげながら首をつかむのを見る。

　ふたり終了。

　うっかりフレディの血で滑って自分が三人目にならないように、あとで階段を掃除しないといけないかも。

　船を降りて、係留を解いてからふたたび乗り込み、舵のところにいってエンジンをかける。船の操縦はしばらくぶりだけど、実際のところ自転車に乗るようなものだとわかる。もちろん、文字どおりの意味じゃなくて。

44

エーゲ海のどこかにいるリバティ号

三十分ほど島から離れる方向に向かってから、船のエンジンを切って漂流させる。五体揃ったバカでかいセオを持ちあげて船の縁から落とすのは、大変な作業だ。悔しいけれどわたしには力が足りず、脚と腕の骨を折って、割ったヴーヴの瓶で筋肉やら何やらを切り離さないといけない。

がんばったご褒美に、シャンパンを一杯飲む。

フレディを螺旋階段から引きあげて、縁の向こうに体をひっくり返すのも同じように大変だったけど、幸いセオほどマッチョじゃないので、ばらばらにしないでも海に落とすことができた。

結局、一番厄介なのはじつは血の汚れで、いかにも男にありがちなことだけど、船に積んである掃除用具が明らかに足りない。漂白剤はあったので、頑固な汚れにかけてこするが、美しいウォールナット材のデッキが台無しになってしまう。もったいない。

さあ、あとは三人目だ。

アーチーがとても誇らしげに見せてくれたキッチンのなかを少々物色すると、まさに求めていたものが見つかる。切れ味抜群の鋸刀のナイフ。なんとサバティエの一本で、ちょっとスリルを感じる。

ベッドではアーチーがちょうど目を覚まそうとしていた。ぼんやりして混乱していて、どうやら手術から目覚めるところだと勘ちがいしている様子だ。まだよ、お兄さん。まだ待ってね。うつ伏せに寝ているベッドに近づいていくと、彼の目がわたしの目をとらえた。

「看護師さん?」まだ薬が効いていて声がにごっている。「本当に気分が悪いんです。医者はいますか?」

「わたしが医者よ、アーチー」わたしは微笑み、ベッドに腰かける。彼はほっとしたように微笑み返してくる。

わたしはアーチーの足首のところにひざをついて、太ももで彼の両脚をはさんだ。彼はちゃんと頭をあげようとするのに、首のコントロールが効かない。

「それは何?　体にいっぱいついてるそれは?　血みたいに見える」

「そのとおり、血よ」彼の喉ぼとけがごくりと動く。

「怪我をしてるんですか?」

「そうじゃない。わたしは大丈夫」そう言って微笑みかける。「ちょっと手術をしないといけなかったの」

今ではさっきほど安心しているようには見えない。「ここは船だ。おれの船だ」

わたしは励ますようにうなずく。「そう、いっしょにちょっとした航海に出てきたところよ」

「セオとフレディは?」

わたしは首を横に振る。「いない。わたしたちはふたりきり。すてきだと思わない?」

アーチーはどこまでも恩知らずで、すてきなこととは思わないらしく、悲鳴をあげはじめる。

「シー、シー」彼をなだめる。「何マイルも沖にいるの。どうせだれにも聞こえない」

それから、さらに彼の体の上のほうに移動して、チノパンを脱がせにかかる。予想したとおり、さっき彼の飲み物に入れた小さな青い錠剤が効き目を発揮して、ズボンからペニスがにょきっと飛びだしてくる。本人も信じられない様子でそれを見つめる。

「何をするんだ？」不安げだが、好奇心もにじんでいる。こんな状態にあっても、わたしが自分とやりたがってるって本気で思ってるの？

「人生最高のフェラチオをしてあげるね、アーチー」わたしは言う。「そして達する寸前に、それをなかで感じられるように、わたしがその美しいペニスに乗っかるから」

彼の目が涙で潤んできたように見える。

「なんてことは、もちろんするわけないでしょ。あんたのそれを根元から切り落としてあげる。そして、股間から血を流して死ぬのを見とどけるの。そのあとは、そのレイプ好きのペニスもろともあんたを海に捨てる。いい？」

そしてわたしはうしろからナイフを取って、ペニスを根元から切りはじめる。

鼓膜が破けそうなものすごい悲鳴をあげたので、海の遠くまで出てきたのは幸いだった。いつもは男が切り刻まれながら出す声を楽しむわたしだけど、これは哀れだ。わたしは黙るように言う。アーチーはわたしを押しのけたくて暴れるけど、ケタミンのせいでまだ弱々しいし、もちろん、ペニスが半分切れかかってるせいもある。

「これはいったいなんなのかって思ってるんでしょう？」

「お願いだ、やめてくれ」

「うーん。わたしの親友も、ゆうべ同じことを言ったと思う。だけど、あんたはやめなかった、ちがう？　だから、たぶんわたしもやめない」

すごい量の血だ。勃起しているときには、本当に全部がそっちにいくらしい。

完全に切り離すまで、さほど時間はかからない。それを持って顔に近づけると、アーチーは赤ん坊のように泣きじゃくる。

「セオ」彼はなんとか叫ぼうとする。

「ふたりには聞こえないわよ、ダーリン。悲しいことに落水事故が二件ほど発生したの」

「お願いだから殺さないで」彼は懇願する。「心を入れ替える。約束するよ。レイプ・チャリティにお金を寄付する。友達にも見舞金をわたす。警察にもいく」今も前にぶらさげられている自分のペニスを必死の目で見つめる。「それを氷か何かに入れてくれないか」

「ごめん、断るわ」

そしてわたしはちょん切られたペニスをベッドに放り、景色を楽しむためにふたたびメインデッキにあがる。自分であけたボトルから注いだシャンパンをもう二杯飲み、空を見あげる。よく言われるとおり、ロンドンにいると星や宇宙のなんとかの美しさには気づかない。そして、それを見ていると、本当に自分がちっぽけでどうでもいい存在に思えてくる。まあともかく、セオとフレディとアーチーのことは、どうでもよく思えてくる。

三十分ほどして患者の様子を見にいくと、死人の光沢、あるいは死んだ目といった現象が観察される。アーチー自体はたいした手間じゃなかった。だけど、血でぐしょぐしょのシーツで体をつつんで、上のデッキまで引きずっていくのには、ものすごく骨が折れる。その後、彼を海に投げ入れ、続けてペニスも放った。最後にもう一度下におりて、グラスなんかについた指の跡をさっとぬぐってまわる。全身鏡に映った自分が、ふと目にはいる。幸い、わたしのドレスは濃い赤色（ちゃんと計算したからね）だけど、腕と脚が血だらけだ。面倒だけど軽くシャワーを浴び、またそこもきれいに掃除するはめになる。アーチーのクローゼットから適当なピンクのブレザーをつかみ、ドレスの上からはおる。

それから舵のところにもどって、スマホのナビアプリを頼りに船をマリーナにもどし、係留してホテルに向かった。

自分の部屋にはいって血のついた服を着替え、クローゼットの奥の袋に突っ込み、ベッドのトアのとなりに滑り込む。

そして眠りに落ちる。

翌日、トアは一刻も早く帰国したいと言った。

「ここにはいられない。どこにいっても、あいつらとばったり会うんじゃないかって恐怖なの。それに自分のベッドが恋しい。ママのことも」

言うまでもなく、わたしもここを出ることには大賛成。「もちろんよ」わたしは言って、トアにカモミールのお茶とヴァリウム二錠をわたした。

その後、数時間かけて乗れる便を探し（トアはそのあいだに気が抜けたように荷造りをした）、どうにかその日の午後のエコノミー席をふたつ確保する。トアはヴァリウムをもう一錠ほしがり、帰りのフライトのあいだはほとんど眠っている。わたしはエーゲ海を窓からながめながら、死体がどこかに流れ着くのはいつごろになるか考える。おかげで座席の狭さや不快な体臭から気がまぎれた。

イギリスにもどったあとは、サリー州にあるシルヴィの大邸宅までトアを車で送った。トアはだいたいの話をシルヴィに報告してあるはずなので、彼女をひとりで外出させたことについて、わたしとシルヴィとのあいだでひと悶着ありそうだと予想する。でもちがった。シルヴィはわたしたちふたりを抱きしめてくれた。「ふたりともかわいそうに」彼女は言う。「キティ、泊まっていく？　部屋ならいくらでもあるわ。遠慮する必要はまったくないから」

わたしは感謝しつつも断る。「トアにはしばらくママが必要だと思うので」

トアはわたしを両腕でぎゅっと抱きしめ、「ありがとう」と首筋にささやいた。

自宅に帰ったころには、ＰＴＳＤを患っているような気分になる。自分もヴァリウムを二錠飲み、くたびれ果ててベッドにもぐり込む。わたしが計画したリゾート休暇も、これにて終わり。

眠りと覚醒のあいだの心地よい境に落ちたとき、ミコノス島のクローゼットの奥にしまった血だらけの服のことをようやく思いだす。

しまった。

でも今は、気を揉むにはヴァリウムが効きすぎている。

45

アップルニュース

ミコノス島で休暇中の、行方不明のイギリス人男性三人について、警察が安否を懸念

ギリシャのミコノス島で行方がわからなくなっている三人の男性の安否について、懸念が高まっている。ロンドン出身と思われるこの男性ら（名前は未公表）は、今週初めに人気の島への旅行からもどる予定だったが、それぞれ家族への連絡が途絶えている。

三人は所有するヨットに滞在していたと見られている。ヨットは島の主要港に停泊したままで、三人の姿はない。証言者によれば、彼らは地元のパーティシーンではおなじみの顔だったが、先週来どのバーやクラブでも見かけられていない。

情報のある人は、ミコノス島警察（＋30　7732459）まで。

46

チェルシーのキティのアパートメント

ファックファックファックファックファックファックファックファックファックファック。

ミコノス島で三人の男が行方不明になったことが今やネットニュースに載り、わたしは全員の血の混ざったものがべったりついた袋を、クローゼットの奥に忘れてきてしまった。

頭がどうにかなりそう。

うろうろ行ったり来たりが止まらず、パニックになって、さらに歩きまわる。

スマホの着信音が鳴るたびに警察だって思う。ホテルを出て一週間たってるのだから、まちがいなく掃除はされているはずだ。かわいいメイドのだれかが血のついた袋を見つけて悲鳴をあげる図が、頭に浮かんでは消える。ホテルはそれを警察に提出しただろうし、あのサンドレスにはわたしのDNAが残っていて、さらには三人の行方不明、もとい、死んだ男の血がついている。わたしは何にも集中できない。チャーリーから十回ほど電話があったけど、留守電を聞く気にもなれない。真実を知ったら、どう思われるだろう？　殺した男たちは一人残らず自業自得だったと、わたしは知ってる。でも人を殺したことには変わりない。何人もの人を。息ができない。待ってることもできない。わたしはホテルに電話することにする。

「こんにちは、カヴォ・リゾート」レセプショニストが応える。

心臓がぎゅっと凍る。「あの……えっと、もしもし？　英語は話せますか？」

「ああ、英語、イエス、イエス。どういうご用でしょうか？」

「一週間ほど前にそちらのホテルに泊まった者ですけど、部屋に忘れ物をしたかもしれなくて」

「ああ、オーケー、お待ちください。客室係につなぎます」

保留にしてさんざん待たされ、その間ずっとギリシャ民謡をか細い音で聞かされる。

「もしもし、こちらは客室係です。どのようなご用でしょうか」

「ああ、こんにちは。一週間ほど前に泊まったんですけど、部屋に忘れ物はなかったかと思って」

「オーケー。わかりました。お部屋はどちらで？」

「ええと、プラチナ・ヴィラの一室。たしかアジュールだったか」

「オーケー。アジュール。記録を確認するので、このままでお願いします」

わたしはふたたび保留にされ、またしても耳がかったるくなる音楽を聞かされる。十年くらい待ったんじゃないかと思うころ、受話器が取りあげられる。

「もしもし、お嬢さん？　アズールのスイートからは何も届けられていません。すみません。それでは、よい一日を」

「待って、ほんとに？　たとえば、警察とかだれかにわたしたものもないですか？」

　電話の先から笑い声がする。「どうして警察に何かをわたすんですか？　部屋には何もありませんでした。悪いですね。あなたがなくしたものはここにありません。ではこれで」

らく。

「ありがとう」そうつぶやいたものの、すでに電話は切られている。混乱してわけがわからない。スマホが鳴り、インスタグラムのアプリを見るとＤＭが届いている。わたしはため息をついてそれをひらく。

「ミコノス島で起きたことはミコノス島にとどまる。それとも？」

〈クリープ〉がまたあらわれた。今のわたしがまさに必要としているものの真逆。ヴァリウムを三錠つかんで、ストレートのウォッカで流し込み（まだギリシャ基準で動いている）、もう一度ベッドにもどる。

ほぼぶっとおしで鳴らされつづける呼び出し音によって、薬による昏睡状態からとうとう引き起こされる。何時かはわからないけど、あたりは薄暗い。少しして、鳴っているのは家のドアのブザーだと気づく。まさか警察？　もしそうなら勝手にはいってくるか、コンシェルジュにあけさせるのでは？　わけがわからないままドアまでいくと、外にトアが立っている。あるいは別バージョンのトアが。彼女はフラットシューズにジョギング用のボトムス、それにキャップという格好だ。

「キティ。今すぐドアをあけて」

うわ。わたしは目をこすって、ドアをあける。トアはどかどかとはいってきて、照明をつぎつぎにつけ、バーコーナーにいってふたつのグラスに高級なソーヴィニヨン・ブランを注ぎ、わたしにひとことも話しかけないうちからキッチンカウンターに腰をおろす。

「座って」彼女は命じる。

何が起こっているのかよく理解できないまま、わたしは向かいのバースツール（〈ダネッティ〉で買ったライムグリーンのフェイクレザー）を引いて腰かける。そしてワインに口をつけると、トアがカウンターのふたりの真ん中にどさっと袋を置いた。ミコノス島のおみやげ屋のビニール袋だ。

「ほら」彼女は言う。「なかをあけてよ」

あけなくたって中身はわかる。だけどともかくトアの言うとおりにする。逆らわれたい気分じゃないのは見て明らかだ。わたしは袋をあけて、なかから乾いた血のついた赤いサンドレスとピンクのブレザーを引っぱりだす。トアはサイコパスみたいにわたしをじっと凝視している。でも、そんな顔でもわたしはキスできる。

「いったいなんなの？」トアは言う。「嘘は言わないでよ、ねえ。わたしにはわかるから」

本当のことを話すべきか迷うあいだ、沈黙が流れる。だけどこっちから何かを言う前に、トアがスマホをスクロールして、ニュース記事を音読しはじめた。三人の男が行方不明になってるという、あれを。

「これと」――サンドレスを身振りで示す――「関係があるんじゃないでしょうね」スマホを宙で振る。「嘘はなしだからね、キティ」

そこでわたしは深呼吸する。

そして、全部を打ち明ける。

47

チェルシーのキティのアパートメントのバルコニー

　ともかく、トアにはそう信じさせる。もちろん、全部なんか話さない。

「流産したの」いっしょに遅い午後の太陽を浴びて座りながら口からすらすら嘘が出てくる自分に驚く。「だれにも話したくなかった。チャーリーにさえ言ってなかったし、どうしていいかわからなかったから。それもあってロンドンを離れたかった。考えるためにね。チャーリーはわたしが浮気していると思ってたし、でもトアには話すつもりでいた。だけど、あなたが襲われて、その同じ夜にこういうことになって……だからそのときは何も言えなかった。あんな目にあったばかりのトアにはね。わたしはどうしていいかわからなくて、ともかく着ていた服をクローゼットに押し込んだ」ここで涙を流すことまでしてみせるけど、それはわたしがひどいやつだからだろう。だって、だれがこんな話題で親友に嘘をつく?

　モンスターくらいでしょう。

「キティ、言ってくれればよかったのに」

「だってレイプされたんだよ、トア。わたしのことにかまってもらうようなタイミングじゃなかった」

「それでひとりで耐えたんだね。もう二度とそんなことはしないで」

「ごめんね」わたしはもごもご言う。実際申し訳なく思う。嘘の話を信じさせてしまって。

「もう今は大丈夫なの？　気分はどう？」

わたしはため息をついた。「もう平気。だけど、お願いだからみんなには黙ってて。チャーリーに伝わって、わたしと話し合わないとって気を起こしてほしくないの。もちろん、予定外のことだったし。引きずってたくないの。もう過ぎたことだから」

トアはわたしをじっと見つめながらワインを注ぎ足してくれる。「言ってくれればよかったのに」

「まだそこまでたってなかった。せいぜい四週目ってとこだったと思う」

トアは長いことわたしを見つめる。その顔にある表情は読み取れない。やがてこっちまで椅子を引きずってきて、わたしを両腕で抱きしめる。

「ああ、キッツ」彼女は言う。「かわいそうに。本当に大変な目にあったね」わたしの頭にキスをし、あらためてわたしを抱き寄せる。「史上最悪のバカンスだった」

わたしたちは肌寒い夜用に置いてある小さな焚き火台に火をつけた。ロンドンを留守にしていたあいだも天気に変化はなく、今も肌寒いには程遠いけど、トアとふたりでドレスとブレザーを火のなかに入れて、それが燃えるのをながめた。

「わたしたちがニュールック女子じゃなくてよかったよね」トアが言う。「もしそうならポリエステルの花火みたいなことになってたかもしれない」

わたしが微笑むと、トアはわたしを抱きしめる。でもそのとき、一瞬すぎて読み取れないものの、何かの表情が彼女の顔によぎった。煙はロンドンの午後へと消えていき、トアは長いことわたしを見つめる。

「ありがとう」彼女は空耳かと思うほどの小さな声でささやいた。


情報開示（ふう）の流れになってるようなので、これをいい機会にあることを告白したい。バーにいたあの気色悪い酔っぱらいは、じつはわたしが殺した初めての相手じゃない。自分のなかに闇があるのはむかしから知っていたけど、子どもがびっくり箱の人形をなかに押しもどすみたいに、ふだんは深い場所に押し込めておくことができた。その存在に初めて気づいたのは、父がヘンの母親といるところを目撃した夜のことだ。何が起きているのかよく理解はできなかったけれど、いけないことなのはわかった。

父が母を殴るのを初めて見たのは、それから数年後のことだ。父は不機嫌な様子で仕事から帰ってきて、すぐにウイスキーを瓶ごと持って部屋にこもった。

「今日はお父さんの邪魔をしないようにね」母はわたしに忠告した。「今はとても大変な時期なの」

「どういうことなの？」当時十三歳だったわたしは、基本的に自分はもう大人だと思っていた。

母はわたしに微笑んで、指で鼻をぽんとたたいた。「その美しくて賢い頭を悩ませるようなことは何もないから。ほら、お休みの日がつぶれないように、宿題をやっちゃいなさいな。終わらせたら、週末いっしょに楽しいことができるかもしれないわ。わたしたちふたりだけで」

わたしはその言葉に喜んで、母にハグをして自分の部屋に駆けあがり、出されたうんざりする数学の宿題をがんばって進めた。

夕方の五時になり、お手伝いのひとりがトレイにのった夕食を部屋に持ってきた。

「このまま部屋にいてほしいと、ご両親がおっしゃってます。今は大人の話し合いをしているところだから。わたしはもう家に帰りますけど、くれぐれもご両親のおっしゃるとおりにしてね」彼女は悲しそうな表情をしてわたしの肩をそっと握った。たしか名前はモイラだったと思うけど、自信はない。でも茶色くて大きな悲しげな目をしてたことは憶えている。わたしは、この人は人生に何があってそんなに悲しいんだろうと思った。その原因がまさか自分にあるとは、そのときは思いもしなかった。

わたしは夕食を食べ、がんばって宿題を続けたけど、下の階から聞こえてくる物音で気が散った。荒らげた声。何かが投げつけられる音。バンという音。悲鳴。ここそこ盗み見するのはいけないと学んではいたものの、さすがにその悲鳴で恐ろしくなった。わたしは階段を駆けおりてメインのリビングルームに急いだ。母が隅でうずくまっていた。

「お願い、ロバート。わたしが悪いんじゃない」

両親はわたしに気づいてなくて、父が右手を引き、その手を拳にして母の顔を殴るところを娘に見られているとは思ってなかった。それも何度も、何度も、何度も。平手打ちですらなく——それだって許されることじゃないが——完全なパンチだった。禁止されているのに見てしまったテレビ番組で流れるようなパンチだ。母の顔はぼこぼこの果物のようになってきたけど、片目はまだあいていて、怯えて見ているわたしの姿をとらえた。母の目には恐怖の表情が浮かび、いきなさい、と無言で言っているのが伝わってきた。

そうしないと、あなたも殴られる。

48

チェルシーの〈ザ・フィーニ〉

〈ザ・フィーニ〉での日曜のランチは、みんながお酒の飲める年齢になって以来の恒例行事だ。当時のわたしたちは、自分たちをもういっぱしの大人だと思っていた。十八歳になったころのことを振り返る。あのときはまだアダムと出会ってなかった。行方不明の父へのマスコミの関心も、もうすっかり消えていた。当時のわたしは、心のなかがもっとずっと穏やかだった。といっても、いつも穏やかだったわけじゃない。肉の貯蔵庫から盗んできた斧を持って、ある胸クソの悪い若者向け雑誌の編集部に乗り込もうとするのを、ヘンに止められたときのことは忘れられない。彼らが何をしたかって？同じくらい忌々しい雑誌のウェブ版にカウントダウンを載せたのだ。

最初のやつも十分にひどかった――〝肉界の女相続人に肉棒を与えることが合法になるまで、あと〇〇日〟。

つぎのやつはわたしを激怒させた――〝肉界の女相続人を泥酔させて肉棒をおねだりさせることが合法になるまで、あと〇〇日〟。

「わたしを酔わせてレイプしろって、男たちをけしかけてるようなもんじゃないの」ヘンに向かって叫んだのを憶えているけど、斧を振りまわすわたしに勇敢にも近づいてきたのは、彼女だけだった。「キッツ、ただのウェブサイトじゃないの」母はわたしをなだめようとして言った。「苦情を申し入れて、削除させるようにしましょう」

「だけど、あれのどこがただのウェブサイトだっていうの？」わたしはいきり立っていた。「それに、わたしだけの話じゃない。女子を酔わせてセックスしていいんだって男に教える、この文化がクソむかつく」

あまりに怒ってわめいて斧を振りまわすので、母は特別に隠し持っていた自分の薬を二錠分けてくれた。ようやく落ち着いてくると、母とヘンがわたしといっしょに座った。

「もうほんとうんざり」わたしは言った。「むかついてしょうがない」

ヘンが髪を撫でてくれているあいだ、母は雑誌の本社に怒りの電話をかけた。

「どれだけ酔おうが、おまえんとこのバカ読者とやるなんてありえないって言ってやって！」わたしは叫んだ。

それ以来、わたしは週三でセラピストのところに通うようになり、〝キティと斧〟は内輪の語り草のひとつとなった。わたしの頭から忘れ去られることは決してなかったけれど。

もちろん、今はみんなもう大人だ。ネットで嫌なものを見ても、感情を抑えるくらいはちゃんとできる。

だけども、これはべつ。

「ちょっとマジでふざけすぎじゃない」トアは自分のスマホを見ている。「いったいなんなの？」そう言ってまずはわたしの顔を見るけど、目は早くも半分涙目だ。

「どうしたの？」

彼女はスマホをわたしに突きだした。ツイッターだ。

わたしはそれを見る。ラフェイアル・レイノルズというサッカー選手が書いたメッセージのスクリーンショット。若くてイケメンの、世界を股にかけるプレイヤー。それに、いろいろと見た感じから判断して、あそこがバカみたいに大きい。

〝返事をよこさないなら、こっちから押しかけてレイプしてやるからな。笑笑笑笑笑〟

「これって本物？」

わたしはショックの目でメッセージを凝視し、顔をあげるとトアがうなずいた。スマホをヘンにまわした。ヘンも同じように見てメイジーにまわし、こうして四人全員がスクリーンショットを見た。

「うわあ」メイジーが最後に言う。「どうしてこういうことになったか教えてくれる？」

「深いことはあんまりよく知らない」トアは言う。でもスマホをまたまわしてきたので、わたしはさらに何枚かのスクリーンショットをスワイプして見る。自分を拒否したらしい相手の子に脅し文句を言って罵倒している画像が、全部で五枚ほどある。

「で、みんな本物なの？　裏付けはあるの？」ヘンが尋ねる。

トアは世間にくたびれたようなため息をもらす。「エミリー（〈エキストラ〉のひとりだ）によると、本物らしいよ。だけど釈放されてる。きっと反省してるって言えば起訴もされないんじゃないの」

わたしたちはみな唖然として黙り込む。バーの従業員がやってきて、プロセッコのお代わりはどうかと尋ねたが、メイジーが首を振って、会計を依頼する。

「ラフェイアルみたいな連中の何が腹立つって」トアが言う。「だれも自分に手出しはできないって思ってるところだよね。正直、そのとおりだし。好き勝手やりたい放題で、あとの処理はマネージャー任せ」

「相手の子はだれなの？」メイジーが聞く。「わたしたちの知ってる子？」

トアは肩をすくめる。「でも、ツイッターで名指しされるのも時間の問題でしょ。そして当然だけど、魔女狩りの対象になる」

わたしたちは会計をして店を出、ツイッターで明らかにされるだろういろいろなことを思って、それぞれ同じくらい心を乱される。けれどわたしの頭には、家のロビーに着くよりも前から、ある計画が湧いてくる。

49

チェルシーのキティのアパートメント

〈エキストラ〉がわたしたちの人生で何かの役割を果たすことはあまりないけど、とあるアイディアがわたしの頭のなかに居座って、脳全体に触手のような枝を広げて大きくなってきた。わたしはサッカーのグルーピーが大っ嫌い。そんな子を見ると、愚かなちっちゃい頭を両手で揺さぶって、理性をたたき込んでやりたくなる。「そういうのは職業の選択とは言わない」とわたしは叫びたい。でもきっと聞く耳を持たないだろう。みんな、つぎのヴィクトリア・ベッカムになりたいのだ。

わたしはスマホを手にし、目当ての名前が出てくるまで連絡先をスクロールした。ジョディ・ジョーンズ。〈エキストラ〉の女王で、WAG〔有名選手の妻や彼女〕志願者のなかでも必死さが一番の子。今夜のために、超速攻で新たに親友になる必要がある。サッカーはまだシーズンがはじまる前で、ってことは、ああいうどうしようもないバカ男連中は依然ナイトクラブにたむろして、浮気の現場や、前の晩の酔いが抜けてないのが丸わかりの運転姿を、パパラッチに撮られたりするにちがいない。

「ハロー、ジョッズ！　今夜は出かける？」

「キティじゃない！　みんな元気かな。うん、わたしたちは〈ラッフルズ〉にいくよ。来る？」

「じゃあ、そこでね」

オエ。

だけど我慢。さあ、キックオフだ。

50

チェルシー、キングズロードの〈ラッフルズ〉

わたしはナイトクラブが超苦手。その事実を〈ラッフルズ〉のカウンターの前に立って思いだす。今は緊張をほぐし、自意識過剰になりすぎないためのウォッカを、必死の思いで注文しようとしているところだ。すでに三人の男からの不要な注目をかわしたけど、来てからまだ三十分しかたってない。混雑しすぎだし、空調も十分じゃなくて、頭ががんがんして、閉所恐怖症みたいな気分になる。〈エキストラ〉の何人かも来ていて、そばにまとわりついて、わたしをどうにか会話に誘おうとするけど、(a)何を言ってるかよく聞き取れないし、(b)この子たちのくだらないゴシップや愚痴を聞いて夜を過ごすのは勘弁。

「アンバーはジェシーに隠れてアンドレと浮気してるの」〈エキストラ〉のひとり、たしかエミリーという子が教えてくれようとする。

「クソどうでもいいんだけどね」とわたしは言う。

「え？　よく聞こえなかったけど、なんて？」

「〝それはツイてないね！〟って」

あまり交流はしないにしても、〈エキストラ〉がいてくれたのはとてもよかった。おかげで、ひとりでバーにやってくるかわいそうな人みたいにはあまり見えない。さらに嬉しいことに、彼女たちはテーブルを確保していた。わたしは足が痛くてしょうがない。もしかして年を取ってきた？

「エミリーがテーブルを取ってくれてるから、いっしょに座りなよ」てっきりエミリーと話しているのかと思ってた。それはともかく、彼女はわたしと腕を組んで、みんながいる席のほうへ引っぱっていく。

「カウンターでこんな人をつかまえたよ」エミリーじゃない子が言う。

「すごいじゃない、エマ」べつの子が言う。「キッツ、今日はだれといっしょなの？」ベンやその仲間たちが合流してくることを期待しているにちがいない。ベンは彼女たちに大人気だけど、どっちにとって損な話なのか、わたしにはわからない。

「ジョディを待ってたの」わたしは叫ぶ。「でも、来る気配がないね」

「だったら、ここにいっしょにいればいいよ。ターシャ、キッツにウォッカを注いであげてくれる？」

ターシャと呼ばれた子が、テーブルのワインクーラーからグレイグースのボトルを取って、グラスにジャバジャバ注いでくれる。

「何で割る？」彼女は聞く。

わたしは首を振る。「大丈夫。ストレートで飲むのが好きなの」

彼女はにかっと笑ってグラスをくれる。まるで女王かだれかを前にしているみたいに。わたしは店を出入りする顔から目を離さないようにしてるのに、〈エキストラ〉が質問責めにしてくる。

「そのドレス、かわいいね。どこの？」

「パロマウール」

「ベンは今夜来るの？」

「さあ」

「メイジーがルパートと付き合ってるって本当？」

「ええと……うん」

「彼は前にソフィと付き合ってたって知ってた？」

「知らない」ソフィってだれよ？

ここからあとは聞き流す感じで、〈エキストラ〉たちのほうもわたしがいっしょのテーブルにいるという目新しさに飽きてくる。わたしはサッカー選手たちがまだ来てないか、店内を目で探すのに忙しい。だって、〈エキストラ〉はそのためにここに来ているのでは？　腎臓を（わたし以外の）賭けてもいいけど、WAGになるのは彼女たちの最大の野望なんだから。

案の定、十分ほどしてエマないしエミリーないしターシャないしだれかから、大きな悲鳴があがる。

「見て。あれ、ラフェ・レイノルズじゃない？」

目をやると、この場所にいていいぎりぎりの年齢に見える人物がはいってきて、まるで紅海が割れるみたいに群衆がふたつに分かれるなかを進んでいるのが見える。イケメンなのは否定できないけど、彼が送りつけた憎しみのこもった感情を目の当たりにしたあとだけに、魅力はマイナスレベルにダダさがりだ。目はすでにクラブのあちこちに飛んで、ざっと全体を見わたして獲物を物色している。一瞬、彼の目と目が合って、わたしから視線をそらした。二、三秒後に目をもどすと、まだこっちを見ている。今度は向こうが目をそらす。ふたりのあいだで目のテニスがはじまる。男女の最初のステップ。いい感じだ。数秒後に彼がまた目をこっちに向けると、わたしはちょっと気を持たせるように微笑んでやって、その後、知り合いを見つけたふりをする。今度はもう目をもどさない。簡単に気を引ける相手だと思ったら、彼にとっては面白くなくなる。ベンだかその友人だかがつくったフレーズが、ふと頭に浮かぶ。〝価値あるマンコは狩ってこそ〟。なるほど愉快だ。でもそのとおりで、ラフェには自分のほうが追いかけていると思わせる必要がある。こっちは獲物に徹しないと。グラスにストローをさしてひと口飲む。ストローの効果で口元に目がいき、彼はその口でわたしがほかにどんなことをやれるか想像するはず。雑誌の「ティーン・ヴォーグ」よ、アドバイスをありがとう。

わたしは〈エキストラ〉の話に加わろうとする。彼女たちはラフェや、連れの男たちのことをこそこそ盗み見ている。やっぱりサッカー選手なんだろうけど、よくわからない。この子たちとはちがうから。わたしはWAGでいることにはひとつの魅力も感じない。

エマだかエミリーだかが、ひそひそ声でラフェの噂をしている。「女を完全なゴミ扱いするらしいよね。ツイッターにいろいろ出てたのを見た?」

たしかターシャと呼ばれていたブルネットが肩をすくめる。「わたしは気にしないけど。もう全部削除されたし、たいしたことじゃなかったんでしょ。ねえ見てみてよ、あんな人とひと晩過ごせるなら、なんだっていいわ。どう思う、キティ?」

「キュートなんじゃないかな」

ラフェが気取った足取りでテーブルに近づいてきて、女子たちはくすくす笑いをする。

「お嬢さんたち」彼は言い、まるで〈華麗なるギャツビー〉のレオナルド・ディカプリオみたいにグラスを掲げる。ごくごく平凡な白人男性が身のほど以上の自信を持っているとしたら、十二歳ごろからちやほやされた、お金を持った白人男性の場合は、どうなると思う？〈エキストラ〉たちははにかんだり笑ったりしてるけど、わたしはクールなままでいる。そして予想どおり、それがラフェの気を引いた。

「キティ・コリンズ」彼は言って、わたしの横にしゃがみ込む。「ここではあまり見かけないね」手をわたしの右の太ももに置いて、話をするのに体を寄せてくる。

わたしは肩をすくめる。「気分転換は休息にも勝るって、ことわざにもあるでしょう」心地よいと感じるより少しだけ長めに視線を合わせ、その後、目をそらす。「じつは帰るところなの。こういうのはあんまり趣味じゃなくて」

「いいじゃないか、まだいてよ。お願い」手を合わせて懇願するような仕草をし、子犬のような目でわたしを見る。

わたしはつくり笑いをする。「だいぶ飲みすぎちゃったから。もうベッドにはいりたいの。でも話せてよかった」

そう言ったあと、〈エキストラ〉に軽く別れを告げて、残してきたパンくずが役割を果たすことを祈りつつ店をあとにする。案の定、外に出たとたんに肩に手が置かれる。

「こんなふうにひとりで帰らすわけにはいかないよ」ラフェはいかにも気遣う紳士風の様子で言う。

「わたしなら大丈夫」わたしは言ったあとで、歩きながらちょっとよろけてみせる。「おっと」

「ほら、大丈夫じゃないじゃないか。せめて車で送るか何かさせて」

「送るか何か？」わたしは恋の戯れのダイアルを最大限にあげる。

「うちにコーヒーを飲みに寄って、そのあと車を呼んで家まで安全に送るっていうのは？　きみの身に何かあったら、自分を許せない。こんなふうにひとりでふらふら歩くのはよくないよ」

わたしはうなずく。「わかった。でも、変なことはしないでよね。いい？」冗談っぽく彼の胸をつつく。「それに、わたしの車を運転してもらいたいの。ここに置いてくわけにはいかないから」

「ドイツ人がつくった車でなければ、喜んで運転するよ」にやりと笑う。「先月、親善試合で負けたんだ」彼は説明する。「僕は人種差別主義者じゃないよ！」トアがみんなに見せた恐ろしいツイッターを思いだしさえしなければ、すごく心が和んだことだろう。

「レンジローバー・イヴォークよ」

「あそこの、あれ？」

わたしはうなずいてスマートキーをわたし、演出のために道を渡りながらちょっとよろめく。

「じゃあいくよ、ほら。酔いを覚まそう」

51

チェルシーのラフェのアパートメント

ラフェの家までは十分ほどかかったけど、じつはうちからそれほど遠くない。地下駐車場に車を駐めて、裏階段を使って部屋まであがる。

「人聞きの悪い言い方かもしれないけど、毎度毎度コンシェルジュと言葉を交わさないといけないのが面倒でさ」彼は目をむいておどけた顔をつくるけど、まさにわたしにもよくわかる感覚だ。

そんなわけで、ペントハウスのある階まで足でのぼる――それ以外にないよね？　そのあいだにわたしはラフェを観察する。照明のせいかなんなのか、クラブにいたときよりもさらに若くて自信がなさそうに見える。彼は見られているのを感じて、わたしを振り返ってにっこり笑う。首にはダイヤモンドのRの文字のついたギラギラのチェーン。

これだからサッカー選手たちは。

まるで品がない。ゼロ。

「だいたい月から金まではここに住んでる」額にはいったサイン入りの写真やサッカーシャツの並ぶ長い廊下を進むわたしに教えてくれる。「サリー州にも家があって、そっちは週末とか休日用。それにパーティ用」彼はわたしに輝く笑顔を見せる。「リビングにはいって。見せたいものがある」

わたしは彼のあとについて、バーカウンターとフルサイズのビリヤード台のある、オープンスペースの巨大なリビングエリアにはいる。

「ビリヤードはやる？　ひと試合する？」彼が聞く。

「えーと……いい。わたしは大丈夫。見せたいって言ったのは、それのこと？」

彼は数秒間、ぽかんとした顔でわたしを見つめる。「ああ。ちがう。これだよ。見て」奥の壁まで歩いていって、額に入れた帽子らしきものの前で手招きする。わたしはよく見るために近づいていって、それが実際に額に入れた帽子だと気づく。ラフェを見る。彼の笑顔はいくらかしぼみつつある。

「イングランドの帽子だよ」彼は言う。

「いいわね」どう答えるのが正しいのか、わたしにはわからない。

「昨シーズンに、イングランド代表としてデビューしたときにもらったんだ。僕がイングランドでプレーしてたのは知ってる？」

いったいこれは何？　ピッチでのスキルだけでなく、女性のスキルでも全国的に称賛されるクールなはずのサッカー選手が、女子と初めてふたりきりになった、もじもじした六年生みたいになってるのは、なぜ？

「えーと……うん。それは知ってる。すごいね。大変な偉業だと思う」

彼は誇らしげで有頂天といっていいくらいだ。「ねえ、こっちも見て。トロフィー用の棚だ」わたしは慌ててあとを追い、さまざまなトロフィーを陳列したガラスケースのほうへ案内される――年間最優秀若手選手とか、なんとかかんとか。

「たしか飲み物の話をしてなかった？」自分の顔に退屈が出てしまっているのがわかる。

「あ、そうだった。ごめん。マナーを忘れてた。もちろんだ。ええと……ワインがいい？　それともほかにする？　シャンパンもあるよ。すごいいっぱい。冷蔵庫まるまるひとつ分。お風呂にするくらいある。いや、そうしようって言ってるんじゃないよ。ただ、それができるくらいあるってこと」

「ちょっとベトベトするかも。わたしはワインでお願い」どうしてベビーシッターをしている気分になるんだろう？

ラフェがキッチンと思われる場所に姿を消したので、その隙にほかの部屋を見てまわる。ラフェの写真がたくさんある。たぶん過去にサッカーをやってた年配の有名人と写っているラフェ。チームのマフラーを掲げる十代のラフェ。ある壁面にはギターのコレクションが飾ってあるけど、この底の浅いサッカーバカにもじつは深みがあることを示すものは、基本的にそれのみだ。

「座って」ラフェが白ワインをほぼ縁まで注いだグラスをふたつ持って、リビングにもどってきた。

数千ポンドはするだろう特大のラグに今にもこぼしそうなので、わたしはそっちまで歩いていって、ひとつを受け取る。それからソファ（銀色のクラッシュベルベット素材の、巨大なL字タイプ）のほうにいって、腰をおろす。

「バルコニーにジャグジーもあるよ」ラフェがたった今思いだしたみたいに言う。もしかして薬でもやってる？

「水着を持ってきてないから。ごめんね」

「そっか。でも、裸ではいってもいいよ？　何も着てなければ、きっともっとセクシーだろうね」わたしに近づこうとしてソファの向こうからじりじり距離を詰めてくる。わたしはじりじり離れて、長々とワインを飲む。

「できれば服を着たまま、乾いたままでいたいな」

落胆の表情が浮かんで、わたしは子犬の顔を蹴ったか何かしたような妙な気分になる。

「音楽をかける？」

「そうね」

彼は二十ほどもあるリモコンの山からひとつを手に取り、ボタンを押しはじめる。テレビがついた。大音量で。

ふたりともびっくりして、ラフェは戸惑った目でリモコンを見つめながらぎこちなく笑う。

「ごめん！」彼は画面のシャーロット・クロスビー［英リアリティ番組〈ジョーディ・ショア〉の出演者］に負けないように大声で叫ぶ。今はジョーディ・メンバーのべつの酔っぱらいに向かって叫んでいるシーンだ。「ステレオのリモコンかと思った！」

「ちがう！」

「うん！　でも音をさげられない」困惑顔でリモコンをもう一度見る。サッカー選手は頭の賢さで有名というわけじゃないらしい。

「貸してみて」わたしは手からリモコンを奪ってテレビを消した。「ふう。耳がどうかなるかと思った。こんな大きい音で聞いてたらだめでしょう。体によくない。耳鳴りが起きたりするから」

ラフェは数あるうちのべつのリモコンを手に取り、ボタンを二、三個押す。今度は大当たりで、照明が暗くなるとともにR&Bの曲が静かに流れはじめるが、いかにも〝これからデートレイプするときの曲〟というプレイリストにはいってそうなやつだ。「これでよしと」彼はとても自分に満足した顔をしている。すごいねと言ってお金を投げてもらったとき浮かべるような顔。「シャンパンを持ってくる。きっと気に入ってもらえると思う。すごく上等のやつだから」

「そう、ありがとう」

ラフェはいったんいなくなり、ふたつのワイングラスにシャンパンを入れてもどってくる。「長いちゃんとしたやつが見つからなかった」

「フルートね」

わたしの顔を見て、かすかに眉をひそめる。

「シャンパン用のグラスはフルートっていうの」

「ああ、そうか。そう、それ。それが見つからなかった」

「べつにかまわない」わたしはグラスを受け取って、ひと口飲む。たしかに、なかなかのシャンパンだ。でも頭をはっきりさせておく必要があるので、調子づかないように気をつけないと。とはいえ、危ない性的捕食者といっしょにいる感覚があまりしない。むしろ子どもといっしょにいるみたい。

ラフェはふたたびソファで距離を詰めてくる。

「それでさ。有名でいるのってどんな感じ?」

「そのことなら、あなたのほうがずっと詳しいでしょう」

「なんで僕が?」

この人は賢さが配られたとき、きっと列の一番うしろにいたんだろう。

「だってイングランド代表でプレーしたんだし」わたしは言う。「わたしはただインスタグラムに写真をあげてるだけ」

「そっか」彼は笑う。「ちがう種類の有名だね。きみは本当にかわいいよ。実物はさらにかわいい」

「ありがとう。優しいのね」

「前から大好きなインスタモデルだよ。マルベーリャで撮ったビキニの写真はセクシーだった！」

「そう言ってもらえてすごく嬉しいわ。モデルじゃないけどね。わたしはインフルエンサー」

「で、今は付き合ってる相手はいるの？」

「えーと。いない。じつは別れたばかりなの」

「じゃあ、つなぎにだれかを探してるところ？」

「え？」

「女子はそうするんじゃないの？　男の傷を乗り越えるため、べつの男に乗っかられるとかって？」

「すごい失礼なことを言うのね。それに、そういう〝つなぎ〟みたいなものは求めてないから。もう帰ったほうがいいかな？」わたしは立ちあがる。

彼は心を痛めた顔つきだ。「ああ、いや、待って。ごめん、そういうつもりで言ったんじゃないんだ。怒らせるつもりはなかった。ちょっと緊張してて。きれいな人の前だといつもこうなっちゃう。どうか、まだ帰らないで」

あまりの真摯（しんし）な顔に、わたしはつい腰をおろした。

気を引き締めなければ。

この男はいい人じゃなくて、性的捕食者。トアに見せられたあのメッセージは本当にひどかった。だからわたしはここにいる。失恋を乗り越える方法についておしゃべりするためじゃなく、あの彼女や、彼女のような何百人の人たちに正義がもたらされるように。

「トイレを借りてもいい？」わたしは尋ねる。

「もちろん」ラフェはさっと立って、ふたたび廊下の先まで案内してくれる。「帰る道がわからなくなったら叫んでくれればいいから」

トイレもやっぱり豪華で、白い大理石とクロームの金具で統一されている。わたしはバッグのなかをごそごそやって、目的のものをやっと見つける。その後リビングにもどる。ラフェはこっちに背中を向けて座っている。首を前にまげて。

「迷子にならなかったんだね？　やっぱりジャグジーにはいりたいって思ったのかな？」

「ちょっとちがう」わたしは言いながら、注射器を首のうしろの皮膚にぐっと突き刺した。


目を覚ますと彼は混乱しきりで、自分がどんな悪さをしたか理解してない犬みたいに、わたしをずっと見つづける。そして自分を縛るダクトテープと闘う。あるいは、ダックテープ。口にもテープが貼られてなければ、きっとそんなふうに言ったにちがいない。

「なんでこういうことになってるのか、わからないふりはしないでよ」わたしは上から見おろして立ち、ナイフをくるくるまわして言う。「あんたのことも、あんたが女性をどんなふうに扱うかも、全部知ってるんだから」

ラフェはテープごしにもごもご言って、必死になって頭を振っている。

「そう、あんたが送りつけた最低なメッセージを見たの。ツイッターに載ってた全部を。どうせマネージャーが魔法みたいに揉み消してくれたんでしょうけど」

彼は一段と激しくもがいて頭を振り、恐怖の目を見ひらいている。いい調子だ。

「怖いの？　お金と権力があればなんでも手にできると思ってるでしょう。でも今度ばかりはちがうから」わたしは上にまたがって、首筋に触れて目当ての血管を探す。ますます激しくもがく彼にこっちはだんだんイライラしてくるけど、彼は口をふさぐテープごしに嘘を言おうと必死だ。頬に涙が流れる。わたしは首をさっと一度切りつけ、脈に合わせて白い床に血が噴きだすのを病的な喜びをもってながめる。しばしその光景にうっとりする。真っ白な大理石に赤のコントラストがとても美しい。そしてうなり声とゼイゼイいう音で、ふと我に返る。ラフェがここにいることを忘れかけていた。

まだ何かを言おうとしている。

わたしは目をそむけ、失血死するのを待つあいだに片づけをして、自分がいた痕跡を残さずきれいに消す。もちろんワイングラスも洗わないといけない。

「フルートね」床の上の間抜けに言う。「サッカー選手の問題はそこ。お金じゃ品格は買えない」

ようやくゴボゴボいったりもだえたりするのが止まり、わたしはとなりにしゃがんでまぶたをおろしてやる。本当に幼く見える。ツイッターのスクリーンショットで見た、胸クソ悪いレイプ犯予備軍と重ね合わせるのはむずかしい。

自分がここにいた痕跡を全部消し去ったと納得し、玄関を出て、ふたたび階段をおりて自分の車にもどる。家までの短い距離を運転しながら、幸福感がどっと襲ってくるのを待つ。人を殺したあとの、あの沸き立つような興奮を。この世からまたひとり性的捕食者を排除できたのだという、純粋で生のままの喜びを。

だけど、それはやってこない。

52

チェルシーのキティのアパートメント

家に帰ってお祝いのシャブリを注いでも、何もやってこない。空っぽなだけ。でもべつの何かがある。血管のなかを千もの蜘蛛が這っているような、よくわからない感覚が。

罪悪感？

後悔？

恐怖？

それとも病気にかかった？

ワインをソファに運んでテレビのスイッチを入れると、ほどよいまともな音量で画面がつく。ニュース番組だ。ふたりの男性が若いサッカー選手のプレッシャーについて討論している。イングランドの若手スター選手たちが休暇にいった先のプエルト・バヌースのホテルで、何やら事件があったらしい。逮捕者まで出ているようだ。どう行動すべきか知ってる人は、彼らのなかにはひとりもいないの？　わたしは腹を立て、ワインの残りを飲み干してベッドに向かったものの、落ち着かない感覚が、脳の奥のほうになおも潜んでいる。

目を覚ますと、まだ朝が早い。頭ががんがんし、肩の筋肉も痛めてしまったようだ。ゆうべラフェをあちこち動かしたときにやってしまったんだと思う。目をこすり、充電スタンドのスマホを取ってぶらぶらとキッチンに向かう。いつもは癒やされる静けさなのに、かえって部屋に人の気配があるように感じられて、だれかがいっしょにいてくれればと――ほんの一瞬だけだけど――思う。犬を飼うことを考えるべきかな。コーヒーの機械にカプセルを入れ、リビングにいって耳にうるさい静寂を止めるためにテレビをつける。ゆうべのニュースチャンネルのままになっていて、コーヒーにソイミルクを入れてかき混ぜていると、スカイ・ニュースの司会者が〝ラフェイアル・レイノルズ〟の名前を言っているのが耳にはいる。

まさか死体がもう見つかったとか？　わたしはコーヒーを持ってリビングにいく。そこで混乱する。ニュースで流れているのは、西ロンドンの高級アパートメントの映像じゃない。キャプションによると、司会者はスペインのマルベーリャから中継をしている。テレビの音をあげる。

「ラフェイアル・レイノルズは、昨日スペインの町で起こした居酒屋での乱闘騒ぎのため、今も現地警察に身柄を拘束されています。このイングランド代表のセンターフォワードは、スター選手との自撮りを試みたウェイターを殴ったとして、罪に問われています。ラフェイアルは高級リゾート地で友人やチームメイトと長い昼食を楽しみ、かなりの量の酒を飲んでいたと見られています。このイングランド代表のスターは、十代のファンにツイッターで嫌がらせをしたとして、イギリスですでに渦中にいるところです」

え？　ええっ？

スマホで撮られた男の映像（昨夜わたしが殺害した男とよく似てる）が流れ、男はウェイターに殴りかかり、まわりがそれを止めようとしている。

「ラフェイアルのスポークスマンは、現在も拘束中という事実を認めています。サッカーの新シーズン開幕を数週間後に控え、所属先のイギリスのクラブは新星スター選手の今後に気を揉むことになりそうです」

ニュース特集を早戻しして、もう一度見る。それをもう四回くり返したあと、キッチンにいってシンクにコーヒーを捨て、すぐウォッカをがぶ飲みする。

そして叫ぶ。

オーケー。落ち着いて。きっと何か単純な説明が見つかるはず。ラフェがマルベーリャでつながれていて、なおかつ、チェルシーのアパートメントで死んでるなんてことはありえない。でも彼がマルベーリャにいるのなら、ゆうべ殺した男はだれ？　わたしはゆうべ、ほんとに人を殺した？　頭が変になってきた？　スマホを取ってメッセージを打つ。

わたし：おはよ！　ゆうべは会えて嬉しかった。先に抜けてごめんね。思った以上に酔ってたみたいで。恥ずかしいことをしてないといいんだけど！（気まず！）

たぶんエミリー〈エキストラ〉：おはよ！　夜はこれからだったのに。でも大丈夫、心配するようなことはなかった。ほぼずっとルーベンとしゃべってたよ。

わたし：ルーベン？？？

たぶんエミリー〈エキストラ〉：ルーベン・レイノルズ。ほら、ラフェの弟。彼って最高にかわいいよね。

ファック。ファックファックファックファックファックファックファックファックファックファックファック。

スマホをひらいて、検索に〝ラフェイアル・レイノルズの弟〟と入れる。最初に出てきたのはラフェのウィキペディアのページで、それを家族の欄までスクロールする。〝兄弟：ローアン（30歳）、ルーベン（18歳）〟。

やってしまった。

わたしはまちがった男を殺してしまった。

しかも男じゃない。男の子だ。

バーコーナーにいって、よろよろしながらウォッカを注ぐ。さらにもう一杯。そしてさらにもう一杯。ヴァリウムを一錠、二錠、三錠、口に放るけど、全身の神経系で脈がドラムンベースのビートをたたいている。そして、十年以上ぶりに、母のことが急にどうしようもなく恋しくなる。これには毎回しみじみする。どんな人間であろうとだれしもが持っている、もっとも原始的な欲求。わたしはソファにもどって、冷静になろうとしない手でスマホをつかむ。不器用に連絡先をスクロールし、どうにか自分を落ち着かせて母の番号をタップする。

十回ほど呼び出し音が鳴り、リヴィエラの家のベランダで新しい友人たちにかこまれながら、スマホの画面にあらわれた名前に目をやる母の姿が想像できる。遠く離れた先からためらいが伝わってくるようだ。出るべきか、無視するべきか。電話を切ってしまいたいという誘惑に、今にも呑まれそうになっている。でも母は切らない――早い時間にもかかわらず、ついに電話に出る。

「キティ？　いったい何をしたの？」

この短い言葉がわたしの聞きたいすべてだ。

突然わたしは二十九の女ではなく、十五の少女のころにもどっている。アンティークの花瓶を頭にたたきつけて、たった今自分の父親を殺した十五の少女に。そして母はそこに座っていて、飛び散った血と脳みそにまみれ、だれなのかまるで理解していないような目でわたしのことを見つめている。わたしは父がもう死んだのはわかってるのに、そして、目の前ですでにぐしゃっと潰れているのに、花瓶をたたきつけるのをなおもやめない。ついには骨が砕け、関節が弾け、残った上半身の上のほうは殴られたプラムのようにぐちゃぐちゃになる。母とわたしは恐ろしくなって永遠に思えるほど長いことたがいの顔を見ているが、とうとう母は床から立ちあがり、ナイトウェアを整えて傷だらけの胸と太ももを隠し、わたしに近づいてくる。震える手から花瓶を取りあげ、両腕でわたしを抱きしめる。「キティ、いったい何をしたの？」母はたがが外れた誕生日パーティで賞をもらうと決め込んだ子どもみたいに直立不動でいるわたしの左耳に、そっとささやきかける。「いったい何をしたの？」

ママを守ったの――ぼうっとした頭で、そう考える。ママを守った、わたしがしたのはそういうこと――。

母はわたしの顔を両手ではさみ、自分に向かせ、目を真っすぐ見つめさせる。母は……きれいだ。瞳の色は青色のなかでもとてもめずらしい、紫に近い深いブルー。父と結婚してただの主婦になるまで、母はロンドンの絶対的なクイーンだった。ロンドンの貧しい地区で育った母が子どものころに憧れていた暮らしは、その実情が見えてくるにつれ輝きを失い、やがては嫌悪の対象になった。浮気者の夫、殴られ性暴行を受ける日々、友人と呼ぶべき女性たち（ほぼ全員、夫と寝ていた）からの同情。授かった娘は恩知らずにもパパにべったりで、後継ぎとなる息子でなく娘を産んだ時点で、母はひどく殴られつづけてもう二人目は望めない体になっていた。母があんなふうに壊れてしまったのも無理はない。わたしが成長し、父に触れるたびに手に剝がれたメッキがついてくるのに気づくようになったころには、母はすでに修復できないほどぼろぼろになっていた。

あの夜、後処理をして指示を出す母は感情のないロボットのようで、ナイフや肉切り包丁やハンマーをあれこれ持ってこさせ、ついには父は、ただのビニールに包まれた傷んだ肉の山となった。母は父のレンジローバーのハンドルをにぎり、遠くウェストカントリーにあるうちの工場まで車を走らせた。そこでわたしを手伝って父の包みをあけ、バラバラの体をミンチ機に投げ入れた。そして防犯カメラの電源を切ると、父の車を運転して自殺の名所まで運んだ。その後、出かけているあいだになぜか工場にあらわれたべつの車に乗って、わたしたちは帰宅した。

家にもどったあとは、お茶を飲んだり、母に頭にキスをして髪を撫でてもらったりしながら、落ち着かない沈黙の二日間を過ごし、そのあとで母は、警察に連絡をして父の失踪を届けた。父はうつを患っていて、死と切り離せない職業に従事することの負担が大きかった、と母が嘘を言っているのを、わたしは盗み聞きした。そして母も、わたしが同じ嘘を言うのを盗み聞きした。嘘に嘘を塗り重ね、人生はもうこれまでと同じにはいかないのだと、わたしは悟った。

それから約半年後、母は、南フランスに移住して新たな人生をはじめるので家を売却した、と言った。いっしょにいこうと、はっきりわたしを誘うことはなかった。あなたにはここでの生活があり、友達もいて、学校教育も終えなければならないし、フランス語も決してうまくない、とさえ言った。その代わりに母は、チェルシーのなかでも最高級のアパートメントを見つけて、ぽんと買ってくれた。くわえてヘンの家族もすぐ身近にいて、ずっと見守ってくれた。休暇のときもいっしょだった。ヘンのように〝不機嫌〟でも、アントワネットのように〝浮かれすぎ〟でもない娘がもうひとりできた、とジェイムズは喜んでくれた。ヘンがまったく興味を持たないテニスも教えてくれた。ヘンが白けた顔をするか、家族は自分よりキティを気に入っていると嘆くかしかしない、ティーンのこじらせ期にはいったときには、わたしが船の操縦をするのを助けてくれた。だけど、彼女の嘆きはまちがいだ。わたしはヘンの母親とはそりが合わなかった。ビリヤード台で自分の父親とことにおよぶ姿を見てしまった相手の女とは、そうなるのがふつうだと思う。

とにかく今にもどろう。わたしはいつでもそこにいるコンシェルジュの人たちにかこまれていることに居心地のよさを感じる。家族に感じた以上かもしれない。母は毎月、過剰なくらいたっぷりお小遣いを送金してくれるけど、わたしはそれにはあまり手をつけずに、ソーシャルメディアからの自分の収入で生活している。わたしと母のあいだには、〝例のこと〟には決して触れないという暗黙のルールがある。触れれば、繕った表面にひびがはいってしまうかもしれない。あの花瓶で父の頭をたたき割ったときのわたしの目を、母に思いださせてしまうかもしれない。

「キティ、いったい何をしたの？」

わたしは今日という日に引きもどされ、母を求めた自分が急に子どもっぽくて情けなく思えてくる。

「べつに何も。ただ、どうしてるかなって思って」

「何時だかわかってるの？　酔ってるの？　ハイなの？　ベッドにもどりなさい」

「うん、ごめんなさい。眠れなくて。また近いうちに電話するね」

「今度はもっとちゃんとした時間にね」

「うん、ごめんなさい」

長い間がある。

「キッツ？」

「何？」

「愛してるわ」

「わたしも愛してる」

やがて通話が切れた。おそらく、あとはクリスマスまで連絡を取ることはないのだろう。クリスマスには母はわたしをスキーか何かに誘い、わたしはロンドンでボーイフレンドと予定があるとごまかす。嘘に嘘を重ねて。

53

チェルシーのキティのアパートメント

罪のない男を殺して一週間が過ぎる。不幸にもクズと家族だったことをのぞけば、ひとつも悪いことをしてない人の命を奪ってから一週間。

当然、どこでもニュースになっている。そこからは逃れられないので、わたしはすべての電源を切り、家に引きこもっている。自分をさらにいじめたくなったときに備えて、念のためＷｉ－Ｆｉも切った。

もう三、四日ほどベッドから出ていない。出るのはワインのお代わりや薬を取りにいくときだけ。体がくさい。動くたびに自分がにおうけど、動くこと自体あまり多くない。

ルーベンの死について最初目にしたニュース報道が、出口のない殺人映像（スナッフムービー）のように、脳内で何度も何度も再生される。

サッカー選手ラフェイアル・レイノルズの弟、ルーベン・レイノルズの遺体が、サッカー界のスターの自宅で発見されました。

友人らによりますと、ルーベンはロンドン特別区南西部のナイトクラブ〈ラッフルズ〉で夜を楽しんだあと、深夜前に帰宅しました。そのときはいたって上機嫌だったということです。二日後、ルーベン（18歳）、が家族との夕食に二度もあらわれなかったことから、異変が疑われ、兄ラフェイアルが所有するチェルシーのアパートメント内で亡くなっているところを、長兄のローアンと父親が発見しました。ラフェイアルはスペインにて休暇中で、ルーベンはその留守宅に滞在していました。

解剖による死因の特定はまだですが、ロンドン警視庁は殺人事件の捜査をはじめたことを認めており、当日夜のルーベンの行動について何かを知る人は至急連絡してほしいと呼びかけています。ラフェイアルは泥酔して乱闘騒ぎを起こし、スペインで逮捕されましたが、すでに留置場から釈放されました。今後は家族を支えるためにイギリスにもどると見られています。

報道に続いては、よくあるようにルーベンの身辺の話が紹介された。サッカー選手の兄をとても崇拝していたこと。今も両親と実家に住んでいて、チェルシーのアパートメントの留守番をラフェに依頼されて、大興奮していたこと。ガールフレンドと呼べる相手がいた経験はなく、女の子の気を引くためにときどき兄のふりをしていたこと。わたしは見るのをやめられない――ニュースで話をするラフェ、苦悩でやつれた母親の写真、息子の死について情報を寄せてくれと懇願する父親。わたしはテレビの前に座ってニュースをくり返し見る。早戻しして、もう一度見て、再度早戻しする。わたしは何時間も、もしかしたら何日もソファから動かない。ダウナー系の薬をまぜこぜにして喉に流し込んでも、眠れない。眠りが訪れたとしても、それは安らかな解放ではなく、甘い夢に誘われるわけでもない。待っているのはグロテスクなものばかり集めた悪夢のびっくりハウスだ。自分が出産している夢を見るが、産んでいる最中に赤ん坊の首がちぎれてしまう。顔のない助産師が首の取れた赤ちゃんをわたしの胸に抱かせ、見おろすとそれはアダムで、口からひと筋の血がしたたり落ちる。アダムはわたしの胸にしがみつこうとするけど、わたしは悲鳴をあげ、そのまま金縛りにあって起きることができない。やがてようやく目を覚ますと、体が震え、頭が混乱し、汗をぐっしょりかいている。

このところ唯一連絡を取っている相手は、薬の供給元であるウィリアム医師で、彼は変わった趣味のサブスクサービスみたいに一週ごとに錠剤や飲み薬を届けてくれる。

あれはミスだったと自分に言い聞かせつづけるけど、どうにもならない。ミスっていうのはヴィーガン用ではなく牛乳のバターを選んでしまうことであって、無実の人を薬で眠らせて殺すことじゃない。さらに悪夢を見る。今度はルーベンが血の海で溺れていて、助けてくれとわたしに向かって叫んでいる。わたしは桟橋に立って、彼を見て手を振っている。ルーベンは真っ赤な波に呑み込まれていく。血のなかで溺れる彼をよそに、わたしは自撮り写真を撮っている。母が言うのが聞こえる。「キティ。いったい何をしたの?」

わたしは薬の量を増やし、ジアゼパムとゾピクロンを交ぜ、ついでにロラゼパムも投入する。夢は見たくない。意識をなくしたい。これ以上頭のなかで脳が暴れるのは嫌。スマーティーズの粒チョコみたいにひとつかみを口に押し入れて、ウォッカで流し込む。どうにかソファからベッドまで這ってたどりつき、頭の上まで布団を引っぱりあげる。薬とウォッカのお代わりを取りにいくとき以外、ベッドから出ない。

何度かブザーが鳴ったような気がするけど、意識の縁から出たりはいったりをくり返してるので、はっきりとはわからない。それに、どうして出ないといけない？　相手はだれ？　訪ねてくるべきは警察だけだ。自分から通報することも考えた。わたしは悪いことをした。

じゃあなんでそうしない？

捜査はルーベン殺しのみにとどまらないだろう。警察はわたしを調べ、わたしの人生を顕微鏡の下に置いて、わたしがひとつの害毒ではなく、多くの害毒であることをきっと突き止める。ほかの全員についても真実が暴かれる。ほかの全員についても、父についても。母も巻き込まれるし、トアも巻き込まれる。そしてチャーリーにも全部がばれる。彼は真実を知ることになり、その性質の悪さは浮気なんかの比ではない。彼はわたしの内側に人を殺せるモンスターが棲んでいるのを知る。ミスだったとか、あの人は死ぬはずじゃなかったとか、そんなことは関係ない。「はい、わたしは男を殺しますが、手にかけるのは殺されて当然の男たちだけです」。そんな姿をチャーリーに見られるのは刑務所よりも恐怖だ。

どうにかベッドから這いだせた貴重なタイミングでバルコニーまでいき、身を隠すようにしてずっとそこに座る。時間にはなんの意味もなく、わたしはおそらく何時間も下の地面を見つめている。ここから落ちたらどのくらい痛いだろうと考えながら。さらに夢は続いて、今度はルーベンのいた血の海にアダムも加わる。でも彼は泳げない。自力でどうにかすることも、叫んで助けを求めることもできない。できるのは瞬きだけ。

うちにある高価なナイフ、愛用の旬を思い浮かべ、自分で自分の手首の肉を切るところを想像する。繊細な蝶の羽のような皮膚を切り裂き、静脈に達するまで刃を強く押しあてると、それが密閉袋のジッパーみたいにひらいて、今度は自分の体から血が流れるのをながめる。その空想にふける——実際にキッチンにいってナイフを一本選ぶことまでする。でも本音を言うと、自分を殺すことさえものすごく億劫だ。ナイフを置いてベッドにもどり、ついでに、自己処方のウォッカとベンゾジアゼピン薬のカクテルも持っていく。

このタイミングでいくつかのことを認識する。ドアブザーが鳴ったりしているらしいことについては、さっきも触れた。でも、ときどきもっとしつこいノックの音もする。それにこの暑さ。相変わらずの猛暑続きだ。わたしは窓はあけない（窓から身を投げようと思うときを除いて）ので、家のなかがにおう。掃除の人はいつも週二で来てくれるけど、鍵を持ってない。いずれにしても支払ってあげないと、とふと思う。わたしが精神崩壊のようなことになっているのは彼女のせいじゃない。だけど銀行のアプリや生活のことを考えるとまた億劫になって、わたしはさらに薬を口にし、今度はワインを飲み、やがてまたすべてが遠のいていく。真っ黒い波が押し寄せてきて、わたしをさらう。ふたたび無意識という安らぎのなかへと。

54

フラムロードのチェルシー＆ウェストミンスター病院

目覚める前から何かがおかしいとわかる。ものすごい不快感がある。とくに喉は、愛用のナイフの一本を飲み込んだみたいだ。病気の前触れではありませんように、と思う。ただでさえ最悪なのに、さらに本物の体の不調と向き合わないといけないなんて。それに光が明るすぎて、一週間以上遮光ブラインドをあけなかった身には不快でしょうがない。おまけに、結膜炎になったみたいにまぶたどうしがくっついている。まつ毛が引っぱられて抜けるんじゃないかと思うくらいに。そんなことになるのは本当に最悪。でもようやく目をあけられたところで、また閉じる。なぜなら、目が覚めたと思ったらまだ眠りのなかだったっていう、よくある奇妙な夢の途中らしいから。だって、目をあけたらチャーリーがベッドの横に座ってた。メガネをかけて本を読みながら。二度目に目をあけても、まだそこにいる。何がどうなってるの？

「チャーリー」わたしは言おうとするが、かさかさの声しか出ない。

彼は心配そうに顔をあげる。「キティ？　起きてたの？　待ってて。看護師を呼んでくる」読んでいた本を放って、慌てて部屋を出ていこうとして自分の足につまずきかける。だけど、看護師って？

起きあがろうとして、機械につながれていることに気づく。しかも、ここはうちの寝室じゃない。ここは病院で、そういえばそんな不快なにおいがする。動悸がして、呼吸が浅くなってくる。パニック発作の前触れだけど、喉の痛みが尋常じゃなく、うまく呼吸をコントロールできない。このまま負のスパイラルに陥るかと思ったとき、チャーリーが看護師らしき中年女性を連れてもどってきた。

「シーッ、落ち着いて」彼女は明らかにわたしのパニックを察して言う。「体を起こして呼吸を整えましょう。大丈夫」看護師は自分もいっしょになってゆっくり呼吸しながら、わたしの髪を撫でて、手を握ってくれる。すると、一分ほどで気持ちがだいぶ落ち着いてくる。「さあ、お水をあげるわね。喉がひどいことになってるでしょうから」病院仕様のベッドサイドテーブルに置いたピッチャーから水を注いでくれて、わたしは奪うようにしてごくごく飲んで、顔を少ししかめる。

「何がどうなってるの？」そう尋ねるが、聞き慣れない声が出る。

「回復しつつあるところよ。心配しないで」看護師が言う。

「キティ、憶えてないのか？」チャーリーが恐怖の顔でわたしを見つめる。

わたしは混乱して、首を横に振る。

「自殺しようとしたんだ。何日も投稿がないし、電話にもドアにも出なかったから、リーアンに頼んでなかに入れてもらった。みんなすごく心配した。家にはいると、きみはベッドにいて、薬のゴミやら酒やらがあちこちに散乱して、呼びかけてもまるで反応がなかった。それで救急車を呼んだんだ」

看護師がうなずく。「胃洗浄をしないといけなかったのよ、あなた」

あなた？　わたしはもう一度頭を振る。「自殺をしようとしたんじゃありません」

「まあ、それそのものの印象を受けましたけどね。おそらく、こちらの方に命を救われた」看護師が言う。チャーリーは愛らしく赤面してわたしをとろけさせる。「気分はどうですか?」

「くたくた。わけがわからない」

「じゃあドクターを呼んで、診てもらいましょう。すぐもどるわ。もっとお水を飲む?」

わたしがありがたくうなずくと、看護師はグラスにお代わりを注ぎ、その後、鼻歌を歌いながらドアを出ていった。

チャーリーがそばに来て、ベッドに腰をおろしてわたしの手を取る。「キティ。どうして電話してくれなかったんだ?」

わたしが自殺未遂したと本気で思ってる。やれやれ。

「チャーリー、ほんとに自殺しようとしたんじゃないの」そう言ってみたけど、目の表情からして信じてないのがわかる。

「きみが苦しんでたってことは知ってる……いろいろと」わたしの手をぎゅっと握る。

「だけど――」

彼はわたしの唇にそっと指をあてる。「じつは僕も本物の闇を見たことが何度かある。父に縁を切られたときは本当に打ちのめされた。兄だけがときどき、生きる僕を支えてくれた。完全なうつ状態だった。薬もたくさん飲んだ。僕も何もかも終わらせてしまおうかと思った。それも一度ではなく」

ああ、神さま。もうそのへんにして。

「つまり言いたいのは、どんな気持ちか理解できるってこと。それに、最後まできみを助けるつもりだってこと。いい? 僕がついてる。回復するまで、家にいってずっといっしょにいる。医師たちにもそう伝えた。家で面倒を見る人がいないなら、入院か何かさせるしかないと、長々話されたんだ」

「チャーリー、親切は嬉しいけど、わたしにはベビーシッターはいらない」

チャーリーは顔をしかめる。「今のは提案じゃない。もうそういうことになったんだ。それが嫌なら精神科病棟に入院するかだ」身をかがめて唇にキスしてきたけど、口のなかの味から察するに、彼にとってあまりすばらしい体験ではないはず。精神科病棟を取るか、それとも自殺を図ったと信じ込んでる元カレを取るか。

親切な看護師がもどってくるが、今度は初めて見るほどのもじゃもじゃのひげの医者がいっしょだ。

衛生上、よくなくない？

また呼吸が速くなってきたけど、チャーリーが親指でそっと手を撫でてくれて落ち着いてくる。

「やあ、キティ」医者はくすくす笑う。「ああ、ハローキティ」部屋はしんと静まり返ったままだ。

彼は咳をする。「いやあ、お嬢さん、ずいぶん心配しましたけど、大きなダメージがなくて何よりだ。あとで精神科の先生が話をしにくるので、まずはそこからということになります。わたしとしては入院の必要はないと考えていますけどね。病院に運ばれるにいたった原因を我々とともに克服するあいだ、ここにいるチェンバーズさんがあなたに付き添ってくれるとのことですし」

ルーベン・レイノルズの首の出血を止めようとする映像が、ふと目の前に浮かぶ。だれであろうと他人に心を探られるのは、あまりいいことに思えない。チャーリーが励ますようにうなずいている。

「必要なだけいつまででもいっしょにいると、キティには話したところです。僕はソファで寝るよ。だれかが面倒を見ないと。きみは弱ってるから」

「ええ、それがいいでしょう。こんなに心配してくれる人がいて、とても幸運ですね」

チャーリーがわたしを見つめるその瞳には愛情が浮かんでいて、わたしは叫びだしたくなる。わたしはあなたが思ってるような人じゃない。あなたが思っているような人とはちがうの。

「とにかく」医師が続ける。「そろそろ精神科医が来るので、キティをひとりにしてあげましょう」

チャーリーがわたしの手にキスをする。「僕はすぐ外にいるから。悪かったね。愛してるよ」

ちょっと何？

わたしがこういうことをしたのは自分のせいだと思ってる？　いや、どういうこともしてないけど。

三分半ほどひとり残されたあと、四十代前半くらいの女性がカツカツと音を鳴らしてはいってくる。靴を見る。ミュウミュウだ。精神科の医者は高給取りなんだろう。彼女はわたしに微笑みかけたけど目は笑ってなくて、わたしはここに診察ではなく評価されるためにいるんだと気づく。もうくたくただけど、渾身のショーを演じないと。せめてお化粧をしてたかった。

「こんにちは、キティ」彼女はやけにゆっくりと言う。さっそく神経を逆なでしようとしている。

わたしは弱々しく微笑む。「こんにちは」

「わたしはドクター・ジェンセンですが、エマと呼んでもらってもかまいません」

「そう。ありがとう、ドクター・ジェンセン」

彼女はわたしのカルテに目を通すふりをするけど、これはただの芝居で、どうせ有名人の患者を担当すると知らされて大興奮したあとなのだろう。

「記録を見ると、以前、うつ病のためにカウンセリングと薬物治療を受けたことがあるようですね。これはお父さんが行方不明になったあとのことですよね。ちがいますか？」

わたしはうなずく。「とてもつらい時期でした」

「それはそうでしょう。今回のエピソードもそれと何か関係があると自分で思いますか？」

この〝エピソード〟という表現には腹が立つ。わたしの人生はネットフリックスの番組じゃない。

「さあ、どうでしょう。可能性はなくはないのかも。でもほんとに正直なところ、量が過ぎただけです。お酒の飲みすぎ。薬の飲みすぎ。睡眠不足。自殺未遂を起こしてここにいるわけじゃまったくありません」

彼女は強い視線でわたしを見つめる。貫通しそうなくらいに。「そうは言いますけどね、キティ、処方薬とアルコールをうっかり過剰摂取して、胃洗浄されて入院する人はいないと思いますよ」この人はわたしを病気ということにさせたいの？

「でもちがいます。もともとよく眠れな――」

「なぜ？」ちょっと待って。先回りが速くて頭がくらくらする。

「なぜって？」

「なぜよく眠れないの？　何を考えているせいで？」

「とくに何も。むかしから眠るのには苦労してて――」

「カルテにはそれについて何も書かれてませんけど」またしてもさえぎって言う。「長いこと睡眠の問題をかかえていたのなら、なぜ医者に相談しなかったんですか？」

話をどこに持っていこうとしているのかがわかった。わたしは望むものを与えてやる。「自分で薬を飲んでいたから」小さな声で言う。

彼女は満足してうなずく。わたしのカルテに何かを走り書きする。わたしは心臓モニターのケーブルで首を絞めてカルテをひったくりたいのをどうにかこらえる。

「オーケー。キティ、あなたの精神的な健康状態には、基本的に問題はないと考えます。必要なのは、ともかく自分を大切にすることでしょう。自主服薬に関してはカウンセラーを紹介することもできますけど、あなたには伝手もあるでしょうから、自分で対処することを希望されるかもしれませんね」

わたしはうなずく。

「いいと思います。それから、NHSからオンラインの認知行動療法を勧められると思いますけど、あれはまったく不十分です。悲しいことに、この分野もお金がものを言う残念な世界なのでね」

この話をチャーリーにしないとと思いながら、わたしはもう一度うなずく。

「チェンバーズさんが当面いっしょに住むことにあなたが同意するなら、今日、帰ってもらってかまわないでしょう。それから、わたしから一週間ごとに電話がいきます。それに加えて、ご自身で選んだカウンセラーか心理療法士と、最低でも週に一度、面談してください。あなたが原因で自身や他人に危険がおよぶことはないと思います。チャーリーといっしょに帰宅することに抵抗はないですか？何か問題はありませんか？」

わたしは首を振る。「いいえ、そういうことはまったく」

彼女はとても長いことわたしを見ている。

「では、家に帰ってチャーリーに面倒を見てもらうので、あなたがかまわないのなら……」彼女は長々と間を取る。わたしはじっと待つ。「こちらとしても退院を否定する理由はありません」手を伸ばしてわたしの手にそっと触れる。「くれぐれも自分を大切にしてください」

わたしはうなずく。もちろんよ。

55

ケンジントンからチェルシーのあいだのタクシーの車内

「トアから赤ちゃんのことを聞いたよ。流産のことを」注意散漫なハト並みのスピードでちんたら進む車内で、チャーリーが言う。

ああ。

そう。

そっちのことをすっかり忘れてた。

「なんで言ってくれなかったんだ?」

この話をするには頭がぼんやりしすぎている。「ほかに男がいるって疑われたのが、あなたと会話した最後だったから。言う気になれる?」

彼には恥じ入った顔をする良識がある。「それでも言ってくれればよかった。ひとりで対処しようとしたなんて信じられないよ。なぜ妊娠したって教えてくれなかったんだ?」

「この話題はできればあとにしてもらえない?」わたしはかすれた声で言う。だれに何を話したか思いだせない。それに、どんなふうにして病院に運ばれることになったのかも、いまだによく理解できていない。それも民間のいいところじゃなく国民保健サービス（NHS）の病院に。

シーツのせいで今も肌が痒（かゆ）い。

「僕の子だったの？」

子守りのひとりが好んで言った表現だけど、わたしは〝ミルクをも凝固させる目つきで〟彼を見る。

チャーリーはその後はずっと窓の外を見つづけた。必要以上に興味津々にわたしたちを見ていた運転手も、やっと道路に集中しはじめる。

「家で話しましょう」

「ああ、ごめん。悪かった。そうだね」彼はすっかりしょげたように見える。

最高の時間というには程遠い。

56

チェルシーのキティのアパートメント

わたしたちは家にもどり、チャーリーは母鶏みたいにふるまうけれど、その様子はお世辞にも魅力的には映らない。でも、わたしも何日ぶりかに自分の姿を見る機会があり、向こうからしても色気を感じないだろうことはわかる。髪は脂っぽくてぺちゃんこで、もつれたネズミの尻尾みたいに背中に垂れている。肌は青白く、ミコノス島でこんがり焼けた痕跡はもうどこにもない。体重も落ちた。それもかなり。鎖骨が出っぱって、顔の肉がそげた。決していいそげ方じゃない。

でも驚いたことに、家のなかはぴかぴかだ。ワインの空き瓶も薬のゴミもまったく見あたらない。

「いないあいだにリタに来て掃除してもらった」戸惑うわたしを見てチャーリーが言う。「きみも嫌だろうと思ってね。帰宅したとたんに目にはいるのが、いや、その、かなりひどい有様だった」

今度来てくれたときにリタにおおいにチップをはずもうと思う。そろそろと寝室にはいり、あらためて鏡に映った自分を見て叫びそうになる。

まるで〈リング〉の映画の子みたい。

「シャワーを浴びてくるね」わたしは言う。「すごく気持ちが悪い」

チャーリーが心配する顔でわたしを見る。

「チャーリー、シャワーくらいいいでしょう。変なことはしないから。約束する」

彼は悲しげに微笑む。「看守みたいな気分にはなりたくないな」

「だったらそんなふうにふるまわないで」

寝室のバスルームにはいり、シャワーの栓をひねる。服を脱いで、がりがりの体を鏡で確認する。肋骨(ろっこつ)も浮いている。メイジーはうらやましがるだろう。写真を撮って送ってあげようかと思ったけど、悪趣味かもしれないと考えなおす。それに、そういえばスマホがどこにあるかも知らない。我慢できるぎりぎりまでお湯を熱くして、シャワーの下にはいる。シャンプーを髪に絞りだし、高価なシャワークリームを全身に塗ると、すぐにだいぶ人間らしい気分になった。その後、すすいでコンディショナーをたっぷりつけ、それが効果を発揮するのを待つあいだ、さっと脚を剃ることにする。でも刃を脚にあてて滑らせると、まだ手が震えていて、そのせいで何度も肌を切ってしまう。血が渦を巻いて排水口に流れていくのをながめる。頭がくらくらしてきて、冷たいタイルの上に座らないといけない。そしてそのとき、自分が泣いていることにも気づく。聞きつけたチャーリーが飛んできて、また自殺を試みたと決めつけられないように、必死にすすり泣きをこらえる。血と涙の流れを止めようとして、そのまま十分ほど過ごしたあと、そっと外に出て、今では体に対してさらに大きくなった、特大サイズのバスタオルにくるまる。髪をタオルで拭いてざっとドライヤーをあて、パジャマを着てリビングに向かうと、チャーリーが歩きまわりながら何かをスマホで熱心に読んでいる。でも、わたしを見るとすぐにサイドボタンを押してポケットにしまった。

チャーリーは微笑んで、仕事のときのように両手をパンとたたいてわたしをぎょっとさせる。「ごめん」彼は言う。「ソファに布団を持ってこようか？　それともベッドにいく？」

「できればソファがいい」わたしはぎこちなくソファに腰かけ、チャーリーは甲斐がいしく動きまわって、枕と毛布を運んでくる。そのあとは紅茶を淹れてくれる。わたしがほしいのはウォッカだけど。

「ほかに何か必要なものはあるかな？」

「わたしのスマホとノートパソコンをお願い」

チャーリーがわたしを見つめ、ふたりのあいだに一瞬の沈黙が流れる。「じつは、ソーシャルメディアから遠ざけるようにってアドバイスされてるんだ」言い方が不自然だ。

「え？　どうして？　それがわたしの仕事なのに！」

「今はそれどころじゃないし、ちょっと休む期間があってもいいように思うけど、どうかな？」

「べつに、それどころじゃなくない。わたしは大丈夫。自殺未遂じゃないって、何度言ったらわかってもらえるんだろう！」

「キティ。僕が見つけたときには意識不明でベッドに倒れてて、まわりには空き瓶や薬の容器が散乱してた。死んでるのかと思ったじゃないか！　胃の洗浄をしないといけないほどだった。そんなのは大丈夫な人間がやる行動じゃないだろう」彼は髪をかきあげ、わたしの足元のソファに座る。「原因は僕たちのこと？　赤ちゃんのこと？」

ちょっと待って。え、何？　妊娠してふられたせいで、わたしがそういうことをしたと思ってる？

男というのは、ときどき本当にとんでもないことを言いだす。非ソシオパスの男ですら。

「チャーリー。あなたとも、その流産とも、まったく関係ないの。誓ってもいい。それに自殺しようとしたんでもなくて、ちょっとべつの悩みごとに対処しようとして、過剰摂取になっちゃったっていうだけ。ねえ、パソコンを使わせてくれる？　ニュースを読んで、人生の遅れを取りもどしたいの」

怪訝（けげん）そうな顔だ。

「横に座っててもらってかまわないし、負担になってきたらちゃんと伝えるから」

まだ渋っている様子ながら、チャーリーは立ちあがり、わたしのパソコンがある場所にいって取ってきてくれる。ルーベン・レイノルズの件がどうなっているのか、わたしはすぐにも知りたい。

正直なところ、わたしの病室の外に警察の見張りがいなかったのは意外だった。さっそく検索バーに彼の名前を入れると、画面に数百ものリンクが表示される。アップルニュースに飛ぶ。いいニュースじゃない。


サッカースターの弟の殺害について、いまだ手がかりなし

イングランド代表のスター選手ラフェの弟、ルーベン・レイノルズの残忍な殺人事件を捜査している警察は、いまだ事件につながる有力な手がかりがないことを認め、今週末にも記者会見をひらくとしている。

ルーベンは南西ロンドンのチェルシーのナイトクラブ〈ラッフルズ〉で、友人や兄のチームメイトらとともにいたところを最後に目撃されている。しかし複数の証言によれば、彼は先にひとりでクラブをあとにした。その事実は防犯カメラでも確認されているものの、スペインでシーズン前の休暇を楽しむ兄のために留守番をしていた高級アパートメントまで、どのようにして帰ったかは明らかでなく、ナイトクラブを出たあとの彼の足取りについて情報があれば連絡してほしいと警察は呼びかけている。

イングランド代表に四度選出されたラフェは、声明で「愛する弟であり息子を殺した犯人を、われわれ家族はなんとしても見つけたい。最新鋭のセキュリティ設備のある家でこんな恐ろしいことが起きたことに、深いショックを受けている。弟を殺した犯人が裁かれるまで、われわれは眠らない覚悟だ」と述べている。

胃がひっくり返り、急に頭がくらくらしてくる。記者会見。記者会見だって。ルーベンがわたしとしゃべっていたことについて、だれかが何かを言いだすにちがいない。チャーリーはわたしのテンションが変わったのをどうやら察した。

「だから言ったじゃないか。ネットにつながるのはよくないって。ほかに必要なものはある？　紅茶のお代わりは？　薬を飲む？」

「両方お願い。ありがとう」

彼がわたしのために取りにいってくれているあいだに、深呼吸をしてインスタグラムをひらく。思ったとおり、目を通す気にもなれないほど大量のメッセージが届いている。どこで何をしてるのかなどと尋ねる大勢からの。でも、わたしが探しているメッセージはただひとつ。それが見つかってもがっかりした気分にはならない。

ゆがんだ醜いアバター。

〈クリープ〉だ。

震える手でメッセージをひらく。

「時間切れが迫ってる。自由な時間をせいぜい楽しむことだな」粗い写真が添付されている。わたしとルーベン。クラブを出てしばらくしてからの写真で、わたしの車に乗っている。

「何が望みなの？」警察や被害者支援団体のアドバイスを全部無視して、わたしは怒って返事を打つ。だけどメッセージを送信すると画面が変になって、このユーザーは存在しませんとの表示が出る。チャーリーは紅茶を入れたマグカップと、感情が抑えられないときに飲むよう指示されている小さな錠剤二粒を持ってきてくれる。どうせなら箱ごともらいたいくらいだ。彼はわたしのとなりに座って、そっとノートパソコンを取りあげて蓋を閉じた。

「とりあえずもう十分だろう」

　彼の言うとおり、一日のインターネットとしてはもう十分。わたしの脳は早くも負のスパイラルに陥りかけている。このふざけたストーカーが何を望んでいるのか、どうしていつもわたしの近くにいるらしいのか、それを突き止めないと。チャーリーを見る。もしかして彼が？　わたしは無邪気にも敵を自分の生活に引き入れてしまったの？　彼はついさっき、まさに自分の過去の闇に触れた。〝闇〟っていうにはちょっと弱いかもしれないけど。でも、まだ何かを隠している可能性も？　目と目が合うと、彼の瞳に優しさが宿って、明るくまたたいた。もちろんチャーリーなわけがない。一枚には彼もいっしょに写っていたし、やっぱりそれはありえない。

「じつはね、キティ、きみに言いたかったことがあるんだ」

　ああ神さま。「そう、なんなの？」

　彼は深呼吸をする。「うん、じゃあ言うけど、ここで倒れているのを発見して救急車を呼んだとき。いや、ちがうな。その前からだ。だれもきみと連絡が取れなくなったとき。僕はものすごく心配した。会いたくてしかたなかった。もうほかのことなんて、どうでもよかった」いったんそこで区切って、もう一度深呼吸をする。「とにかく、僕が言いたいのは、うまく伝わるかわからないけど、きみがいなくなってすごく淋しかった、ということ。そして、きみを愛してるということ。きみが落ち着いたら、と言っても、今は大変な時期だからだいぶ先かもしれないけど、でもそのときに、もう一度ふたりの関係をやりなおせたら嬉しいな」彼は今では自分の手に目を落としている。「どうだろう？」

「チャーリー」わたしは言う。「今からでもいい。待つ必要なんてない」わたしは背もたれから体を起こして、身を乗りだす。「愛してる」

目をあげた彼の顔に、ふいにあのえくぼが復活し、わたしは春になって初めて外に出て座ったみたいな心地がする。「僕も愛してるよ」チャーリーが近づいてきて、両手でわたしの顔をつつみ、親指で頰を撫で、顔（まだ血色が悪くてひどいはず）をじっと見つめたあとで、羽根のようにそっと唇にキスをした。

57

チェルシーのキティのアパートメント

病院から帰ったつぎの日の夜、トアが訪ねてきた。チャーリーが家に招き入れ、トアは彼のほうに花を振る。わたしはチャーリーに今も病人扱いされて、このときもソファにいた。トアがそばに来てハグでつつみ込んでくれる。わたしは彼女の髪に鼻を埋め、なじみ深い美しい香りを胸に吸い込んだ。

「久しぶり」トアは言う。「キッツ、あなたって本当にドラマチックな演出が上手だね」わたしの足のそばの、ソファの隅っこに腰をおろす。そして、うろうろしているチャーリーに厳しい顔を向けた。

「ああ、そうだね」彼は言う。「これを水に入れたら、僕は散歩に出てくるよ」

チャーリーはキッチンへと向かい、トアはにっこりする。

「いい人だよね」トアにそう言われて、わたしはお腹のなかがあたたかくなる。凍える寒い日にスープを飲んでいるみたいに。「さあ、お嬢ちゃん、こういう状況になったわけを聞かせてもらうからね。いったい何があったの？　気分が落ちたときは、いつだってわたしが話を聞くのに」

「自殺未遂じゃない」わたしは百万回目に言う。「ほんとだって。ただ、嫌なことを遮断（しゃだん）しようとして、たぶんちょっとやりすぎちゃった」

「ちょっとやりすぎたっていうのは、クラブの外で吐くような結果を言うの。一週間音信不通になって、病院に運ばれて胃洗浄を受けるんじゃなくて。死ななくて幸運だったよ。それに、精神科病棟に入れられなくて」トアはわたしの手を取る。「何に悩んでるのか知らないけど、それを解放しちゃったほうがいいと思う。わたしといっしょに試してみて。いいからバルコニーに出るよ。自然とひとつになるの」世界有数の人口過密都市のど真ん中にあるアパートメントの十階で、どうやって自然と〝ひとつになる〟んだろうか。だけど、とりあえず従う。

トアはわたしを外に導き、〈メイズ〉のソファの上であぐらをかいて、わたしの両手を取る。「さあ、目を閉じて深く息を吸ってください」

そのとおりにする。

「今度はゆっくり八つ数えながら息を吐いて、明るい白い光のバブルのなかにいる自分を想像します」

わたしは閉じたまぶたの下で白目をむきつつも、とにかくバブルのなかにいる自分をがんばって思い浮かべる。

「つぎに、自分を悩ませているものと自分とをつないでいる紐を想像しましょう。呼吸は深いままで」

懇願するようにわたしを見つめるルーベンと、救急車は呼べないと伝えたときの彼の必死の目を思い浮かべる。自分のお腹から紐が伸びて、それが彼をつなぎとめているのを想像する。

「じゃあ今度は、その紐を巨大なハサミかナイフで断ち切るところを想像してみて」トアはもう一度深呼吸する。「さあ、これであなたは自由です」

ああ、トア。そんな単純にいけばいいんだけど。

「どんな気分？」期待する明るい顔で尋ねてくる。「今のは前に進めない原因から自分を解放するための、コードカッティングの儀式よ」

わたしは微笑み返す。「今後も続けてみるね。ありがとう」

「チャーリーはものすごく心配してた」トアが言う。「あれは恋してる男だね」

彼女は髪を撫でおろして整えてから、ため息をついた。「赤ちゃんのこと、しゃべっちゃってごめんね。彼にすごいむかついてたの。キッツは傷つきやすい人間で、チャーリーのせいでどんなつらい思いを味わったか、教えてやりたかった。でもわたしから言うことじゃなかったよね」わたしは遠くを見つめてるけど、トアに見られているのがわかる。

「赤ちゃんじゃない」わたしは振り返って言う。

トアの眉間に小さなしわが寄る。

「ねえ、どこから命がはじまるかについて、ここで議論するつもりはないけど、あなたは妊娠してたんだよ。そして流れた。それをなかったことにして、感情的にノーダメージみたいにやり過ごせるわけがない」トアはレイプの一件以来、とても高額なセラピーを受けている。彼女はそれで救われている。でもわたしはちがう。だけど本当のことを打ち明けるわけにはいかない。

「一回生理がなかったっていう程度だから」わたしはため息をつく。「それに、未遂してない自殺未遂とそのこととは、まちがいなく関係がない」

トアが横目で見る。「ひょっとして現実から目をそむけようとしてる、キッツ？」

「ちがう。目をそむけてるんじゃない。わたしは赤ちゃんはほしくはない。そして、自然が自分に代わってその決断をしてくれた。それに自殺しようとしたんでもない。気分がひどくて眠れなくて、自分で薬を飲みすぎたの。そういうことってあるでしょう。なんでみんな、わたしはどこかに問題があるって信じさせたがるのかな？」

トアは自分の指と指をもつれさせる。「だって、死ぬところだったから。赤ちゃんを亡くしたから。見ていて痛々しいほど、長いことずっと不幸だったから。あの一件から、すっかり変わっちゃったよね。あのアダ――」

「その名前を出さないで」わたしはきつい調子で言う。

「どんな声で言われたって、わたしは気にしないよ、キティ・コリンズ。いい加減そのアダムへの罪悪感を捨てないと。あれはキッツのせいじゃないんだから」わたしの手を取って、自分の指とからめる。「気の毒に思ってるんだよね。わかるよ」わたしを引き寄せて頭を肩にもたれさせ、その上に自分の頭を置く。

「最低の気分」わたしは言う。「わたしは彼を傷つけたいと思った。実際に彼がそうなったとき、かわいそうとも思わなかった」

「ねえ、自分を傷つけた相手にひどいことが起こらないかって、だれでも考えると思う。だけど、あのホラー映画のキャリーじゃないんだから。考えたことと現実に起きたこととのあいだには、なんの関係もない」

そう。考えたこととはね。

「ともかく、セラピストがきっと役に立ってくれるよ。わたしが会ってるセラピストはすごくいいの。とても優しいし」

トアがギリシャでの出来事から立ちなおるには、まさにそうしたセラピストが必要だということは想像がつく。でも、自殺未未遂や、起きてない流産や、わたしの直近の死んだ男たちの件のことで、セラピストがどんなふうに対応してくれるかは、想像がつかない。とはいえ、話題を変えるいいチャンスだ。

「で、そっちはどうなの？　本当のところは？」

トアはわたしの手から手を離して、自分のお尻の下にはさみ込む。

「どうだろう」ほとんどささやくような声。「全然平気で、何も起こらなかったみたいな気分の日もある。でも、車のクラクションにさえびくっとする日もある。ベッドから出ない日もある。ポールはＰＴＳＤだって」

「ポール？」

「ドクター・ポール」トアの頰がぽっとなったのはまちがいない。「とにかく、わたしの脳の回線をつなぎなおすためにやれることはいろいろあるって」

でしょうね。

「いい人なの？　あなたのドクター・ポールは？」

そのとき、それが見える。ほんの少し表情がやわらかくなっただけだけど、トアはセラピストにすっかり恋をしていて、心理学の学位を持ってないわたしでも、これは全然いいことではないと断言できる。

「え？」トアは教会に通うヴィクトリア朝の人みたいな無垢（むく）な顔で言う。

「顔が赤いよ」

「夜だし、わたしは黒人だよ」

「赤くなってるのがわかるの」

「そうだ、キッツ」トアは言う。「何か食べたほうがいいよ。頬骨がマレフィセントみたいになってきてる。今回にかぎっては、それは褒め言葉じゃないからね」

わたしは首を振る。「話をそらさないで」

「自分こそ、話題そらしの女王のくせに」

「わかった。じゃあ、心の準備ができたときでいいから。いつでもわたしに話して」わたしはトアに伝える。「今は傷つきやすいときなんだから。しかも、そういうのは完全に倫理に反してる」

トアはわたしの頭のてっぺんにキスをして帰っていく。「愛してるよ、キッツ」

58

チェルシーのキティのアパートメント

それから数週間のあいだは、チャーリーとわたしは守られた小さなバブルのなかで、ほぼふたりだけで過ごす。これまで男性と同棲したことはなく、どう考えてもそこに魅力は感じなかった。でもチャーリーとならなぜか大丈夫だ。彼はわたしがちゃんと食事をし、きちんと眠り、ネットに触れる時間が長くならないように気を配ってくれる。それはわたしの心を穏やかにするのにとても役立っている。病院で出された薬の効果もあらわれてきて、自分が正常にもどりつつあるのが感じられる。何をもって正常とするのかはわからないけど。殺人がない、っていうことかな。

病院と取り決めたとおり、セラピーも週二回受けている。セラピストはピーターという人で、トアのママに推薦してもらった。たぶんトアはドクター・ポールを独占しておきたいんだろう。ピーターはヘンならイケオジと表現する部類で、おかげで一時間続くセラピーも少しは耐えやすい。わたしたちは、わたしの子ども時代や父のことをたくさん話す。子どものころに見たさまざまなもののせいで深いトラウマに苦しんでいる、と彼は考えてるらしい。

「そうした幼い時期に多くの死を見るのは健全とはいえない」あるセッションのときに彼は言った。

「感覚が麻痺する恐れがある。今回の心の破綻は、おそらく子どものころに目撃した物事に対する、抑圧的な反応だと、わたしは考える」今回の心の破綻はむしろ、誤って無実の男を殺し、まだ助けられたかもしれないのに出血多量で死なせたことに関係しているのではないかと、わたしは考える。だけど、わたしに何がわかる?

ピーターに心をひらくにつれて、いつの間にかチャーリーにも心をひらこうとしていた。わたしは両親のいびつな関係のことや、父がいなくなっても淋しいと思わないということを、チャーリーに話す。

「悲しい気持ちにならないの」ある晩、テイクアウトの日本食を床に座って食べながら彼に言った(注:〝エピソード〟期間中に落ちた体重はすっかりもどってしまった)。

「亡くなっているのかも、わからないしね」チャーリーが口いっぱいに頰ばりながら言う。「そういう意味では、きみは宙ぶらりんの状態にいる。いろいろやりにくいのも無理はない」

わたしはしゃべりすぎてしまったのを後悔する。「そうだけど、でも、だれかが人生からいなくなったら、悲しみっていう段階を踏むものでしょう。死んでも、行方不明でも、ただ出ていったんでも」

チャーリーが腕をまわしてくる。「わかるよ。僕も父親に対して同じような感情を持ってる。行方不明でも死んでもないのに」

「会えなくて淋しくはないの?」わたしは驚いて尋ねる。うつ病を告白したあのとき以来、チャーリーが自分の家族の話をすることはあまりなかった。

彼は肩をすくめる。「ときどきはね。ハリーが父とまだ交流があるだけに、つらいよ。でも、僕のことを支持できない人は、人生のなかにいてほしくない。あのネットで流行ったやつはなんだっけ？最悪のときのわたしといられないなら、最高のときのわたしはあげられない［もとはM・モンローの言葉だが、ふたつの画像の対比を楽しむネットジョークに発展］」彼は髪をさっとはらうふりをする。「完璧な人間なんていないんだ、キッツ。みんなただの人間で、人生でベストを尽くそうとがんばっている。でもみんな、誤りも犯す。そうした誤りを犯す自分を許すことを、僕らは学ばないといけない。自分が自分に一番手厳しい判事で陪審員になってしまっているからね」

チャーリーのえくぼのある笑顔を見て、わたしはルーベンのことを話してもいいかなと考える。取り返しのつかない大変な誤りだけど、誤りにはちがいない。

今のところは、やっぱり胸にしまっておこう。

食べて話をするチャーリーを見つめているうちに、わたしはこれだと気づく。

この人だ、と。

そして、これを守っていくために全力を尽くしたい。つまり、人を殺すことはもうしない。これでおしまい。あんな大きな誤りを一度犯したということは、二度目だってありえるということだ。それに、まだ逃げきれたかも定かじゃない。

59

チェルシーのキティのアパートメント

チャーリーに家に連れ帰ってもらってから数日後、来るべきノックの音がする。わたしはソファでお気に入りの毛布にくるまって、七〇年代の連続殺人鬼についての番組を見ていた。

「うちにだれか来る予定だったっけ？」チャーリーが言い、その〝うち〟という言葉に小さな喜びを覚えて、体がぞくっとする。わたしはひとりじゃない。わたしはだれかに属している。まあその、フェミニズム思想にもっとも寄り添った意味において。

「わたしは知らないけど」

戸惑って一瞬見つめ合い、おたがい同じことを考える。最近じゃ、だれかがふらっと訪ねてくることなんてないよね？　もう一度ノックの音がして、ふたりともびくっとする。

「出てくるよ」チャーリーは自分のひざの上にあったわたしの足を持ちあげ、毛布の下にたくし込んでから、ドアのほうに歩いていく。くぐもった声が玄関から響いてきて、わたしは自分の手が震えるのを感じる。

そして彼らはそこにいる。ふたり。制服は着てない。女ひとりと男ひとり。女性はわたしと同じくらいの年に見える。きれいな人で、そのルックスならもっとトラウマになりにくい職業をいくらでも選べただろうに、なんで警察官なんだろうって不思議に思う。男性のほうは三十代で、たいした特徴がない。指に金の指輪をはめているけど、彼女に恋してることが両者のあいだのボディランゲージからすでにわかる。薬のカクテル漬けで頭がぼんやりしてるかもしれないけど、わたしはその方面には今も目ざとい。ふたりは実際に寝てるのだろうか。それとも片思いのままなのか。そこのところは大きな分かれ道じゃない？　わたしたち人間はとんでもない悪さをすることができるけど、その衝動をコントロールできるかで自分が決まる。この彼はパートナーを裏切る？　まずい、わくわくしてきた。

チャーリーが雑談しながらふたりをわたしの前まで連れてくる。彼がすごく早口なのが気になって、気持ちがそわそわしてくる。

「キッツ、ルーベン・レイノルズが殺された夜のことについて話をしたいそうだよ。大丈夫かい？具合が悪くて入院してたことは話した。もしなんなら、またの機会に来てもらうことにして——」

「いえ」女性がチャーリーをさえぎる。「今すませてしまいましょう。ちょっと質問するだけですから。ミス・コリンズも対応できると思います」彼女はわたしに微笑みかける。目もちゃんと笑っていて、そうやって他人から信頼を得ているんだろうというのがよくわかる。わたしも使う手だ。

「もちろん大丈夫です。座ってください」

警察官のふたりはわたしとはべつのソファに座る。テレビ画面のなかで人が残酷にめった切りにされて、気まずい空気が一瞬流れる。斧で肉を切る音が部屋にあふれた。わたしは慌ててリモコンを手探りして電源を切る。そして、こちらからも警察官の女性に魅力的に笑いかける。

「ごめんなさい。ちょっと番組をチェックしてたの。何か飲みますか？　紅茶？　それともコーヒー？」

男性警官が口をひらこうとしたけどパートナーが先に言う。この人に恋をするのも不思議じゃない。立派だし堂々としている。わたしも恋しちゃうかも。

「結構です。でも、ありがとう。ところで、わたしは警部補のテイラーで、こちらはマーズデン巡査部長です。ルーベン・レイノルズが家で殺害された夜のことについて調べています」そう言ってわたしをじっと見る。

わたしはうなずいたけど、その後もあえて黙っている。

彼女が先に目をそらし、マーズデンがメモを取りだす。

「目撃者の話では」マーズデンは一日四十本の喫煙習慣に耐えていると思われる声で言う。「ルーベンが生きているのを最後に目撃したなかには、あなたも含まれている、と。事件の夜の、ナイトクラブの〈ラッフルズ〉でのことです」

わたしはもう一度うなずく。「はい、そのとおりです」

「エミリー・ホワイトリーさんは、あなたとレイノルズさんは夜じゅうずっとおしゃべりしていて、あなたが帰った直後に彼も店を出ていったと言っています。合ってますか？」

「話してたのは事実ですけど、ずっとではなかった。一時間くらいしかあの場所にはいなかった。それに、彼がいつ出ていったかは知りません。だって……帰ったあとだから」

「ふたりでどんな話をしたか憶えてますか？」

「ちょっと恥ずかしいんですけど」わたしは言いながら自分を毛布できっちりくるんで、頭だけがのぞくようにする。「ずっとお兄さんのラフェだと勘ちがいしたまま、二十分ほども話をしてたんです。

じつはそれで早めに帰ったの。かなり恥ずかしかったから」

マーズデンはメモを取るが(警察はiPhoneを持ってないの?)、テイラーは今もわたしをじっと見ている。

「とくにラフェと話がしたかったんですか? その理由は?」

「これもまた恥ずかしい話ですけど」わたしは言う。「わたしとチャーリーは別れたところでした。それで彼を嫉妬させたかった。ラフェが、その、ラフェだと思った人がクラブにはいってくるのを見たとき、インスタ用にいっしょに写真を撮れたらいいかもって思った。考えが幼稚ですよね」わたしはチャーリーに大きな悲しげな目を向ける。「ごめんね。まだどうしようもなくつらかったの。やきもちを焼いてほしかった」

チャーリーはわたしに弱々しく微笑む。「いいんだ」

「なるほど。では、話している相手がラフェではないと、いつの時点で気づきましたか?」

床に転がって血の噴きでる首を押さえるルーベンの姿が、ふとまぶたの裏に浮かぶ。わたしは目をぎゅっとつむって、映像を振りはらわないといけない。ふたたび目をあけると、警察のふたりが不思議そうな顔でこっちを見ている。幸いチャーリーが横から言う。

「薬の治療をはじめたんです」彼は説明する。「まだ体が慣れてなくて。ときどき脳に刺激が走る。水がほしい、キッツ?」

本当にほしいのはたっぷりのウォッカと馬用の鎮静剤だ。でもたぶん水でも足りる。今のところは。

「うん、ありがとう。帰る二分ほど前のことでした。彼がお酒を注ぎ足してくれたの。それでわたしは腕に手を置いて〝ありがとう、ラフェ〟と返した。そしたら笑いだして、〝自分を兄貴と勘ちがいしてる相手と二十分話してたのか〟とか、そんなことを言った。彼は面白がった。わたしは顔から火が出る思いで、それで帰った」

「なら、ルーベンがあなたの様子を確かめに店を出てきた可能性もありますね」

わたしは肩をすくめる。「なくはないでしょう。わたしにはわかりません。調子がよくなかったし。精神的にかなり参ってたの」

テイラーがうなずいている。「ええ。そのようですね。病院の話では、自殺を図ったとか。そんなことをするなんて、相当な闇のなかにいたんでしょう」

「自殺未遂じゃありません」この文句をプリントしたカードを持っておいたほうがよさそうな気がしてきた。「気持ちが落ち込んでいて……」

「妊娠して、流産したんです」チャーリーは言うけど、今回は放っておく。いい加減、そこから先に進んでもらわないと困るけど。

「うつ症状がひどくて、うっかり睡眠薬を飲みすぎたんだと思います。お酒といっしょに飲んじゃいけないのは知ってるけど、それをやってしまった。チャーリーに見つけてもらえてラッキーでした」

「わかりました」テイラーが腰をあげながら言う。「時間を割いてくださり感謝します。また何かあったら連絡させてください」

「これで終わり?」チャーリーが聞く。

テイラーとマーズデンは同時にうなずいた。シンクロしている。

これは寝ているということで確定かな。

「ルーベンがあの晩いっしょにいた全員から話を聞いておきたかったんです。みなさん、言っていることはほぼいっしょでした」

「防犯カメラは？」ちょっとチャーリー、いいから黙って。

「それが妙なんです。あの夜、クラブのカメラは録画になっていなかった。ルーベンの家のセキュリティ設備もオフになっていた。そのせいで、彼は安易なターゲットになってしまったんでしょう」

「ターゲット？」わたしは尋ねる。

「どうやら強盗にはいられたようです。おそらくルーベンが止めようとしたのではないかと、われわれは考えています。争った形跡や、押し入った形跡がありました」

そんなものが？

「ともかく、ご協力をありがとうございました、ミス・コリンズ」テイラーに手を差しだされ、わたしは毛布の要塞から体をほどいて握手をする。「元気になられてよかったです。そろそろネットに復帰します？　長いことなんの投稿もないって、妹がずっと嘆いてました」彼女はもう一度わたしに微笑みかけてきたけど、今度は本物なのがわかる。

マーズデンは何も言わずにただ会釈し、ふたりはチャーリーにドアまで案内される。

争った形跡や、押し入った形跡？

いったいどういうこと？　わたしはいよいよ頭が変になった？

コーヒーテーブルからスマホを取って、インスタをひらく。最低一カ月はソーシャルメディアから離れるとチャーリーとセラピストに約束させられたけど、見ないわけにはいかない。アプリを立ちあげメッセージをひらくと、案の定、あいつから届いている。〈クリープ〉から。ほかでいろいろあって、この厄介なストーカーのことは頭から消えかけていた。今では本気でお酒がほしい。手が震え、わけがわからなくなりそうで不安だ。宙を飛んでいるお手玉の数が多すぎるし、うまくさばきたくても手が血でぬるぬるする。

「ルーベン・レイノルズの現場にちょっと手を加えておいた。いつからおまえはそんな雑になったんだ？　でも心配するな、キティ、バックアップしてやる。ただし、こっちのゲームもそろそろはじめてもらいたい。また連絡する」

やっぱりストーカーはわたしに何かを企んでいる。

60

ロンドンのグリーンパーク

暦のうえではもう秋だけど、まだしつこく熱波が続いている。わたしもぼちぼち現実の生活に適応できてきた感じで、チャーリーはそんなわたしに今まさに必要なのはピクニックだと決め込んでいる。わたしはピクニックなんて大嫌いだけど、彼のために喜んでそれをするつもり。この男性がわたしの人生をよい方向に変えてくれていることを示したいから。

「テーブルでサーブしてもらえない屋外で食べる意味がわからない」わたしはチャーリーが蓋つきのバスケットに食べ物を詰めている横で愚痴を垂れる。「しかも地べたに座って」

「ロマンチックじゃないか」彼は言う。「ロマンチックって概念がきみにどれほど通じるかわからないけど、とにかく僕を信じて」

「でも。ハチもいるし。アリもいるし」

「僕が皆殺しにしてあげるよ」

「もしもし？　ヴィーガンなんですけど」

「そう。じゃあ人道的な方法で追いはらう。それなら満足？」

わたしは拗ねたふりをするけど、実際は満足。とんでもなく満足。

ウーバーでグリーンパークまでいき、あまり混みすぎてない場所でピクニックを広げたところで、わたしのスマホが鳴る。

ヘンからだ。「パパがまたパーティをひらくの。チャーリーといっしょに来いってしつこく言ってるよ」

ジェイムズ・ペンバートンのパーティは伝説といっていい。いつも華やかなギャッビー・スタイルで盛大にやるけど、大金を運んできそうな、うぶな歌手やバンドと契約したときにひらかれることが多い。大きくなってからは、わたしたちはジェイムズのパーティのために生きていたようなもので、それはうちの両親がひらくものより大騒ぎで盛りあがって、いつもセレブやモデルであふれていた。それにドラッグで。

「ヘンのお父さんがパーティをやるんだって」わたしは言う。「わたしたちにも来てほしがってる」

「いく気がする?」

わたしは一瞬考える。「じつはね。その気になってる。でもあなたはどう？　だって、かなりワイルドなことになるから」

チャーリーは笑う。「いってみよう。もうずいぶん長いこと、きみの家に閉じこもってばかりだったからね。ほかの人間とどうやって付き合うのか、僕らも復習しないと。それにまだふたりとも、どちらかというと若いほうだと思うし」

わたしは返事を打つ。「ふたりで参加するね。テーマはある?」

ジェイムズはテーマを設定するのが大好きだ。

「あるある、八〇年代の映画　#白目」

たしかに。だいぶイタいことになりそう。

なぜだかチャーリーは意外にもこのアイディアに乗り気だ。

「きみの仲間とも、もっと知り合いになれたら嬉しいしね」彼は言う。

「ほんとに？　わたしをほったらかしにする、頭が空っぽなおバカたちだと思ってるのかと思ってたけど？」

彼はにやりと笑う。「自分の誤りを証明されるのはいつでも歓迎だよ。それに、八〇年代のコスプレならまちがいようがない。で、だれでいく？　〈ゴーストバスターズ〉の四人のうちのふたり？　ドクとマーティ？　ETとエリオット？　あの変な顔のエイリアンはもちろんきみだよ」

「笑える。でも正直言って、分厚いメイクも、マスクなんかをつけるのも、絶対嫌。この暑さじゃ死んじゃうでしょ」

チャーリーが見あげると、太陽が遠くから地球をぎらぎらにらみつけている。「ああ、そのとおりだね。じゃあ、〈ナインハーフ〉のキム・ベイシンガーとミッキー・ロークは？　たしか、あのふたりはあまり服を着てなかった」彼はわたしの唇の前で思わせぶりにイチゴを振る。

「指を噛み切られたい？」わたしは警告する。「でも真面目な話、やるならきっちりやらないと。ジェイムズのパーティでは、みんなかなり本気だから。盛大に大騒ぎするの」

「僕にだってまだ楽しむ能力はあるよ、キッツ。きみの介護人じゃないんだから」

食べ物を食べ、ふたりに炭酸水（処方された抗うつ剤が効いてくるまで、お酒は飲まないことになってる）を注ぐチャーリーのことを、わたしは長いこと見つめ、そして自分に約束する。この状況を壊すようなことは絶対にしない。二度と人も殺さない。もしもまた誤りを犯すようなことがあったら自分を許せないし、それに、人生を救ってくれたこのすばらしい男性に、わたしがとんでもないモンスターだということを絶対に知られてはいけないから。

　わたしは身を乗りだしてチャーリーにキスをする。

「愛してる」

　彼はわたしを見つめ、小首をかしげて親指でわたしの頬を撫でる。

「僕も愛してるよ」

　今のこの瞬間だけを切り取れば、何もかもが完璧だ。だけど、これですべてよしとして終わらせる前に、ちょっとした懸案を片づけないと。

　寝た子が起きてこないようにするために。

61

オックスフォードシャー州のオークツリー介護施設

介護施設の敷地に車をつけると、胸の鼓動が速くなってくる。ここを訪れるのは初めてだけど、イギリス重要建造物二級に指定されている建物を何度かネットで見て、そこにいる彼の姿や、そこで暮らす様子を想像してみたことはあった。なかなかよさそうな場所に見える。壁には蔦（つた）が這って、庭もきれい。たくさんの花が咲いていて、前庭の芝生はこの暑さのなかでも驚くほど青々としている。

アダムはむかしから花が好きだった。

費用は安いはずはないだろうけど、お金が問題になったことはたぶんないと思う。

五つ数えながら深く息を吸い――そして五つ数えながら吐いて、震えを止めるために手の上から座る。さまざまな苦難と向き合ってきたわたしだけど、今回はなかでも一番厳しいものになるだろう。

わたしは呼吸法を続けながら、車を降りて両開きのオークの扉のほうへ歩いた。

大きなマホガニーのデスクに、受付係が造花の蘭にかこまれて座っている。ロビーには大きな青いソファと、年季のはいったアームチェアがふたつ置いてある。壁はあたたかな黄色に塗られ、額入りの版画があちこちに飾られている。どれも暖色ののんびりした絵柄。とてもくつろいだ雰囲気がして、それが意図したものであるのは明らかだ。介護施設というより、ホテルのロビーみたいな感じがする。においはべつだけど。漂白剤のにおいと、病院の惨めなにおい。受付のほうまで歩いていくと、わたしより若くて、ずるいくらいきれいな肌の受付係が、満面の、でも気味の悪い笑みを浮かべた。

「こんにちは」彼女は想像してたより数オクターブ高い声で言う。「どのようなご用でしょうか?」

「アダム・エドワーズに面会に来たんですけど」

「ああ、すてきなアダムですね」彼女は立ちあがる。「お部屋までご案内します」

わたしは絨毯敷きの廊下をついて歩いていく。

「ここにいらっしゃるのは初めてですよね?」彼女は知りたいというより会話をするために言う。

「そう……その……ええ、そうです。じつはちょっと気が引けて」

「そうですか、でしたら心の準備をしておいてください。この国で最高クラスの理学療法士がついてくれてますけど、まだ瞬きで意思表示することしかできません」彼女は悲しく微笑んで、わたしの腕をぽんぽんとたたく。「彼をよく知ってるんですか?」

「え、ああ」なんて言っていいかわからない。「親しい友人でした」

彼女は部屋のドアをあけて、はっと息を吸う。たぶん安心させようとして、わたしの腕をもう一度軽くたたく。

「アダム、お客さんが来ましたよ。今週でふたりめ。よかったですね」彼女はわたしを振り返る。名札にはローラとある。「紅茶を持ってきますか?」

わたしはありがたくうなずいて彼女が身を翻して去っていくのを見送り、自分の一番耐えがたい過去とともにひとりで残される。

ここまでのものに対しては、心の準備がなかった。息を吸おうとするたびに、呼吸が胸につかえる。アダムは椅子に腰かけていて、体をハーネスのようなもので支えられていた。会うのは彼の家でのあの夜以来だ。サスキアからの例のメッセージを見て、わたしが激しい怒りで逆上したあの夜。

この男、かつて熱をあげて夢中になったこの男を最後に見てから、もう八年近くがたつ。相変わらずハンサムで、痩せはしたけど、そのせいで頬骨がより美しく見える。目は変わっていない。かつてそのなかで溺れることができそうに思えた、暗く濡れた瞳。けれど、ドアのところに立つわたしを見据えるその目に浮かんでいるのは、恐怖一色の表情だ。呼吸のため首に気管切開チューブを挿入され、胃にもチューブがはいっていて、おそらくそれで食事を与えられているのだろう。

これが、わたしが彼にしたこと。

「こんにちは、アダム」わたしは言って、彼の椅子に少しずつ近づく。アダムは必死の瞬きをはじめるけど、ほかに人がいないので、何を伝えようとしているのかわからない。「怖がらないで」わたしは優しく話しかける。「傷つけるために来たんじゃないから」

わたしは確実に彼の視界にはいるようにして、ベッドに座る。人生が何周もめぐるほどのあいだ、ふたりはおたがいに見つめ合う。アダムの口の横から唾液がしたたった。部屋を見まわすと、ベッドの横のテーブルにティッシュの箱がある。一枚取って、顔からよだれをそっとぬぐう。彼は嫌がらないけど（だって、できないから）、目を閉じてわたしをシャットアウトしようとする。「アダム。ごめんなさい」

彼は目を閉じたままで、やっぱり最後の日のことを考えてるんだろうかと、わたしは思う。

わたしは逆上していて、彼とサスキアとのメッセージを見たあとで、激しい怒りを止められなかった。アダムは何カ月ものあいだ、ずっとわたしを騙してたのだ。彼がうつ病のどん底にいて、わたしが必死に尽くしていたときも。彼に愛情を注ごうとして多くの時間を費やし、自分の大部分を捧げてきたというのに。怒りと同じくらいの大きな屈辱にも駆られて、彼が夜の外出の支度をして上からおりてきたとき、わたしはキレた。わたしが用意しているはずの飲み物を待って彼がソファに座ったときには、手にはすでにグラスファイバー製の醜悪なトロフィー（最優秀新人小説賞か何かの）をつかんでいて、それを彼の後頭部にたたきつけた。頭蓋骨の付け根にあたって、骨が陥没する音がした。アダムは痛みに咆哮をあげて、前によろめきながらソファのひじ掛けにつかまろうとした。けれど脳はもはや正しい信号を体の正しい部位に送ることができず、結局ずるずると滑ってソファを背にして下まで落ち、その目は穿つようにわたしを見つめて理由を尋ねていた。

「サスキアと寝てたの？」わたしは目の高さがそろうように床にひざをついた。「クソ女。サスキアと」アダムはわたしを見つめつづけた。「せめて何か言ってよ。せめて否定してみなさいよ」

けれどなんの言葉も出てこなかった。口から血がひと筋したたっただけで。わたしは恐ろしくなって、立ってあとずさりした。パニックになって、バッグをつかんで凶器をなかに突っ込んだ。必死に部屋を見まわし、彼のノートパソコンやほかの高価そうなもの（たしかヘッドフォンとか）をつかみ、さらに床にずり落ちたときに手から落ちた彼のスマホもひろって、外に逃げた。

救急車か何かを呼ばないとと思いながら、走って道に飛びだした。

そのつもりだった。

そうしたかった。でも正直なところ、殺してしまったと思った。手遅れだと思った。

彼を発見したのはもちろんサスキアだった。アダムが心変わりを起こして、わたしを傷つけてまで別れるのをやめたのかもしれないと、不安になったのだろう。

だけど彼は死んでなかった。

彼の破壊された聡明な脳を外科医が治す努力するあいだ、わたしが病院に見舞いにいくことはなかった。状況はネットで読んで知った。警察の見立てでは、家に強盗がはいり、犯行中にアダムと鉢合わせになった。そしてアダムは襲われ、死ぬにまかせて放置された。けれども犯人は死ぬほど強く殴ったわけではなかった。頭部への打撃で大きな脳卒中が起き、それが原因でアダムはこういう……まさにこのような状態になった。

彼についてつぎに読んだのは（考えることはしょっちゅうしてたけど）、その後だいぶたってからだった。日曜版の別刷りにあった記事。サスキアの家での美しくぼかされた写真取材。結局のところ、彼の聡明な頭脳はまったく損傷を受けていなかった。大丈夫だった。だけど彼は歩くことも話すこともできなくなった。書くことも。厳密には、できるのは瞬きすることと、考えることだけ。その〝考えるだけ〟の時間が彼にとってどれだけつらいか、わたしには理解できた。アダムのような人にはむしろ死よりも残酷だと思ったのを、今も憶えている。彼の創造性と明敏さは、彼の暗闇と苦痛に直結する。しかも、そのはけ口はもはやひとつもないのだ。彼はとくに暗いうつに陥っていたときに、わたしに語ったことがあった。いて一番恐ろしいのは、自分の頭のなかだと。

彼は今、そのなかに閉じ込められている。死ぬまでのあいだずっと。

サスキアはしばらく彼の介護をしていたが、ストローで食事をさせ下の世話をするのにすぐにうんざりした。彼自身の親もあまり熱心ではなかったのだろう。それで結局この場所にたどりついた。

受付係がそっとドアをノックする音で、わたしは物思いから引きもどされる。

「紅茶を持ってきましたよ。ショックを癒やすために砂糖も入れておきました。幽霊みたいに顔が真っ白だから、気絶しちゃうんじゃないかと思って」アイルランドの訛りが少しあるのに気づく。彼女はアダムとわたしのあいだのベッドサイドのキャビネットに紅茶を置いた。「彼とは会話もできますよ。わたしたちは瞬き一回がイエスで、二回がノーということにしています。ですよね、アダム?」

アダムは一回瞬きをする。

「あんな出来事があって本当に残念でした。十年ほど前はすばらしい本を書いてたのに。第二のダン・ブラウンだって期待されたりもして」彼女はもう一度わたしの腕をたたいて部屋を出ていく。アダムがうしろ姿をにらみつける。わたしは思わず笑いをもらす。

「ダン・ブラウンは商業主義でくだらないって、今でも思ってるってこと?」

アダムは一回瞬きをする。

「一度も面会に来なくてごめんなさい」わたしは言う。「ここは気に入ってるの?」部屋は十分にすてきだけど、彼のロンドンのタウンハウスとは比ぶべくもない。愚問なのは、おたがいに承知だ。ベッドには花柄のカバーがかかってるけれど、病院のベッドであることは隠しきれない。家具も少し置いてあり、彼の大切な本のはいった棚もある。きっと介護スタッフが読み聞かせなどをするのだろう。家族の写真も少しあった。サスキアのは一枚もない。壁には薄型テレビがかかっている。どうやってチャンネルを変えるのだろう。スタッフがどこに合わせても、前に座ってないといけないのかな。

アダムが二回瞬きをする。

目から涙がこぼれてきて、袖でぬぐう。自己憐憫の涙ではなく、かつてとことん愛し抜いたこの男のための涙だ。ロンドンのあちこちで踊って、飲んで、セックスをして、そして最高にすばらしい(と思っていた）会話を交わし、でもたぶんそれはほかの人たちの会話と変わらないただの戯言で、だけど、わたしたちふたりの戯言で、大切なものだったのに、わたしはそれを壊してしまった。

彼を壊してしまった。

「本当にごめんなさい、アダム。本当に。こういうことがしたかったんじゃないの。ただ腹が立ってしょうがなかった。すごく愛してた。あなたのためならなんでもできた」わたしは紅茶に手を伸ばしたけど、急な動きに彼が驚き、怯えた目をする。わたしはびっくりする。「わたしが怖いの？」

一回瞬きをする。

わたしは恥辱に呑まれる。この状況は彼にはいい罰だと思っていたけれど、こうしてここに座り、かつてわたしが心から慕った男、かつてその輝く知性で会場じゅうの注目を受けた男、今では瞬きでしか意思疎通できない男を見ていると、過去を変えられるならなんだってしたいと思ってしまう。

「あれはわたしだったって、どうしてだれにも言わなかったの？」泣き虫の子どものような声が出る。

「理解できない」

またドアをノックする音がして、今度はもっと年上の女性が顔をのぞかせる。四十代半ばくらいのようだけど、髪を明るい赤色に染めて、ピンナップガールのようなヘアスタイルにしている。液体を入れた袋をくっつけた、キャスター付きの機械を押して運んできた。すごくきれいな人だ。

「さあ、アダム。そろそろお昼の時間ですよ。あら。お客さんが来てたのね。こんにちは。アダムのお友達かしら？」

「キティです」わたしは言う。

「ここに人が来てくれるのは嬉しいことね。アダムのご両親も海外に引っ越してしまったし、かわいそうに、最近はあまり来客もないの。でも、どうぞ話しかけてあげて。彼はそれが好きだから。本を読んでもらうのも。今はいっしょにジェイムズ・ジョイスの作品を読んでるのよね、アダム。『ダブリン市民』を。あなたもよかったら何章か読んであげて。これはまたあとで持ってきますね。わたしやエリス以外の人に読んでもらったら、彼もきっと嬉しいでしょうから」ぼろぼろになった『ダブリン市民』をわたされて、わたしは何年も前のあの当時に、これが棚にあったことを鮮明に思いだす。

わたしの両手は、発作の最中かと思うほどに震えている。

「わたしをいつか赦(ゆる)すことはできる？」

瞬き一回と半分。わたしの心臓が跳ねる。彼を愛してる。そして自分が憎い。

「ここに来たのはとんでもないまちがいだった。本当に本当にごめんなさいって言う以外、何を話していいかわからない。治してあげられるならそうしたい」

アダムはただわたしを見つめている。冷たい目で。

「わかった、もういくわ。でも、帰る前に聞いてもいい？　もうちょっとそばに寄っても？」

瞬き一回。

わたしは足元にひざまずき、両手を彼のひざに置いて、アダムの瞳を見つめる。この人のためならなんでもできると思った男。わたしの心を徹底的に打ち砕いた男。

「わたしを本気で愛してくれたことはあるの？」

長い間があり、そしてほんの短い一瞬、その黒い瞳に何かが見える。わたしの初恋の人の小さな面影が。彼は一回瞬きをする。

車にもどり、いつからか泣いていたことに気づく。

62

チェルシーのキティのアパートメント

　家に帰るとチャーリーが何かを料理している。とてもおいしそうなにおいだけど、わたしは食べられないと思う。アダムのこと、わたしが彼にしてしまったことが、いつまでも頭から離れない。わざとやったとかそうでないとかは重要じゃない。わたしは浮気の腹いせに彼の人生を壊した。ものすごくむかついたし、ひどく傷ついたのはたしかだけど、ふつうの人みたいにキーで車に傷をつけるとか、彼の親友と寝るくらいですますこともできたはず。今の現状は彼にはあんまりだ。どうにかして状況をよくしてあげたい。

「何を考えてるんだい？」チャーリーがうしろから近づいてきて、わたしを両腕でつつみ込む。

「ん？」

「ぼんやりしてた」彼はわたしのうなじに鼻をすり寄せて、息を吸い込んだ。「淋しかったよ。ところで、どこに出かけてたんだ？　電話したのに」

　わたしは振り向いて彼の腰に両腕をまわし、胸に頭をあずける。

　どこまで正直になっていいのだろう？

「古い友達に会ってきたの。正確に言うと元カレのひとりだけど」わたしはチャーリーの目を見あげて、反応をうかがう。「ただひとりの元カレ」

彼はわずかに眉をひそめ、困惑を示す小さなしわが眉間に寄る。「僕が心配しないといけないようなこと?」

わたしは首を横に振る。「ちがう。彼は療養病院にいるの」

チャーリーの眉があがる。

「何年か前に自宅で事故にあって、というか襲われたの。そのときから閉じ込め症候群になってしまった。ひどい話」

「たぶん、何かで読んだことがあるな。作家か劇作家か何かじゃなかった?」

「そう。アダム・エドワーズ。そうなってから一度も会ってなかった。耐えられなくて」

「そのころは付き合ってなかったの? 事件のときはいっしょじゃなかった?」

「うん、もう別れたあとだった。彼はわたしを捨てて、ほかの女に走った。正直言って、どん底の時期だった」

「神経がまともなやつが、きみを捨てたりするか?」彼はわたしの頭のてっぺんにキスをする。

「彼はそうじゃなかったと主張する人も多いかも」わたしは弱々しく微笑む。「メンタルに深刻な問題をかかえてたの」

「きみ以外を選んだ説明として、それしか考えられない。じゃあ、ショックを受けてきたんだね」

「うん。あそこまでの心の準備がなかったから。彼の浮気を理由に大げんかした日が、会った最後だった。あんな姿の彼を見るのは不思議な感じ」

「体がまったく動かせないの？」

「瞬きで意思疎通することはできるけど、それだけ」

チャーリーがわたしを自分に引き寄せる。「とても動揺しただろうね、かわいそうに。ワインを飲む？」

わたしはうなずく。「お願い」

彼は冷蔵庫までいって、サンセールのボトルを出してくる。「でも、なんで今になって？」

「どういうこと」

「なぜ今さら彼に会おうと？」

「罪悪感」わたしは言う。嘘じゃない。

チャーリーはわたしにワインをくれ、またさっきのように眉間に小さくしわを寄せて、問いかける目で見つめる。

「もっと前にいかなかったことに罪の意識を感じてる。もう何年もたつし、ガールフレンドは今の病院に彼を厄介払いして、両親は海外に引っ越した。彼はそこに残されてしまった。自分の頭に閉じ込められて。本当にひどい話」

「キティ・コリンズ、きみは自分の問題を知ってるかい？　心が広すぎることだ」チャーリーはわたしを引き寄せてキスをし、わたしは身を委ねて彼の善良さのなかにとけていく。その一部が自分にも伝染しないかと期待しながら。

63

ケンジントンのペンバートン屋敷

「参加する気に変わりはない？」わたしたちを乗せた車がペンバートン家の大邸宅の前に到着し、チャーリーが言う。「昨日元カレに会ってきて、いまだに元気がないようだけど。せっかくだいぶ調子がよくなってきたのに、また逆戻りなんて嫌だよ」

彼を見ると、鼻のまわりに小さくしわが寄っている。心配か、不快感か。もっとうまく人の心が読めたらいいのに。「大丈夫」わたしは言う。「むしろ、パーティは今のわたしに必要なものかも。いっとき、理性を忘れられる」

チャーリーが顔をしかめる。

「文字どおりの意味じゃないからね。気楽に考えるのがいいって自分でもわかってるの」

「好きにすればいいよ。前も言ったけど、僕はきみの介護人じゃないから。でもきみを愛してて、だからこそ前みたいな落ち込んだ姿は二度と見たくないんだ」

わたしは彼の頬にキスをして、先に車から降りさせ、彼は車をぐるっとまわってわたしのドアをあけてくれる。わたしは男女平等とかその手のことには賛成だけど、むかしながらの騎士道精神がはいり込む余地が、まだこの世にはある。手を差し伸べて車から降ろしてもらうと、喜びと、この人を独占しているというプライドが全身を駆けめぐる。わたしの彼。

　わたしたちはシーラとヒーマン［八〇年代アメリカの玩具やアニメシリーズ〈マスターズ・オブ・ユニバース〉に由来するキャラクター］でいくことにしたのだけど、出かける前に一式を試着した彼を見て、わたしはこの選択を喜んだ。彼の衣装は赤いパンツ、あとは胸当て——以上。

　腰に腕をまわされて、わたしはチャーリーにウィンクし、ふたりで屋敷までの私道を歩く。

「やらしい目で見るのはやめてくれ！」彼は笑う。「僕はそういう対象じゃないんだ。だけどきみは最高だよ！」

　わたしは彼のためにくるっとまわる。「さあ、超空の覇者（マスター・オブ・ユニバース）、いって片づけてこよう」

「きみにそう呼ばれるのが好きなんだけど、まずいかな？」

「慣れるのは禁止ね」

　パーティは想像どおりとんでもないことになっている。家にはいるとチャーリーの指が触れてきて、たがいの手が手のなかに収まる。

　ジェイムズは（というかそのチームは）、彼の基準からいっても相当がんばった。チャーリーは玄関ホールの一番いい場所に置かれた本物のデロリアン［映画〈バック・トゥ・ザ・フューチャー〉で有名な車］の前で、つい足が止まる。部屋のまわりには八〇年代の有名人の蠟人形が並んでいる。おまけに天井には巨大な月が投影されていて、本物の自転車を吊りさげ、〈E．T．〉の有名な場面を再現していた。

「なんで八〇年代なんだろう」チャーリーはささやき、フレディ・マーキュリーがダイアナ妃と話し込んでいる横をすり抜けて、仮設のバーでシェーカーを投げまわしているトム・クルーズのところにドリンクを取りにいく。

「ジェイムズがレコード会社を起こしたのがその時代だったから。彼のパーティは基本的に、自分の成功をなぞって自己満に浸るものばかりなの。でも、シーッ。人前ではこの話はやめようか」

「かなり本格的だね。スマホと自撮り棒が目立つのは残念だけど。せっかくの雰囲気が台無しだ」

「台無し？　それどころか殺しまくって楽しんでる感じ」

　チャーリーはくすくす笑い、わたしは〈ゴーストバスターズ〉や〈フラッシュダンス〉の登場人物でごった返すなかを見まわして、ヘン（八〇年代のマドンナ）とトア（リサ・リサ［アメリカのヒスパニック系ポップグループのメンバー］）を見つけ、チャーリーをそっちへ引っぱっていく。

「こんにちは、八〇年代の悪女たち」わたしは声をかける。「いい感じじゃない」

　ヘンはわたしとチャーリーをチェルシー流に品定めして、にやりと笑う。「ふうん、カップルの仮装で来たの。すてきじゃない。でもじつは彼らは恋人同士じゃなくて、きょうだいなんだよね？」よくわからないけど、口調に何かの冷たさを感じる。

「気にしないでいいから」トアが言う。「ヘンはグルートのことでむしゃくしゃしてるの。一週間ずっとメッセージがなくて、絶対ファンと寝てるんだって。たぶんそのとおりだろうけど」

　ヘンがトアをにらみつける。

「何よ？　十分くらい前に自分で言ったんじゃない」

「みんなの前でくり返させるために言ったんじゃない」

「だってキティじゃない。そこからだれに伝わるの？　わたしたちふたりはここにいて、メイジーは……ほら」トアが隅のほうを指さすと、そこでメイジーとルパートが公営プールが禁止事項にあげる

〝いちゃつき〟とでも呼ぶべき行為にいそしんでる。

「ああ、じゃあ、また仲良くやってるんだね？」わたしは言う。「おちんちん事件のあとも」

チャーリーの目がまんまるになる。「とりあえず飲み物をもらってくるよ」

「わたしはマティーニ・マクフライ、キッツにはロングアイランド・バニラ・アイスティーを。大丈夫、信用して。ふたりはあれ以来べったりよ。ルーベンのひどい一件があったころから」人をかきわけてバーに向かうチャーリーを見送り、ヘンが付け加える。

「何があったかは、まだわかってないんでしょう？」

ヘンは肩をすくめる。「だれも手がかりはつかんでない。あなたも彼と最後に会ったひとりらしいじゃない。強盗が殺人に発展したって、だいたいみんな思ってるよね」

「そうなの？」

「うん。警察の見立てでは、ルーベンを殺した犯人はラフェはマルベーリャにいて不在だろうと思ってたんじゃないかって。だけどルーベンが留守番をしてて、それで犯人は慌てた。怖い話よね。ラフェは慈善団体を立ちあげたらしいよ。悲しみに見舞われた家族のためのなんとか」彼女は目をぐるりとまわす。

「チャリティのために行動を起こすことは悪いことじゃない」チャーリーが危険そうな見た目のカクテルを手にもどってきて言う。

ヘンはそれまでのドリンクを飲み干して、新しい一杯に口をつける。「利己的な理由が九割だった場合は、どうだろうね」

ヘンがつぎのお代わりをもらいにバーに歩いてくのを、わたしたちは無言で見送る。

トアがわたしとチャーリーを振り返った。「なんか機嫌が悪いんだよね。何があったかは知らないけど、カジュアルなデート相手がカジュアルなふるまいをしてるってだけじゃなさそう」

「もしかして彼に惚れちゃったんだと思う？」

「毛むくじゃらのグルートに？　まさかないでしょう。ルーの前でかわい子ぶるメイジーにむかついてるのかも。わからないけど」

「ああ。なるほどね。それなら理解できる」バーのほうを見てみると、ヘンはジェーン・フォンダと話をしながら、目はメイジーとルパートが座るほうをにらんでいる。「あとで本人と話してみるわ」

なんだかんだパーティはとても楽しい。処方薬を飲んでいるので、わたしはお酒の量に注意しないといけないけど、酔っぱらいたちがよろよろ歩きまわっているのを見るのはかなり面白い。トイレにはいると、とくにシュールな光景に出くわして、べろべろになったバナナマン「イギリスの漫画に登場するスーパーヒーローのパロディ的キャラクター」に髪をうしろで押さえられながら、フラグル「人形劇テレビ番組〈フラグルロック〉の、トロールを模したキャラクター」が便器に嘔吐していた。

「ほかをあたります」わたしはちょっと顔色が変になってきたバナナマンに言う。

べつの階段をあがっていくと、ヘンの姿がある。段に腰をおろして、人生にかなり不服な様子で、顔の前でグラスをまわしている。あまり理解されないことかもしれないけど、お金持ちの女の子たちだって憂鬱になることはある。

わたしはとなりに腰をおろした。「どうしたの？」

ヘンが目をすがめてわたしを見る。「連れはどこよ」だいぶ酔ってる。ろれつがまわってないし、頭がぐらぐらしている。

「チャーリーのことなら、そのへんのどこかにいる。もしかして、それで怒ってるの？」ヘンはため息をついて、わたしにどさっともたれかかる。「不幸なのはわたしだけって感じ。どうしてだれからも愛されないんだろ？」

わたしは彼女の頭を両手で支え、酔ってとろんとした目をのぞき込む。

「ヘンリエッタ・ペンバートン。わたしはあなたを愛してる。トアもあなたを愛してる。メイジーもあなたを愛してる」

するとヘンは思いきり鼻で笑って、さっとわたしから顔を遠ざける。「三人ともなんなのよ。完璧な人生。完璧な恋愛。何もかも完璧でふざけすぎ」

「ヘン」わたしは言う。「議論のまちがいをいちいち指摘したくはないよ。でも、だれも完璧な人生なんて送ってないじゃない。うちの父は……」

「あんたのパパ！」グラスを宙でゆらゆらさせて、中身の液体が木の階段にこぼれる。たちまち木が変色したのを見て、これは気をつけなければと思う。わたしたちの内臓にどんな影響があるかわからない。

「うちの父は行方不明なんだよ、ヘン。生きているかどうかもわからない。それってけっこうな地獄でしょ」

ヘンはわたしを強い目で見つめ、わたしのことがあまり好きじゃないんじゃないかと一瞬思えてくる。「でも少なくともかわいがられた」ようやくそれだけ言って、わたしのひざに頭をのせる。わたしは髪を撫でてやり、ヘンが涙とともに父親コンプレックスを流してしまうのを待つ。やがて大きく息を吸う音が聞こえ、心のなかで自分を励ましているのがわかる。彼女は頭をあげる。「うちのパパでさえ、あんたをかわいがってる。わたしのことは眼中にもない感じ」

「え？」

ヘンはうなずく。腕で顔をぬぐう。

「パパはあなたが大好きにきまってるでしょ。だれが見たってわかる」わたしは言う。

「パパが大好きなのはお金。それに権力。子どもじゃない。ともかく、わたしじゃない」

「ねえ、ヘン、今は気持ちがふさいでて、たぶんお酒と、それに……」わたしはそこまで言って、彼女の鼻を見る。案の定、右の鼻の穴のまわりにざらざらした白い粉がわずかに残っている。「もし本当にそんなふうに感じてるなら、専門家の助けを借りてみようとは思わない？」

悲しい疲れた目が、急に怒りで燃えあがる。

ああ、やめて。

はじまりそうだ。

この表情は前に何度も見た。

「カウンセラー？」ヘンは立ちあがって、いろんな意味でわたしが自分より下だと言いたげに、上から見おろしてくる。「カウンセラー？　へえ。自殺に一度失敗したと思ったら、キティ・コリンズは急にいっぱしのセラピストになったんだ」

わたしも立って向き合う。「ヘン、上から目線で言ったつもりはない。わたしはただ……」

「何？　ただ何よ？　自分のほうが優れてるって、ここでも思いださせたかった？　そんなに優しくって思いやりのある人だっけ？」

「助けになってあげたいだけ」わたしは力なく言う。

「もう勘弁して、聖キティ。ドラッグを探してくるわ」ヘンはわたしを押しのけると階段をどすどすおりていった。

いや、ひどかった。

わたしは深呼吸をしながら二、三分置き、その後、会話ができるくらいまで落ち着いていることを願いつつ、あとを追う。ヘンはかなり攻撃的な酔っぱらいになってきてる。

姿を見つけると、ヘンは〈エキストラ〉のひとりを引きずるようにして玄関から追いだそうとしていた。

叫んでいるのが聞こえる。

「招待されてもないのに、わたしのパーティとわたしのハッシュタグを使って、自分の悲しい極小アカウントを盛ろうとするのはやめてよ。一万人もいってないくせに。そもそも、なんであんたがいるの?」

その子(たぶんターシャだ)が悔しがる横で、トアがヘンをなだめようとしている。わたしはそんなことに巻き込まれたい気分じゃない。

まだトイレにもいけてないし。

64

ペンバートン屋敷地階のジェイムズ・ペンバートンのレコーディングスタジオ

わたしはそのまま地下のスタジオのほうに足を進め、まったく人がいないのを見て嬉しくなる。よかった。

ひどい会話のあとで、少しのあいだ頭を整理する必要がある。ここまでおりてくる人は、たぶんだれもいない。

録音ブースはひっそりとして寂しげで、真ん中にマイクがぽつんと一本だけ立っている。わたしはスタジオの奥のトイレまでいって、用を足して水を流し、手を洗う。鏡で顔をチェックするけど、目の下にマスカラは落ちてない。よし。

メインスタジオのなかにもどり、ミキシングデスクの前の椅子にどさっと座って何回か深呼吸する。ふと見ると、両手が震えている。チャーリーの言うとおり、大きなパーティに出るのはまだ早かったのかもしれない。彼を見つけて家に帰ろう。今望むのは、ブランケットと彼の膝枕と、くだらないテレビ、それだけ。

だけど、椅子から立とうとしたとき、背後でそっとドアが閉まる音がした。うしろを振り返り、ジェイムズがそこに立っているのを見て驚く。手には何かのはいったグラスを持っていて、目つきが奇妙だ。瞳がちょっとどんよりしている。

「キティ、キティ、キティ。ここに来ちゃいけないのはわかってるだろ、悪い子だ」彼は指を小さく振って叱るふりをする。

「わかってる、ごめんなさい。トイレを借りに来たの。ほかはどこもふさがってて」

「たしかに上はちょっと荒れたことになってきたな。うちのバカ娘がどっかの女の子にキレまくってる。わたしは平和を求めてここにおりてきた」シャツのポケットから白い粉のはいった小袋を出して、わたしに向かって振る。「だが、ここにはきみがいた」

「本当にもういくところだったの。ここにはほんの五分しかいなかった。ごめんなさい」

「謝ることはない。嬉しい驚きだ。五分、平和にやらないか？」ジェイムズはもう一度小袋を振る。

「ううん、じつは、そういうのはもう全部やめたの」

「コカインじゃもう足りないって？」

「はは。そういうんじゃない。最近、人生を一変させる経験というやつをしたからかな。挨拶できてよかった。また、そのうちに」

「だめだ」声に鋭さがあって、それが引っかかった。「ここにいて、酒とコカインをいっしょに楽しんでいきなさい。もう長いことちゃんと話をしてない。きみのことは気にかけてるんだ、キティ。自分に何かあったら面倒を頼むと、お父さんにいつも言われてた」

ジェイムズは革のソファに腰をおろし、いっしょに座れととなりをたたく。わたしはすぐにもチャーリーを見つけて家に帰りたいけど、失礼にならないぎりぎりの距離に、ぎこちなく腰をおろす。

「それで、最近はどうしてるんだ、キティ？　しばらく入院してたそうだな」ジェイムズは家具というよりモダンアートのように見えるコーヒーテーブルに身を乗りだし、小袋の中身をすべて空ける。もう一度ポケットを探り、今度はキャッシュカードを出す。「人生を一変させる経験とは、そのことか？」粉をほぐして、数本のきれいな白い線に分ける。

「そう、でもあれは事故だった。それに今はもう大丈夫。チャーリーも面倒を見てくれてるし」

ジェイムズはうなずく。「そうか。チャーリー・チェンバーズくんか。きみは若いのより大人の男が好きなはずだと思っていたがね、キティ」ジェイムズはソファに深くもたれ、右の足首を左のひざにのせて脚を組む。視線がわたしの顔から体のほうにおりていって、ふたたび上にもどる。チェルシー流の品定めというより、もっとずっと性的な目だ。警戒心からうなじの毛が逆立ってくる。

これはよくない。

この人はジェイムズだ。父親代わりのジェイムズ。

「チャーリーは大人の男性よ」わたしは言って立ち去ろうとする。

「おい、そんな急ぐなって」驚いたことに、腕をつかんでもう一度無理やりソファに座らされる。「さあ。ここに座ってなさい。勝手にそれをやっててくれ。何か特別な酒を持ってこよう。そのあとでゆっくりジェイムズおじさんに悩みを打ち明けるといい。どうだ？」

「ジェイムズ。本当にもういかないといけないの」

「そんなことはないだろう。自分からこの地下に来たんじゃないか、キティ。わたしのプライベートな場所までやってきたということは、わたしを探してたってことだろう。だから、いつ出ていくかはわたしが決める。いいな？」彼は巻いたお札を手に押しつけてくる。

「それはちがう。さっきも説明したとおり、トイレにいきたかったの」

目を細めてわたしを見る。「ここにいなさい。慌てて帰る前に楽しいことをしたっていいだろう」片方の手で腕を撫であげられて、肌がぞっとする。「本当にいい女になったな、キティ・コリンズ。じつにきれいだ。そしてわたしは、きみの面倒を見るとお父さんに約束した」

わたしは身を振りほどこうとするが、ジェイムズは放してくれない。心臓がばくばくしてきて、本格的なパニック発作になりそうで不安になる。ボディタッチが多いタイプなのは前から知ってたけど、ヘンの友人やわたしにまで手を出すとは思わなかった。わたしは家族も同然なのに。

「本当に放して」わたしは言う。「そうじゃないと叫ぶから」

ジェイムズは笑い、わたしが愛嬌のある微笑ましいジョークを言ったみたいに手をたたく。「だけどね、キティ、ここは完全防音だ。このプライベートな場所で叫んでもだれにも聞こえない」

わたしはもう一度立ちあがろうとするが、腕をつかんで引きおろされる。さっきよりもっと乱暴で、つかまれたところが朝には痣(あざ)になるにちがいない。

「さあ。行儀よくするんだ。一本吸いなさい。そしたらわたしがリラックスさせてあげよう。そんなにぴりぴりしてたら精神衛生上よくないぞ」

クソおやじ。

ジェイムズがコーヒーテーブルを指でたたき、わたしはしぶしぶ身を乗りだした。左の鼻の穴をふさぎ、反対の穴に巻いたお札をあてて一本を吸う。そのあいだにジェイムズは立ちあがり、ソファのうしろにまわる。わたしが座りなおすと、露出した肩に手が触れてくる。ジェイムズがわたしの肌をつかんだり揉んだりする。わたしは動けない。手が肩を乗り越えて胸のほうまでおりてきて、トップスのなかにはいってくる。さらに肉を揉む。唇がうなじに触れる。わたしはなおも動けない。恐怖で完全に体が硬直している。

「わたしならこの子猫をゴロゴロ言わせられる」

ドアがバタンと閉まって、ジェイムズがわたしから飛びのいた。

「いったい何をやってるの！」ヘンが怒った金切り声で言う。

「キティと近況などを話してたところだ」ジェイムズが言う。

わたしは服を整え、自分のスマホをつかんでヘンの横をすり抜ける。重たいドアをあけ、階段を駆けあがっていってメイジーにぶつかる。

「チャーリーはどこ？」

「さあ。ちょっと前にルーと話してるのを見たけど」メイジーは言う。「何かあったの？　幽霊を見たみたいな顔だけど。大丈夫？」

「とにかくチャーリーを見つけたい」

彼は隅のほうでルパートと話している。

「家に帰りたいの」わたしは言う。

「あ、いた。どこにいったかと思ってたよ。もちろんだ、これを飲んだら車を呼ぼう」

「そうじゃなくて、チャーリー。今すぐ帰りたい」

チャーリーは戸惑った顔でわたしを見る。「キッツ、何かあったのか？」

「あとで話す。だけどお願い、とにかくどうしてもここを出たいの。今すぐに」

「毎度毎度そんな大きな騒ぎする必要があるのかい、コリンズ？」ルーがまわらない口で言う。「この男にももっと楽しませてやったらいいのに」

チャーリーが振り返る。「ちょっと言葉が過ぎるぞ。キティは明らかに何かに怒ってる」

「キティはいつだって何かに怒ってる」ルーは立ちあがって、チャーリーに握手を求める。「まあ、いっしょにおしゃべりできて何よりだったよ」チャーリーはルーを無視し、ルーは肩をすくめて、酔ってラグビーの古い応援歌を歌いながらよろよろ去っていく。

「キッツ？　心配させないでくれよ。大丈夫かい？」

「ほんとに大丈夫。あとは車で話すから。でも、ここから出られる？」

呼んだ車が来るまで二十分ほどかかり、チャーリーは外で待つあいだも、どうしたのかとなんべんも聞いてくる。

「ねえ、何があったんだ？　ヘンとのあいだで口論があったのは聞いた。それで怒ってるのかい？」

呼んだ車がやってきて、チャーリーはドアを押さえてくれ、自分もわたしに続いて乗り込んだ。

「そういうことじゃないの」車がペンバートン屋敷から離れ、わたしは言う。

「じゃあ何？」

「ジェイムズとのあいだにちょっとあって」

「ジェイムズ？」声に思いがけない鋭さがあった。「つまりどういうことだ？」

「トイレにいきたかったんだけど、家のお手洗いはどこも〝使用中〟だったから、地下にある彼のスタジオまでいったの。トイレがあるのを知ってたから。そこならあいてるはずだと思って」

「なるほど、続けて」初めて耳にする声色。好きな声じゃない。

「ちょうど出ていこうとしたときに、ジェイムズがはいってきた」

チャーリーは今では眉間にしわを寄せている。

「すっかり酔ってて、わたしを帰らせてくれなかった。いっしょに一杯飲んで、コカインをやって、〝楽しいこと〟をしたがったの。わたしは何度も嫌だって言ったのに、いかせてくれなかった」

チャーリーのあごに力がはいる。

「そして、わたしが大人になったと言って、あれこれ不適切な発言をした。幸い、そこにヘンがやってきた。もしそれがなかったら、きっと絶対に解放してもらえなかった」

チャーリーの顔が険しくなり、前のシートに両手をたたきつけて、わたしを驚かせる。

「大丈夫か？　乱暴はされなかった？」目が合うと、彼の瞳には怒りが燃えていた。

「平気。ただちょっと動揺した。帰らせてもらえないんじゃないかと思って」

「あの男。何も学ばないな」

「どういうこと？」

チャーリーはため息をつく。「ジェイムズに悪い評判がちらほらあるのを知らないのか。音楽業界ではいろんな噂が飛び交ってる。それに、チャリティで働く女性たちのなかにも、ジェイムズがオフィスに来るたびに迷惑をこうむっている人が何人かいる。不適切なふるまいについて、僕のところにもたくさん苦情が届いてるよ」

わたしはショックを受けてチャーリーを見つめる。「え？　まさか。でもジェイムズは、変わらずにずっと支援者なんでしょう？　どうして？」

チャーリーはここでもため息をついたけど、今度はさっきよりずっと重いため息だ。

「どうしてだと思う、キティ？　それは、たくさん金を運んできてくれるからだ。寄付もたくさんしてくれる。うちのプロジェクトの半分は、ジェイムズのお金なしには実現しなかった。誇らしいことはいえないけど、ジェイムズとつながっていることは僕らにとってはクソでかいことなんだ」

わたしは耳を疑って彼を見つめる。「つまりまとめると、ジェイムズはお金をくれるから、スタッフにセクハラしてもかまわないってこと？　要するにスタッフに身を売らせてるわけ？」

チャーリーは首を振る。「いや、それはちがう。そういう行動はやめるようにと、ジェイムズも何度か警告を受けてる。それは理解したらしくて、相手の女性たちにもちゃんと謝罪した。だけど自分を抑えることができないようだな」

「それで、噂っていうのは？　さっき言ってた業界内の噂って？」

チャーリーは苦々しい顔をする。「ゴシップだよ。僕はここにいない、自分を弁護できない人の話はしたくない。それに、正式に何かが表沙汰になったこともない」

「どういう噂なの、チャーリー？」

彼は三度目にため息をつく。「女性たちに——音楽業界で将来売れたいと望む若い女性たちに——夢を見させるのと引き換えにいろんなことを要求してるって話だ。ヌード写真とか性接待とか、その手のことを」

「びっくり」

「ああ。しかも、女性がノーと言おうと関係ないという話すらある」

わたしはひっくり返るほど驚く。「あなたが自分の慈善事業に関わることを選んだ相手よね？」

「さっきも言ったけど、誇りには思ってない。それに僕の知るかぎりでは噂の域を出ていない。ジェイムズが聴取とかに呼ばれたことは一度もない。声をあげた女性もいない。正直なところ、ライバルのレーベルがジェイムズの評判を落とすためにはじめたことだと思ってた」チャーリーはわたしのほうを向く。「だけどもう確信は持てないな」

「でも、わたしを信じるの？　あなたの下で働く女性たちを信じるの？」

「あたりまえだ」チャーリーはわたしの顔を両手でつつむ。「僕がバカだった、まちがいない。それに今のきみは、このことで悩みすぎないようにしてほしい。あすの朝、僕はひとり危機管理会議みたいなのをひらいて、ジェイムズとの今後の関わりについて、何かやりようはないか検討してみる」チャーリーはわたしの頭のてっぺんにキスをする。「人のことを深く気にかけるきみが大好きだ。本当に大丈夫なんだね？　警察やどこかに相談したいとは思わない？」

わたしは首を振る。「その意味がある？　ジェイムズが否定して終わるだけよ」わたしは惨めな声で言い、車がうちの前に到着する。家にはいると、チャーリーは自分のノートパソコンをつかみ、メールや電話をしないといけないと言って、オフィス兼衣装部屋になっている予備の部屋に向かった。

紅茶を淹れ、インスタグラムのメッセージをスクロールして、続々舞い込んでくる、ダイエット茶の宣伝をしてほしいなどのどうでもいい依頼を読み流していると、ポップアップ通知があらわれる。もちろん〈クリープ〉からだ。夜の締めくくりとして、これ以上完璧なものがある？

「よく眠るといい、キティ。あしたは忙しい一日になる」

え？　どういうこと？

「え？？？」と返信したけど、相手はもうオフラインだ。

ストレスからジアゼパムを二錠口に放り、ウォッカをあおって流し込んで、ベッドに向かう。

65

チェルシーのキティのアパートメント

翌朝、わたしははっとして目を覚ます。そして、ベッドで起きあがり、目を細めて何に起こされたのか確かめる。チャーリーはいっしょのベッドにいない。ゆうべ、ちゃんと横になったのかもわからない。ローブを取ってリビングに向かう。チャーリーはキッチンにいて、床のガラス片を掃いていた。何かが割れたらしい。その音で起きたのだ。わたしはゆっくりと息を吐きだした。ほっとして。

「おはよう。どうしたの？」

「花瓶を落としたんだ。ごめん。高いやつだった？」

「うちに花瓶があることも知らなかった。でもそれで起きた。ゆうべはベッドにはいったの？」

彼は首を振る。「キティ、そこで座ってて。コーヒーを淹れるよ。でも、僕が声をかけるまではニュースやソーシャルメディアは見ないでほしい」強い目でわたしを見ている。「いいね、ベイビー」

「何かあったの？」

「あることが起きた。つまり、その、とにかく覚悟しておいて。かなり大きなことだ。呼吸法で息を整えておいて」

わたしはキッチンカウンターのスツールに座る。少しするとチャーリーがコーヒーのマグをくれ、電子レンジに見えるように埋め込まれたスマートテレビの電源をつけた。かわいいブロンドの女性が屋外の中継地からカメラに向かって一生懸命話している。わたしはコーヒーに口をつける。少しして、レポートしている場所に見覚えがあるのに気づいた。

「ヘンの家じゃない」わたしはチャーリーのほうを向く。「いったい……?」

彼はテレビのほうにうなずきかける。

「——ペンバートン氏は今も警察に勾留されています。釈放されるかは今日のうちに明らかにされる予定です。一家のスポークスマンは告発について、〝まったくバカげている〟と発言した以外、コメントを控えています。詳しい情報がはいりましたら、またお伝えします。ではスタジオ、どうぞ」

いったい何がどうなってる?

「何があったの?」

「ジェイムズが今朝早くに逮捕された」チャーリーが言う。「かなりひどい内容で告発されたんだ」

「昨日話していたようなこと?」

彼はうなずく。「だれかが声をあげて、公式に声明を出した」

わたしはびっくりする。「ヘンに電話しないと」スマホを手に取ったが、チャーリーがそっとその手をつかみ、スマホを取りあげてカウンターに置いた。「今じゃないほうがいい。状況がもう少し落ち着くのを待とう」

「わたしがついてるって知らせてあげないと。父のことがあったときも、ヘンはわたしに……」

「とにかくその前にコーヒーを飲んで、何か食べたほうがいい。長い一日になりそうだ。おたがいにね」

わたしはうなずいたけど、彼がコーヒーのお代わりと朝食を準備しにいった隙に、スマホを手に取る。親友に関わる問題だ。何もなかったふりはできない。

でも何回かかけてみても、すぐに留守電につながった。代わりにメッセージを送ることにする。

「ヘン、かわいそうに、大変なことになってしまって。電話したけどつながらなかった。連絡をちょうだいｘｘ」

トアとメイジーからもメッセージがはいっていて、ふたりともジェイムズの逮捕に相当驚いている。わたしもふたりに返信して、自分のショックを伝える。

チャーリーとわたしはリビングのテレビの前に腰を据え、ジェイムズがパトカーで連行される映像がくり返し流れるのを見る。当然ソーシャルメディアでも大騒ぎになっていて、チャーリーはスマホでそっちを追っている。

「まだ堰が切れたというだけかもしれないな」彼は惨めな声で言う。

そのとおりだった。

その日のうちにインスタグラムに最初のポストが載る。書いたのはマリベル・メイソンという美人の若手歌手で、傷を負った黒いハートの絵が添えられていた。


こうして書いている今も胸がつぶれそうですが、わたしたちは団結して立ちあがるべきだと思います。法的な制限で、男の名前を出すことは許されないけれど、だれのことかは、みんなそのうちわかるでしょう。初めて会ったのは、わたしがロンドンでライブをしてまわっていた二年前でした。

彼はとあるクラブにわたしを見にきたのですが、いい歌手がいると聞きつけてきたと言っていました。

彼は夢のようなことをわたしに約束して、きみはつぎのエリー・ゴールディングになれると言ってくれました。若くてうぶだったわたしは、すっかり信じてしまった。おかしなことになるまで時間はかかりませんでした。契約のサインのため、ホテルに呼ばれました。わたしは大喜びだった。両親に話したら、いっしょにいくと言われたけれど、パパとママがいっしょなんてかっこ悪いと思って、ひとりでいくことにした。それはわたしの人生最大の誤りでした。

ホテルの部屋に着くと、彼以外だれもいなかった。秘書もアシスタントも、だれも。それでもまだ何も思いませんでした。彼はふたつのグラスにシャンパンを注ぎ、ひとつをわたしてくれ、わたしはそれを飲みました。あまりお酒を飲むほうではないから、すぐに酔いがまわりました。わたしはなぜホテルの部屋である必要があるのか聞いたのですが、危険に気づいたのはそのときです。彼はわたしの言葉を笑い飛ばし、逆にどうしてホテルにいると思うかと聞いてきたんです。わたしは丁重に言い訳をして部屋を出ていこうとしました。この期におよんでも、彼を怒らせるのは避けたかった。そしたら腕をつかんでドアから引き離された。そして彼は無理やりキスして、ジーンズのなかに手を入れてこようとした。わたしはすでにもがいて泣いていたのに、彼は放してくれませんでした。すすり泣いているわたしの下着に手を入れて、少なくとも指二本を膣に挿入した。彼はリラックスしてこれを楽しむようにと言い、やりたいことを喜んでやらせてくれる歌手はほかに何百人もいる、おまえはラッキーだ、とわたしに言いました。

さわるのに飽きると、今度はジーンズを下までおろし、自分もズボンからペニスを出しました。

わたしはなおも怖くて動けなかった。すると彼は自慰行為をはじめて、わたしの太ももに射精した。それが終わると、自分で拭くようにと、わざわざ赤ちゃん用のウェットシートをくれました。彼は、人に話しても意味はない、ふたりきりのホテルの部屋に女がみずからはいっておきながら、何が起こるか予測がつかなかったなんて話はだれも信じない、と言った。屈辱的で、バカみたいな気分でした。結局だれにも話しませんでした。怖くて話せなかった。そして、その後はどうなったか。契約なんてまったくなかった。それどころか、彼と出会って、キャリアの全部が急に行き詰まってしまったようでした。悪い評判を流されたんじゃないかと勘繰りたくなるほどに。

チャーリーとわたしは恐怖におののきながら、マリベルの投稿を最後まで読んだ。彼はわたしの手を両手で持って、強く握る。「なんてことだ」ささやき声で言う。「クソすぎる」

マリベルの投稿ははじまりにすぎない。このあと、あっちからもこっちからも出てくる。インスタもツイッターも、ジェイムズとの体験を語る女性たち（歌手、モデル、女優、何年も前の話もある）であふれた。どれも〝#だれのことかはわかるでしょう〟のハッシュタグ付きで。レイプされたという主張、しつこくされた経験、性的強要、彼がノーの返事を受け入れない話。チャーリーとわたしは、女を食い物にするジェイムズの卑劣な行為について語る女性たちの文章を、食い入るように読んだ。

その後、こんな匿名の声もあがった。

こうしたすべてが明るみに出るのを見ていて、声をあげて名乗りでた女性たちには賞賛の思いしかありません。みんなとても勇敢ですね。わたしにはまだ自分の名前と顔を出す勇気がありません。

それでも、自分の話を伝えたい気持ちはあります。十四歳のとき、ジェイムズのレーベルの人気バンドを見にいったのが、ことのはじまりでした。その名前も伏せますが、当時彼のところで最大の人気をほこるボーイズバンドでした。わたしは友人と列の前のほうにいて、クルーの人がやってきて二枚のバックステージパスをわたされたときには、自分たちの幸運が信じられませんでした。残りのライブはステージの袖からながめ、その後バンドに会うこともできました。最高に幸せでした。父が会場に迎えにきてくれることになっていましたが、帰ろうとするとジェイムズがわたしに近づいてきました。そして、モデルをやろうと思ったことはないかと言うのです。考えたこともなかったけれど、もしも興味があるなら人を紹介してあげられると彼に言われました。

友達が横でうらやましさから顔を青くしていたのを憶えていますが、彼はわたしの電話番号を聞きだし、伝手と話をしたらまた連絡すると言いました。二日後には電話がかかってきました。仲間のひとりと話がついたので、わたしの写真を撮ってポートフォリオをつくるのを手伝ってくれるとのことでした。

まだ未成年だったので、ジェイムズはうちの母とも話をし、いっしょに来られるよう手配してくれました。ふたりでロンドンに向かい、わたしは大興奮していました。写真を撮ってもらうのは最高の経験でした。わたしたちはスターのような扱いで、駅にも迎えの車が来てくれました。食べ物や飲み物まであった。一生の思い出になるすばらしい一日でした。

ジェイムズが準備してくれた写真をきっかけに、実際、モデルの仕事もぱらぱら舞い込みました。二年のあいだ連絡を取り合い、彼はメッセージを送ってきては、きみは特別な存在で、モデル界の次世代のスターになるとくり返しました。こうして頻繁にやり取りをしていることについては、母には内緒するよう言われていました。こんな仲良しになったふたりのことを、お母さんは理解できないだろうからと。

そして十六歳の誕生日の直後、ロンドンでひらかれる彼のパーティのことでメッセージが来ました。わたしは、母は絶対に許してくれないだろうし、いけないと返事をした。するとジェイムズは、友達の家に泊まるとか、適当に口実をつくるようにと言い、迎えの車をよこしてくれると伝えてきました。わたしはそれに従いました。

母に嘘をつくのは気が引けたけど、パーティはすごそうだったし、どんな人が来るか、彼は小出しに詳しいことを教えてくれました。

でもパーティなんてなかったのです。

車でジェイムズの家に着くと、そこには彼しかいなかった。わたしはすぐに居心地が悪くなったけれど、リラックスするように言われ、みんなもそろそろ到着するころだと説得されました。そしてシャンパンのグラスをわたされ、子どもに見られたくなかったわたしは、それを飲みました。

その後の記憶はあまりありません。つぎに憶えているのは、ベッドで目を覚ましたときのことです。意識がもどったという表現のほうが適切かもしれない。わたしは素っ裸でした。ほかにはだれもいなかった。そしてとにかく脚のあいだが刺すように痛かった。どうにかバスルームまで体を引きずっていき、出血しているのを見てぞっとしました。

何があったか理解して、泣きました。バスルームの床でうずくまって。わたしは処女でした。

どのくらいしてか、やがてジェイムズがわたしの服を持ってはいってきました。何事もなかったかのような態度でした。そして、わたしに服を着るよううながし、車を手配してくれると言いました。わたしは痛みがひどかったし、頭も混乱していて、言われるままに従いました。

自分がすごく恥ずかしかった。何か思わせぶりなことをしてしまったんだと思った。その恥ずかしいという気持ちがわたしを沈黙させた。彼はわたしを脅す必要すらありませんでした。

彼を思いだしてしまうので、その後はモデルもやめました。不安症にも悩まされるようになって、十五年以上たった今もそれが続いています。

だれかに話すべきでした。警察にいくべきでした。わたしにはこれを止めることができたかもしれない。自分のあとに続いた女性のひとりひとりに、今は責任を感じています。

わたしたちは無言で座り、読んだ内容をどうにか消化しようとした。チャーリーは両手で頭をかかえ、わたしは静かに泣いて、顔をつたった涙があごから落ちた。

わたしは自分と交わした約束のことを考える。アダムとの約束のこと。思い描いたチャーリーとの安全で幸せな未来のこと。だけどジェイムズがこの罪のすべてから逃れることは、絶対に許せない。

こうしてチャーリーと座り、恐ろしい事実が明るみに出るのを無言でながめながらも、わたしは心のなかですでにナイフを研いでいる。

ジェイムズ・ペンバートン。待ってなさい。

66

チェルシーのキティのアパートメント

その日の午後にヘンから電話がある。彼女は涙まじりの声でジェイムズの釈放を伝えた。

「大勢のパパラッチや記者が帰宅を待ち構えてた」ヘンは言う。「動物の群れみたいだった。怪我させられるんじゃないかって本気で思った。パパはベルグレイヴィアのアパートメントにいって滞在することになったよ。囮（おとり）を乗せた車を出して、その隙にバンで連れてかれたの」

今のところ一家はメディアを騙せていて、テレビはペンバートン家のサリーヒルズの屋敷をかこむ森やなだらかな田園地帯を何時間も流している。だけど本当の居場所をだれかが探りあてるのも時間の問題だろう。

「このあとはどうなるの?」わたしはヘンに尋ねる。

「わからない。本当にわからない。マスコミは血をほしがってる。わたしたち家族も、どこかべつの場所に移ることになるかも」ヘンが近くのだれかに何か言っている。「ママが、パパは会見をひらくべきだって。でないと、みんなが裁判の日まで追いまわされることになるから。ツイッターは見た?」

「うん。あんまりいい感じじゃないね。味方はそんなに多くないし」

もちろんこれは控えめな表現で、実際には味方はゼロだ。ツイッターはジェイムズ逮捕の事実に関するさまざまなバージョンであふれている。#MeToo　#彼女を信じる　#ジェイムズ・ペンバートンは終了　#ヒットチャートを取りもどせ——これらがトレンド入りして、消える様子がない。

「キッツ、切らないと。アントワネットが完全に参っちゃってるの。スマホの電源は切らないでね。またすぐ連絡するから」

「わかった。じゃあね」

「ヘンは大丈夫そう？」チャーリーがこっちにやってきて、わたしに両腕を巻きつける。

「そうでもないけど。でももろもろを思えば、いちおう機能はしているように聞こえた。ヘンは危機に対処するのが驚くほどうまいの。わたしもいつでもスマホがつながるようにしておくとは言ってあるけど」彼が首の付け根にキスしてくる。「でもだれが告発したんだろう」

わたしは振り返って彼のことを見る。「チャリティにはどういう影響が出る？」

チャーリーは重いため息をつく。「まあ、いい影響はないよね。当然だけど。広報担当のケイトリンと話をする必要がある。今後はジェイムズをアンバサダーにしないって、われわれから声明を出さないといけないからね。つまり当然、ジェイムズからはもうお金ははいってこない」

「でも、アンバサダーはほかにもいるんでしょう？　寄付してくれる人も」

「いるけど、ジェイムズは相当な額を提供してくれてた。うちの父とのつながりあってのことだろうけど。でも今気にするべきはそこじゃない。大事なのは正義がもたらされることだ。噂にもっとしっかり耳を傾けるべきだった。僕は悪いことをした。女性たちをおろそかにしてしまった気分だ」

「話の多くは、だいぶむかしのことみたいじゃない」わたしは慰めてみるけど、本人の言うとおりで、女性をおろそかにしたのはまちがいない。沈黙は服従だとか、そういう意味において。「だけどそうね。ちゃんと聞くべきだったかもね」

「でもそうしていたら、われわれの支援でシリアなんかを離れてきた女性や子どもたちは、だれも今の場所で生活を再建できなかった」彼は座ってクッションに拳を打ち込む。上腕のたくましい筋肉にあらためて気づかされるけど、今、意識の向かうべきところはそこじゃない。「最低のやり口だよ」

「なんのこと？」

「ペンバートンみたいな変態も、チャリティ活動にみずからどっぷりつかれば、まさかそこまで病んだやつだとはだれからも思われなくなる。古典的な手だ」

チャーリーは不安そうに顔にしわを寄せている。じっとしていることもできない。何度も立って歩きまわる。そして座ってはイライラと指でたたき、また立って歩きまわる。見ているだけで、こっちまでくらくらしてくる。座ってもらって、憂いの表情を顔から親指で消してあげたい。ゴードン・ラムゼイ［スコットランド出身の有名シェフ］みたいなしわ顔にならないためにも。

彼をアームチェア（〈フェザー&ブラック〉、色はエクリュ）にそっと座らせながら、唇、耳たぶ、鼻、そしてもう一度唇にキスをする。「ミスター・チェンバーズ、ストレスがたまりすぎよ」わたしは言い、彼の前にひざをつく。心のなかで小さなバトルがくり広げられる様子が見えるが、勝つべきほうが勝って、わたしがズボンのチャックをおろして彼を口に含むと、チャーリーは深いため息をもらす。最初こそ、わたしの頭を抱きかかえる手は優しかったけど、すぐに爪を立て、もっと引き寄せて、喉の一番奥まで自分自身を強引に押し込んでくる。わたしは吐きそうになって目に涙がにじんだけど、自分の手がいつの間にか太もものあいだにあって、チャーリーがわたしの喉の奥で果てると同時に、気づくとわたしもイッている。

「性的な乱暴を受けた恐ろしい告白を読んだあとで、僕らは楽しんだってわけか？」一分半ほどして、彼は動揺してわたしに尋ねる。

「ちがう」わたしはきっぱり言う。「わたしたちは気をまぎらわせたの」

「受け入れるにはデカすぎる」チャーリーがようやく言う。

「まあ、たしかに平均以上の太さはあるわね」

彼は微笑み、自分のひざにわたしを引き寄せた。「愛してるよ、キティ・コリンズ」わたしの髪にささやく。わたしは同意のしるしにうなずいた。でも、胸が引き裂かれているのはチャーリーだけじゃない。わたしは自警の日々はもう終わりだと自分に約束した。二度とルーベン・レイノルズのようなリスクは冒せない。チャーリーとはまだ日が浅いけど、彼がアダムとはちがうことはすでにわかりはじめているし、今後彼がわたしを傷つけるとは運命には書いてない。だけど、もしペンバートンが罰を受けずに逃げきる可能性があるのなら（彼は世界最強の弁護士を雇う財力があるし、お金で人を買収することもできる）、そして、さらにべつの女性に同じことをやる可能性があるのなら、わたしは自分の役割を果たさないといけない。しかもわたしは、ジェイムズの居場所を知る数少ない人間のひとりだ。

袋のねずみ。

こんな楽な仕事はない。

あの男を刺し殺して、ああいうモンスターのための地獄の層に突き落とすことができたらどんなに気分がすっきりするか、そう考えただけで早くも胸の鼓動が激しくなってくる。首から噴きだした血が、隠れ家のアパートメントの白い壁に飛び散るのを想像する。ドラゴンは退治され、もう夢のなかで追われることはないと知ったときの、犠牲になった女性や少女ひとりひとりの心の安らぎを想像する。最後にもう一回だけ。これは骨すきナイフを永久に棚にしまう前の、いわば最後のひと仕事だ。

迷うまでもない。

「ちょっと電話しないといけない」チャーリーが言う。「書斎を借りてもいいかな？　われわれの側の被害対策のために」

「ええ、もちろん。あとで何か食べるものを持っていってあげる」

チャーリーはわたしの頬にキスをし、首筋に鼻をすりつけるような仕草をする。

「きみは最高だよ。愛してる」

「わたしも愛してる」わたしはそう言って、自分では書斎として使うことのない部屋にチャーリーが歩いていくのを見送る。もう午後の遅い時間で、もし今夜のうちにジェイムズを標的にしたいのなら、そろそろ動きはじめないと。

そこでそうする。

アドレナリンが放出されて、すでにハイになりかけている。スマホを取り、ジェイムズ・ペンバートンの番号が出てくるまでスクロールする。メッセージを打ち、息を止めて送信をタップする。

「今夜、そっちにいきます。七時半に。Ｋｘ」

もうあとには引けない。

思ったとおり、すぐに返事が来る。釈放中の身であっても、自分は法に勝ると思っているジェイムズみたいな人間には、そんなことはどうでもいいらしい。わたしは偽名で夜のウーバーを彼のところまで予約して、身支度をはじめる。

わたしがローブ姿で今からシャワーを浴びようというところに、チャーリーが顔をのぞかせた。

「出かけるの？」

「うん」

ああ。チャーリーに嘘をつくのは本当に嫌。

「トアのところに集まって、いっぱい話し合って、たぶんウォッカをたくさん飲む。かわいそうに、ヘンはいろいろ整理しないといけないだろうから。かまわない？　パスすることもできるけど……」

チャーリーは首を振る。「いや、友達にはきみが必要だ。どうせこっちは夜じゅう数字をはじいたり、ウェブサイトを更新したり、そういう退屈なことをして過ごさないといけない。思ってた以上に最低最悪な状況だよ」チャーリーはまた眉間にしわを寄せ、そんな彼を慰めたくて、わたしの心が胸から飛びだそうとする。「でもテイクアウトを注文しよう。ちくしょう。どうせなら思いきりハンバーガーでも食ってやるか」

かわいそうなチャーリー。わたしは彼のほうに歩いていく。「かわいそうに」そう言って、唇が届くように背伸びする。彼の手がローブの下に忍び込んでくる。「ストレスを和らげるのに、出かける前にわたしにできることはない？」親指でこすられて、たちまち右側の乳首が硬くなる。彼は紐を引っぱってローブ全部を床に落下させる。そしてわたしをうしろ向きにさせ、両手をおっぱいにあてて揉み、そうしながらも彼の口が耳から首筋、そして背中へとおりていく。

準備なら、きっと手早くすませられるよね。

67

ベルグレイヴィアにあるペンバートン家のアパートメント

ヘンがベルグレイヴィアのどのアパートメントのことを言っているのか、ラッキーなことにわたしは正確に知っている。もう少し若かったころ、よくみんなで大人ぶって、そこに入り浸ったから。

わたしは自分の殺しのことを、ちょっとしたパフォーマンスのように考えるようになっている。こういうことなら女優になりたかった。だって、ただふりをすればいいんでしょ？　それはわたしの得意とするところだ。わたしのしてきたことを見てみて。うまく切り抜けてきたことを。

演技にはいい衣装が絶対に欠かせない。ジェイムズのための今回の衣装は、かなり特別だ。ヴィクトリアズ・シークレットのアイラッシュレースのコルセット、フルール・オブ・イングランドのサスペンダーベルト、ウォルフォードの二十デニール黒ストッキング。コーディネートを引き締めるのは、ルブタンの黒いクラシカルなパンプス。わたしはみんなみたいに靴に大騒ぎはしないけど、ルブタンにはどこかぞくっとさせられる。たぶん赤いソールのせい。あれが血を連想させる。黒っぽく凝固する間もない、体から出たての新鮮な血。たしかに、ヴィーガンが言うには変かもしれないけど。

ヘアとメイクにも気合いを入れた。つけまつ毛に、つややかな赤い唇に、ふわふわに弾む髪。準備がすむと、自分を全身鏡に映して見てみる。

まさに歩くセックスシンボル。

おぞましすぎる。

幸いチャーリーに見られることなく、わたしは「じゃあね」と大声で言って、ほとんど逃げるように家を出ていく。

ペンバートン家のアパートメント（今も鍵を持っている）のエレベーターのなかにいるうちから、全部をこすり落としたい衝動に駆られる。本音としては、とにかく家に帰ってチャーリーにすり寄りたい。男たちが嘘、浮気、レイプ、虐待をしない、ふたりだけのバブルのなかにもどりたい。でも被害を告発するマリベルの言葉がよみがえる。〝彼は、人に話しても意味はない、ふたりきりのホテルの部屋に女がみずからはいっておきながら、何が起こるか予測がつかなかったなんて話はだれも信じない、と言った〟。

必要なものがすべて準備できているかチェックする——工場から持ってきたスタンガン、手錠、手袋、注射器（何かがうまくいかなかったときに備えて念のため）。

いよいよだ。最後の大仕事。

退場前のフィナーレ。

鍵は使わない。部屋をノックすると、ジェイムズがドアをあけた。

「はいれ」彼は短く言って、わたしの腕をつかんで部屋に引っぱり込み、ドアを閉めたあとは頑丈なかんぬきを三本をスライドさせ、壁のｉＰａｄみたいなものに数字を打ち込んだ。それから、海から這いあがってきた相手でも見るように、わたしのことを見た。

「いったいここで何をしてるんだ？　それに、なんのためにそんな格好をしてる？」

　わたしは戸惑う。

「なんで来たかはわかってるでしょう。連絡を取り合ったんだから」わたしはコートを床に落とし、自分の姿をジェイムズの前にさらす。表情は読めないけれど、期待していたものとはちがって、恥ずかしさから気持ちが一気に萎える。わたしが状況を読みまちがえたはずはない。メッセージでのジェイムズは、砂漠に置かれた男並みに渇いてた。「ねえほら、ご褒美はいらないの？」わたしは言うけど、声が変だ。ハスキーでもセクシーでもない。

　ただぎこちない。

「キティ。わたしのために何かしようとしてくれたことには感謝するし、誤解しないでほしい、きみは最高にすてきだ。ただ今はどう考えても娘の友達とヤッてる場合じゃない。そう思わないか？」

「ジェイムズ。メッセージで会うことについてやり取りしたじゃない。ちょうど一時間前に」

「キティ、メッセージを送った相手はわたしじゃないと断言するよ。気づいてないかもしれないが、わたしは今、雲隠れ中なんだ。酒でもなんでも、勝手にやってくれ」ジェイムズはそこに立つわたしを長いこと残念そうな目で見る。「そしたら帰るんだ。やれやれ、なんてこった」

「でもやり取りした……」わたしはものすごく悔しい思いで言う。「ジェイムズのスマホだった。ちがうって言うなら……あれはだれだったの？」

　家のなかでドアがバタンと閉まる音がして、ふたりとも飛びあがる。コツコツというヒールの足音が、大理石の廊下をゆっくりやってくる。

「わたしよ。ほら、ふたりとも座って。今からどんな展開になるのか教えてあげるから」

68

ベルグレイヴィアにあるペンバートン家のアパートメント

「キティ」ヘンが言う。「よかったらワインをどう?」

「いらない。そんなことより、何がどうなってるのか教えてくれない?」

ヘンはともかくワインを一杯注ぎ、わたしにくれる。「いいからほら。説明を聞いたら絶対ほしくなるから」そう言ったあとで、今度は父親をにらみつける。その目にはまぎれもない憎悪が浮かんでいる。「なんで釈放されてんのさ」ほとんど唾を吐きかけるような勢いだ。

ジェイムズは床を見つめている。わたしたちのどちらのことも見ようとしない。

「すべて本当のことだから」ヘンはわたしに言うというよりジェイムズに聞かせている。「言われているすべてが。パーティのときに、キティにまで手を出そうとしてたよね」

「あの日は……」

「わたしは何もかも知っているの、キティ」

「どういうこと?」

「あの夜、帰宅するのをつけてきたゲス男のことから、ミコノス島のことまで、全部知ってるってこと。すべてをね」

ほのめかしているらしいことが本当のはずはない。だよね？

「ヘン、なんの話よ？　自分こそ座ってワインでも飲んだら。大変な一日だったでしょう」

「あの男たちだよ、キッツ。何人もの男のこと」ヘンは父親に向きなおる。「キティはあんたと同じくらい精力的だけど、少なくともこの子の犯罪には大義がある。哀れなルーベンまではね」

ファック。

「でもなぜ？」

「あんたのストーカーだからよ、キティ。〈クリープ〉。あれはずっとわたしだった」

わたしはワインを大きくひと口飲む。

このワインについてもヘンは正しかった。賢い子だよね。

「なんなの、ヘン？　いったいどういうことよ？　それになんの理由で？」

ヘンはわたしをじっと見てからタバコに火をつける。タバコなんていつから吸ってた？　わたしにも一本勧める。わたしは首を振る。

「じゃあ、全部ずっとそうだったの？　ヘンがわたしをストーキングして、脅してたってこと？」

ヘンは肩をすくめる。「あんたは自分で思っているほど賢くないのかもね」

「でも、どうして？」

「最初はちょっとした愉快なお遊びだった。わたしにとってのってことだけど。怯えさせてやりたかったの。自分がどんなにむかつくやつか知ってる？　すべて完璧で、それで超自惚れてて。だからちょっと怖がらせてやりたかった」ヘンはわたしをじっと見ながら、タバコを長々と吸う。「うまくいったよね？　最初のうちは。警察を頼ったのを見て、本気で怖かったんだってわかった。だけどそのうち、こいつに」――ジェイムズにあごをしゃくる――「知られた。もうそこからは〝キティの身の安全〟がどうのとか、〝うちに身を寄せたほうがいい〟とか、そんな話ばっかりになった」

「キティは怖がっていた」ジェイムズがソファからうなり声をあげ、すでに薄くなってきた生え際をこする。「ストーカーされて怖くないはずがあると思うか、ヘン」

「そんなの知ったこっちゃない。とにかく、その後わたしは中毒みたいに癖になった。やめるべきとは思ったけど、ブランチの会とかで会ったときに、すごいビクついてて、ずっと背後を気にしてたりしてるのを見て、ちょっと興奮した。澄ました顔にひびがはいるのを見るのが、超、楽し、かった」彼女は最後の言葉を言うのに合わせて三回手をたたく。

「医者にいったほうがいいよ」

「でもそのあと、わたしは大当たりをつかむんだよね。ゲス男が割れたボトルで勝手に死んだ、あの夜のことだけど。あのときスマホをバーに忘れてったでしょ？　スパイウェアを仕込むのはものの五分ですんだ――簡単に予測できるパスコードだったから。そしたら突如、あんたの世界がわたしの前にひらかれた。ひとことで言うと、想像してたよりだいぶ十八禁の世界だった。正直、しばらくのあいだ、尊敬すらした。ああいうモンスターたちを排除するんだから。だってみんな自業自得のやつらでしょ？　それに、やり方もなかなかクリエイティブだった。楽しく見物させてもらったよ。だからわたしは黙ってた。そしてタイミングを待ってたの」

　ヘンが近づいてきて、そばの床に腰をおろす。

「わたしは警察にいくつもりでいた。でもパパの噂が知れ渡った今、あんたは鉄格子の向こうにいないほうが役に立ってくれるんじゃないかって思いなおした」

「なんの話をしてるの？」

「ジェイムズの情報を警察に流したのは、わたしよ。このわたし！」ヘンは興奮している。「まさかって思うでしょ？」そこで声を出して笑うが、今度は虚しく響く。「この男を殺してほしいの」ヘンが父親を指さすと、ジェイムズは今も手に顔を伏せている。

「でも自分のパパじゃない」わたしは言うけど、腹立たしいほど説得力がない。

「残念ながらね。でもパパってだけじゃない。だよね、ジェイムズ？　ほかに自分をなんて呼ぶ？　十二歳のときから、わたしのパパ以外のなんだった？　恋人？　虐待者？　強姦魔？」ヘンはジェイムズをにらみつけている。「ジェイムズ・ペンバートンの若い子好きは、家の外にとどまらなかった。そうでしょ、パパ？　初めてわたしの部屋にはいってきてレイプした夜のことは憶えてる？　わたしは憶えてる。だけどそっちは記憶が曖昧（あいまい）なんじゃない？　未成年の子の全部の記憶がいっしょになって。じゃあ、キティに全部を話させてもらうよ。わたしはキティのすべてを知ってるけど、キティはわたしのことも、わたしの人生のことも、まったく知らないみたいだから」ヘンがこっちに来てワインを注ぎ足す。「覚悟して聞いてね、キティ。なかなかの話だから」

ちょっと、やめてよ。

ジェイムズが初めて顔をあげてわたしを見る。「でたらめだ、キティ。こいつは根性がねじまがってる」

「懐かしいむかしに、うちの親たちがよくやってたパーティを憶えてるでしょ？　パパはとくに盛大にやるので有名だった。だけどじつはそれは、わたしたちが思ってたほど楽しいものじゃなかった。

とくに来ていた女の子たちにとってはね。父親が音楽界の次世代スターにしてやると約束した十五の子にあそこをくわえさせてるのを見てしまったときの気持ちは、どんな言葉で言い表したらいいんだか」ヘンはふたたびジェイムズを見る。「目的もわからない。十五じゃまともにフェラなんてできないし、自分が何をしているのかさえわかってなかっただろうに」ヘンはわたしの前をいったり来たりする。「だけどそんなのは序の口で、同じ日の夜、パパはわたしの部屋にやってきて、見たことを絶対にだれにも言わないのが大事だと説明した」部屋の隅にはアームチェアがあり、ヘンはそこに座る。「そしてベッドにはいってきて、おまえは世界一特別な女の子だ、世界一特別な女の子には特別なプレゼントをあげよう、と言った。その特別なプレゼントがなんだったかあててみてよ、ねえキッツ」

わたしは答えることができない。

「じゃあヒントをあげようか。それは子犬じゃなかった！」涙がヘンの顔に流れ、一部がワインのなかにしたたり落ちる。

わたしは慰めようとして腰をあげかける。

「そこから動かないで」彼女は吠える。「一度でいいから、自分以外のだれかを主人公にさせてあげてよ、キティ。自分にそれができそう？」

「言っていることは嘘だ、キティ。こいつは頭がどうかしてる」

「そして最悪なのは何かわかる？　おかげでわたしは自殺未遂するほどひどい気分だった。しかも三回だよ？　わたしが年を取ってきて、この男がもっと若い子に——アントワネットにさえ——いやらしい目を向けるようになったのを見て、わたしは嫉妬したの。それで気を引きたくて、考えられることを全部やった。だからグルートとも寝たし、パパのとこに所属するほかの男とも寝た。それってどれくらい異常なことだと思う？　パパの特別な女の子でいたいがために、実の父親にまた犯されることを願うなんて」ヘンは苦々しく笑う。

「ヘン、あなたは異常なんじゃない」わたしは言う。「傷を負ったの。ジェイムズがあなたにしたこと、してきたことのせいで、壊れちゃったの」

「そのレベルの自己嫌悪がどんなものか想像できる、キティ？　あのバカみたいな八〇年代パーティのときだってそう。この男が求めたのはあんたで、わたしじゃなかった」

ヘンは一度うなずき、深呼吸をしてからわたしのバッグをこっちによこす。「だからあんたに殺してほしいの。どうやって殺すか、今からやり方を詳しく言うから」

「ヘン、だめ、わたしはもうそういうことはしない。もうやりたくないの。人生で初めて、すてきなものを手にした気がしてるから」

「もっとどうでもいい理由で殺してきたくせに」今ではほとんどわたしと対峙（たいじ）している。「この男はひどいモンスターだよ」

「わたしはそんなことはしてきてない」

ヘンがにらみつける。「じゃあ、ルーベン・レイノルズは？　キティ、忘れないで。わたしは全部知ってるんだから」

わたしはジェイムズを振り返る。ずいぶん小さくなったように見える。それに痛々しいほど痩せている。全身が灰色に見える。髪も、肌も。刑務所にはいったら、きっと二分ともたない。おそらく自殺するだろう。

「この件について、あなたから何か言うことはある？」わたしは尋ねる。「娘を見て。自分が娘にしたことを見なさい」

「嘘ばっかりだ」ジェイムズはそう言うのがやっとだ。両手にうずめた顔を見せようともしない。頭をあげることもない。唯一動いているのは肩で、上下に小刻みに揺れている。まさか泣いてる？でもとうとうわたしを見あげたとき、顔に涙はなかった。ひと粒も。代わりにそこにあるのは、自分に満足したにやにや顔だ。ジェイムズは声をあげて笑いながら首を横に振る。

「この件に関して何か言うことがあるか？声明で出したのといっしょだよ。うちのべらぼうに高い弁護士が法廷で言うのもいっしょ。要するに、わたしに対するどんな申し立ても、まったく事実無根。とくにこいつの言ってることはな！」

わたしは怒りで燃えあがり、それが熱のように血管を駆けめぐる。ジェイムズの顔には良心の呵責（かしゃく）のかけらもない。

「それに、どうせだれも信じない」ジェイムズはヘンのいるほうを顔で示し、ヘンはタバコに火をつけながらわたしたちのやり取りを見ている。「この茶番が終わったら、その瞬間に病院へ直行だ。ドラッグに未成年のセックスに、こいつのあらゆる話がマスコミに流れるようにこっちで手をまわす。わたしには脅威にすらならない」ジェイムズはわたしを上から下までながめまわす。「おまえもな。実際、わたしから一度も狙われなかったのは、手出し禁止だと父親と取り決めを交わしたおかげだ」

わたしは怒りを飲み込む。今は弱さを見せている場合じゃない。

わたしはヘンを振り返る。「あなたには聞きたいことがある。いっぱい質問がある。でもその前に確認したいんだけど、本当にこんな終わらせ方を望んでるの？だれも法廷で裁かれることがない。被害者たちは正義を見ることができない」

「こいつは無罪を主張してるんだよ」ヘンはささやく声で言う。「彼女たちは追体験させられることになる。名乗りでなかった人だって、このニュースがあふれたら、つらい過去に引きもどされる。この国が女性にどんなことをするか知ってるでしょう。性的な過去が全部掘り返されて、非難される。彼女たちは辱められる。そしてそれは、この男がまだ口止め料を払ってない女性たちの話」

わたしはうなずく。よくわかった。

「それに、仮に有罪になったとしても、どうよ。その後、どうなると思う？　もう年も年だし、過去の犯罪だし。言い渡されるのはせいぜい八年から十年ってとこ。おつとめはその半分。それで出てきて、わたしは知ってるけどタックスヘイブンにお金が隠してあって、それで残りの一生を優雅に暮らす。最初の被害者に手を出したときから、こいつはこういう日のために準備してきた」

「ジェイムズは刑務所でつぶされると思う」わたしはヘンに言う。「有名人で、なおかつ小児性愛者でしょう？　生きた標的になるのはまちがいない。わたしなんかより、なかの人はよっぽどひどいことができると思う」

「そうかな？　こいつはサイコパスだよ。人形使いの達人。人を操る術を熟知してる。どう取り入って、どう影響をおよぼすかをね。まさに元祖インフルエンサーってやつ。ボコられるって本気で思う？　ショービズ界の派手なお遊びの話で、退屈な囚人たちの人気を集めるとは思わない？　それにそこまで幼い子を虐待したわけでもない。どうせ、似たような罪で捕まってる男が、刑務所内にはごろごろいるんでしょ。十五歳ならカウントもされないんじゃない？　法に引っかかるってだけで」

わたしの頭は、十八歳の誕生日までのカウンターが表示されたウェブサイトに一瞬もどる。

「キティ。ほんとはやりたいんでしょ。そうじゃなきゃ、ここには来なかった。あんたは殺すために来た。わかってるよ」

もちろんヘンの言うとおりだ。本当はジェイムズを殺したい。今から死ぬと知ったときの顔を見てみたい。抗ってもがいて、終わりを悟るところをながめたい。ほかの女性たちにしたことだけ考えてもこの男の血を求めるのに十分だけど、自分の娘でありわたしの友人にしたことを聞き、実際目にするのは、それ以上に気分が悪い。

「もし殺さなかったら?」

「そしたら、わたしはべつの話を持って警察にいく。同等かそれ以上においしい話。ネットでレイプ魔や性犯罪者を物色して血への欲望を満たしていた、美人の有名インスタグラマーってやつ」

「要するにこれは脅迫? ジェイムズかわたしかって話?」

「この男を見てよ。そもそも釈放されるのすらおかしい。豪華な隠れ家で過ごしてるのもおかしい。自分は安全圏にいると今も思ってる」

「娘とちがってね」ジェイムズは鼻で笑う。

それは余計なひとことで、本人も口から出た瞬間に、そのことに気づいたみたいだ。

「キティ、むかしお父さんからある話を聞いた」ジェイムズが言って、わたしを真っすぐに見る。

「工場に連れていけとせがまれたという話だ。たしか十二のころくらいか。おまえはパパが一日何をしているのか、どうしても知りたかった。それで、自分もやりたがったというじゃないか」

どの日のことかはわかる。もちろん真実はジェイムズが聞かされたバージョンとはちがう。でもそれは、自分の背後で起きていることにも気をつけないといけないと、父が学んだ日だった。調理した朝食をわたしが食べようとしなかったので、父はわたしをハンプシャーの自社工場に連れいくことにした。皿を壁に投げつけて、着替えろと叫び、わたしを無理やり車に乗せてそこまで連れていった。そしてその朝運搬されてきた動物をわたしに見せた。ほとんどが鶏で、子牛や子豚や子羊もいた。季節は春で、出産シーズンだった。父はわたしを引きずっていって、手にスタンガンを持たせた。

「一匹撃ってみろ」父は言った。「おまえの本領を見せてみろ、キティ」

ほかの十二歳の女の子なら、動物を殺すなんて、それも乳離れしないうちに母親から引き離された赤ちゃんを殺すなんて、考えただけでもどうにかなってしまっただろう。でもわたしはちがった。わたしはスタンガンを手に一匹の子豚に近づいていって(脅威とは知らず、興味津々にこっちを見ていたのを今も思いだす)、その子豚を撃った。目と目のちょうど真ん中を。当時のスタンガンはボルト銃だった。わたしは子豚の頭に金属の弾を撃ち込み、ひるむこともなかった。豚が痙攣して倒れ、まわりの豚がパニックになるのを、わたしは無感情のままその場から見ていた。何も感じなかった。父がジェイムズと協定を結んだのも納得だ。

指一本でも触れられたらわたしはジェイムズを殺すと、父は理解していたのだ。

「わかった」わたしはヘンのほうを向く。「じゃあ、どうやってやるの?」

ヘンは微笑む。猟奇的な笑い。「ほらね。友達はそうこなくちゃ」

ヘンはわたしに計画を説明し、ジェイムズはただそこに座っている。もしかしたら、わたしにやれるとは思ってないのかもしれない。でもそれは、わたしがクロエのハンドバッグから電気式のスタンガン(進歩だね)を出し、頭を撃つまでのことだった。

69

ベルグレイヴィアにあるペンバートン家のアパートメント

ジェイムズが失神しているあいだに、ヘンの希望を正確にかなえるためにふたりで用意を進める。もちろんわたしには聞きたいことがある。疑問がたくさんたくさんある。

「でも、どうしてストーキングなんて?」作業に取りかかり、まずは手錠を準備しながらヘンに尋ねる。

「純粋に、いっしょにちょっとお遊びがしたかったってだけ。倒錯してる自覚はあるけど、パパに何年もレイプされたのがいけなかったんでしょ。わたしはあんたに嫉妬してた。父親には消えてほしかった。あんたはずっと苦労のない人生を送ってきた。何もかも与えられてね。しかも、そのうち両親がふたりともいなくなってくれて、今は高級アパートメントで一人暮らしで、大金も手に入れた。思いがけない幸運って、このことじゃない?」

「閉じたドアのなかで何が起きてるのか、外からはわからないでしょ。というか、だれより自分がそれを理解してるくせに。わたしは友達でいること以外、あなたには何もしてない。なのにどうして、わたしを怯えさせたいなんて思うの?」

「友達？」ヘンはわたしの顔に吐きかけるように言う。「友達なんかじゃなかった。あんたは自分のことしか考えてないのよ、キティ。それかトアのことか。あとはメイジー。それに今じゃチャーリー。腹の立つことに、父親もじつの娘よりあんたが好き。ずっとだれかの陰にいるのがどんな気分かわかる？　わかるわけないよね。だって経験がないから」

ヘンは息を継いでワインをごくりと飲み、ふたりで力を合わせてジェイムズをソファから持ちあげ、廊下を引きずって（床が大理石なのはありがたい。引っぱっていくのがかなり楽）主寝室に運び込む。ここに来るのは何年かぶりで、これほど広いことを忘れかけていた。

「アダムのことで傷ついたのはあるんでしょうよ。あれからキティは変わっちゃったよね。まあアダムの変わりように比べれば全然だけど。あれもあんたがやったって知ってるから」

「え？　なんのこと？」

「あんたがジョエルって男を殺したあと、わたしはアダムに会いにいったの。それでちょっとした会話をした。瞬きしかできない相手から引きだせる情報量には驚くよね。いや、一生かかるでしょう。二冊目の本が出版されないのもわかるわ」

わたしはヘンを見つめる。「アダムはわたしだって言ったの？」

彼女はうなずく。「でも心配することはない。警察に言う気はないらしいから。浮気をしてキティを裏切ったことで、現世の業（カルマ）みたいなものを負ってると思ってるみたい。まあともかく、あんたを敵にまわすべきじゃないって、だれかチャーリーにも警告したほうがいいってことだよね」

「これが終わったら、本気で専門家の助けを借りたほうがいいと思う」わたしは言い、意識のないジェイムズの体をいっしょにベッドに持ちあげて、手錠でつなぐ。

ヘンは笑う。「男嫌いでヴィーガンのくせに人殺しのあんたが、治療を受けろってわたしに説教するんだから。まったく、いつも笑わせてくれるね、キッツ」

「本気で言ってるの」わたしは言う。「それにジェイムズだけど。アントワネットにも手を出したの？」

「それはないと思う。秘密を知る人間は少ないほうがいいっていう古い格言に、深く賛同してたから。三人のうちだれかが死んだら、やっと秘密が守られる、とかなんとかいう」

わたしたちはジェイムズのズボンを脱がせる。正確には、ここのところはヘンが部屋のトイレで嘔吐しているあいだにわたしがやる。自分の父親がズボンを足首に巻きつけている姿を、もう十分すぎるほど見てきたのだろう。とはいえ、網タイツをわたしひとりではかせるのは、なかなかの苦労だ。

「本当にこうするのが望みなの？　工場まで連れていって、バラバラにすれば楽だけど。びっくりするくらい簡単だから」

「たくさん練習を積んだ人だから言えるんでしょ」ヘンは吐く合間にバスルームから叫んだ。「いいの。わたしが望んでいるのはこれ。最大の屈辱。本人が一番嫌がるのがそれだから」

わたしは肩をすくめる。「好きにして。だけど切り刻むのもけっこう楽しかったと思うよ。そこが一番のクライマックスだから」

ヘンが吐きおわるころには、わたしもちょうど仕上げの最終段階にはいっていて、一歩引いたところから自分の仕事ぶりをながめている。ジェイムズはスタンガンの衝撃から目を覚ましつつある。

「ところで、手伝ってくれてありがとう」わたしはヘンに言う。

「気にしないで。すばらしい出来映えだね」

それについてはわたしも同感。ベッドに手錠で固定され、革のTバックに網タイツという姿で横たわるジェイムズは、見るも滑稽だ。口にはストッキングが詰め込まれ、首にも一本巻きつけられている。装いの仕上げに、真っ赤な口紅（いちおう言うと、シャーロット・ティルブリーのリップで、色はテル・ローラ）も施した。

ジェイムズの意識がだんだんもどってくるが、冬眠から目覚める熊もこんな感じなんだろう。ヘンとわたしのあいだを視線がふらふら行き来して、自分の置かれた状況を理解しはじめる。何か言いたげだけど、口のなかのストッキングが言葉が出てくるのを食い止めている。

「パパの最期の言葉を聞きたい？」わたしは尋ねる。

「どうせ、わたしにとって嫌なことしか言えない人だから。いいから終わらせちゃって」ヘンは部屋に残って見とどけようともせず、リビングへともどっていく。何かのコルクを抜いてなみなみ注ぐ音が聞こえてくる。

こういうことをはじめる前までは、人を絞め殺すのは簡単なことで、寝落ちするみたいにコクッといくのだと思ってた。でも実際はそうはいかない。たとえば、想像以上に激しくのたうちまわる。何が起きているのか理解すると、目に必死の表情を浮かべて抗おうとする。最悪のモンスターたちでさえ、なりふり構わず生にしがみつこうとするから驚いてしまう。

たとえばこのジェイムズもそう。ものすごいのたうち屋だ。そんなことをしても無駄だってことも（こんなにしっかりベッドに手錠でつながれてるんだから）、本人にとって一番楽なのは死を受け入れることだっていうのも、よく理解できていない。ただただこうして無駄に自分を傷つけている。わたしは首絞め紐代わりのナイロンのストッキングをさらにぎゅっと絞って、ジェイムズの目玉が、例のごとく顔から逃げだそうとするように飛びでてくるのをながめる。ときどき目がはじけるみたいになって（血管か何かの関係かな）、白目が真っ赤に染まる。

「どんな気分？」わたしは言う。「いい感じに絞まってる？　そういうのが好きなんでしょ？」

ヘンはジェイムズの最期の言葉を聞きたくないかもしれない。だけどわたしは聞きたくてたまらない。めそめそ泣いて命乞いするのを聞きたい。言ったとおり、これはわたしの最後の大仕事だ。そこでストッキングを口から取りだす。

「頼む、子どもたちが」

「その子どもたちにどう思われてるのか、今じゃ正確にわかったと思うけど」

「やりマンのクソ女が」

「あんたとはやってないと思うけどね」

そんなわけで、ヘミングウェイとは大ちがい［作家ヘミングウェイは「おやすみ、わたしの子猫ちゃん」と言い置いてピストル自殺した］。わたしは早くもうんざりして、鼻をつまんで無理やり口をあけさせ、ストッキングを詰めなおした。

窒息死についてもうひとつ言えるのは、映画から想像されるよりも、もっとずっと時間がかかるってこと。わたしはすでに六、七分ものあいだジェイムズ・ペンバートンにまたがっているけど、やっと意識を失うかというところだ。少なくとももう、のたうつのはやんだ。こういうときこそ、ルームサービスを頼めるとすごく便利なのに。シャブリのグラスなんかをもらえたなら本当に最高。今後はヒップフラスクみたいなものを持ち歩くのがいいのかも。

最後にもう一度ジェイムズを見てみると、ようやく哀れな生涯を閉じたようで、わたしは胸に胸を押しつけて、唇のそばに耳を持っていく。音はしない。まぶたを閉じてやってから、うしろに身を引いて自分の仕事ぶりをながめる。たぶん、これがわたしの一番好きな瞬間なんだと思う。死んだ男たちは子どもみたいで安らかに見える。ミンチ機にかけるために、わたしにせっせと切り刻まれるまでのことだけど。

「全部終わったよ」わたしは家のなかを歩いていって、ヘンのいるソファに座る。わたしのためにワインのグラスを用意してくれている——冷えたおいしいモンラッシェ。「で、このあとはどうする?」

「ここにそのままにしておく。そしてわたしがプリペイド携帯で警察と新聞社に情報を流す。そのうちにパパは発見される。権力も威厳もあったあのジェイムズ・ペンバートンが、ストッキングで絞め殺されたってね。セックスが大好きだったから、何かの性的プレイがおかしいことになって死んだってみんなに思われるのは、もう本望だよね」

彼女はくすくす笑うけど、虚しい笑いだ。

「わたしはどうなるの?」

ヘンは蔑んだ目でこっちを見る。「あんたがどうなるかって? どうしていつも自分の話に持っていこうとするの?」

「どんな計画でいるのか聞きたかっただけ。栄光を横取りしようとしてるわけじゃない。あなたは正しい決断をした。汚す人がいないほうが、世界はいい場所になる」

彼女はもう一度肩をすくめる。「わたしは家族がばらばらになるのを防ぐのに必死で、あんたはチャーリーとの幸せな生活にもどるんでしょう」一瞬の間のあとで言う。「聞いてもいいかな?」

「もうたがいに秘密を隠し合う段階は過ぎたでしょう。言っちゃって」

「お父さんの身に本当は何があったの？　死んでるんでしょ？　あんたが殺したの？」

「そう」わたしは言う「母をレイプしようとしてるとこを見ちゃって、アンティークの花瓶で頭を叩きつぶした」

「ミンチ機にかけたの？」

わたしはうなずく。「そういうこと」

ヘンはため息をついてソファにもたれ、ワインをゆっくりふた口飲む。わたしもひと口飲んでグラスをコーヒーテーブルに置き、自分のバッグに手を伸ばす。

「これを乗り越えるには、わたしはセラピーを死ぬほど受けないといけないんだろうね」ヘンはお尻の下に足を折り込んで、目を閉じる。

「疲れた？」わたしは尋ねる。

またさっきの虚しい笑い声をあげる。「じつは、そう。あんなふうに嘘をつきとおすのって、驚くほど消耗するから。法廷でもう一度くり返す必要がなくて、ほんとよかった」

「え？　なんの嘘？」

「ほんとはパパは、わたしにレイプも虐待もしてない」ヘンはソファから身を起こし、十歳どうしでお人形遊びをしているみたいに、わたしににっこり笑いかける。「そう話したのは、あんたにはそれが効果的だってわかってたから。あれはたぶんパパが言った唯一の嘘のない言葉だった」彼女はさらに背筋を伸ばし、目を見ひらいてわたしに微笑みかける。「かわいくてサイコなのは、あんただけじゃないのかもね」

え？　マジ？

「待って。じゃあ、わたしに殺させるために、じつの父親から性的暴行を受けてたって嘘をついたの？　わたしのスマホを利用して何カ月もストーキングして、インスタでわたしを震えあがらせておいて、さらにそのうえに？　サイコっていうほうはまちがいないわ、ヘン」

ヘンは肩をすくめる。「同じ穴の貉（むじな）ってやつでしょう」ソファにもたれなおし、もう一度目を閉じて、穏やかで安らいだ顔をする。

頭のいかれたクソ女。

「そのことわざを聞いて思いだした。さっきヘンが思いだせなかった秘密についての格言だけど。正確には〝三人でも秘密は守られる。そのうちの二人が死んでいれば〟よ。スマホで調べたの」

ヘンの目がふたたびひらく。そして、わたしがスタンガンを手に襲いかかってきて、左のこめかみを突くのを、ぎりぎりのところで目撃する。

「ごめんね、ヘン」わたしは言う。「でも、リスクは取れないから」

70

ハンプシャー州の〈コリンズ・カッツ〉の工場

正直言って、ヘンを切り刻んでミンチ機にかけていても、まったく喜びは湧いてこない。しばらくどこかにいっていると周囲に信じさせるため、ヘンのインスタに何かをあげないとと気づいたときにはなおさら萎える。ヘンが行方をくらませれば、アパートメントじゅうに彼女のＤＮＡも残っているし、うまい具合に父親の死と結びつけられるはずだ。でも困ったことにヘンのスマホは顔認証のみで、彼女の頭部はすでに、廃棄物処理機に投げ入れてしまった。

顔を認識できるようなものがまだ残っているとは思えない。

顔をしかめて、パスコードはなんだろうと考える。わたしのは簡単に予測できたとヘンは言っていた。賭けでわたしの誕生日を入れてみる。なんと彼女のスマホのロックが解除される。

ふざけすぎ。

あの女は本気で立派にクレイジーだった。

アプリを探してインスタグラムをひらく。彼女のフィードに黒塗りの四角を投稿し、文章を書き込む――〝父に関する衝撃的な事実が明るみに出たのを受け、わたしはしばらくスポットライトから離れることを決めました。わたしと家族は、起きたことにどうにか対処していかなければなりません。みなさんのご支援にお礼を言うとともに、困難な時期にあるわたしたち家族のプライバシーを尊重してくださることに感謝します。ゆっくりひとりで心の傷を癒やすため、当分のあいだソーシャルメディアから離れます〟。わたしはにんまりして、投稿ボタンを押し、本人のいる廃棄物処理機にスマホを投げ入れる。

正確には本人の一部分だけど。

ついでにぜひひとつ言っておきたいのだけど、女性の死体は運搬と処分が格段に楽だった。わたしはクローゼットにスーツケースがあるのを見つけ、工場まで運ぶ準備としては、ヘンをそのまま折って入れてしまうだけですんだ。大勢の男が女を殺すのも、たぶんこれが理由なんだと思う。戦いで自分よりちょっとでも勝ち目がありそうな相手をわざわざ選ぶより、はるかに面倒がない。

施錠してロンドンへの帰路につくころには、太陽が地平線から顔を出しはじめる。うまくいけばチャーリーが目を覚ます前に家に着き、彼のとなりに身をすり寄せて、すべてが恐ろしい夢だったということにできるかもしれない。

71

アップルニュース

恥辱の音楽業界の大物、ベルグレイヴィアの家で遺体で見つかる

ロンドン警視庁は今日、恥辱の音楽業界の大物、ジェイムズ・ペンバートンが自身の所有するロンドンのアパートメントで遺体で発見されたことを明らかにした。

ペンバートン（58歳）は、過去の性的暴行、未成年者に対する性犯罪およびレイプの疑いで逮捕され、釈放中だった。告発は古いものでは一九八〇年代にさかのぼり、そのころにペンバートンは、音楽業界屈指の名声を得る足掛かりとなるレコード会社〈ライプレコーズ〉を立ちあげた。

ソーシャルメディア上の未確認情報によれば、遺体はレースの下着にストッキングという姿で発見された。警察は性的ゲームからまちがいが起こり死にいたったと考えている。

警察当局は死亡を認め、「ペンバートン氏は今日、妻により遺体で発見された。警察はこの死について調べを進めているが、現在のところ関連の人物を捜査している事実はない」としている。

同氏は今月初め、過去の性的暴行の複数の容疑について無罪を主張し、裁判を控えていた。

インスタグラムより

クレア・オドノヒュー（@ClairyFairy1999）
あの変態が死体で発見されただけでなく、ヘン・ペンバートンまで姿を消したなんて、ちょっとおかしいと思う人はいない？　最後の投稿はもう見た？　ただの黒塗りの四角で（はい？　ずれてない？）、それって#ＢＬＭ（ブラック・ライブズ・マター）運動に使うやつだよね。それはともかく、ソーシャルメディアを無期限お休みして、〝傷を癒やす〟ために離れるんだとか。え、何？　父親の被害者の立場は？　癒やしが必要なのは彼女たちでしょう。まあ、あの男を殺した人は、だれであれヒーローだね。#ミートゥーキラー

返信

@Tofiona：ちょっと厳しくない？　父親がロリコンってばらされて、さらに死体で発見されたら、だれだってきっと消えたいと思うと思う。でもたしかに、黒塗りの四角をパクるのは……。
@LaraLoo1919：たぶん彼女が殺（や）ってるよね（笑）
@ClairyFairy1999：真相はともかくとして、あの変態オヤジが死んでくれたのはよかった。警察は事件の究明に無駄な時間をかけないで、とっととあの男を葬ってほしい。気色悪い卑劣ジジイ。
@LaraLoo191919：同意。地獄で眠れ。#夜を取りもどせ　#通りを取りもどせ　#ミートゥーキラー

エピローグ

半年後、SE1のザ・シャード内の〈アクアシャード〉

「毎年毎年、大晦日のたびに〝今年はクソみたいな一年だった、終わってくれてよかった〟ってぼやいてる。それって、わたしだけじゃないよね？」トアがテーブルに向かって尋ねる。わたしたちは今年は大人らしい大晦日の夜の過ごし方をしていて、つまり、べろべろに酔って意識を失う前に、ちゃんと食事をしている。

「絶対あなただけじゃない」メイジーが言う。「とくに今年は、いろいろとひどい一年だったね」ここでほんの一瞬口を閉じて、となりのルパートを見つめるけど、ルパートのほうはウズラとアヒルの卵の前菜にひたすらがっついている。「でもそれ以外のことは、本当に最高だった」

哀れなルーは、ガールフレンドが実質的に乾杯の言葉を述べてくれたことに気づいておらず、顔をあげて、みんな無言なのを見てものすごく驚く。彼はメイジーを見る。「おい、なんだよ？　今度は僕が何をしたっていうんだ？」

メイジーはにっこりする。もし絵文字なら、この瞬間に目がハートに変わってたことだろう。「何もしてない。べつになんでもないの。今年より悪い年もあったって話してただけ」

「親友のひとりが地上から消えたり、その子の殺された父親が小児性愛者だとばらされたりするのが嫌いじゃないならね、ベイビー」

やれやれ。これでも冗談を言おうとしている。

「早すぎたかな?」ルパートはわたしに聞いてくる。

「こういうことに時間の期限ってあるのかな」わたしは言う。「でも、じつはメイジーは、あなたのことを言ってたんだと思うよ。わたしからも乾杯の言葉を言わせて。新旧の友人たちに。それから、わたしたちの愛するヘンに。どこにいたとしても」

男というのは面白い生き物だ。といっても、ちゃんとした男のことだけど。自分が生きていくうえで怒鳴ったり、威張ったり、押しのけたり、突き飛ばしたりする必要を感じない男たち。ルパートも(いまだに赤パンにブロー頭以外の彼をイメージできないけど)そんないい部類のひとりだ。最初は確信を持てなかったから注意して観察していた。でも、こんなに幸せそうなメイジーは初めて見る。たがいに見つめ合う様子をうまく表現する言葉は見つからないけど、それぞれの魂がわが家を見つけたという感じがする。とにかく、しっくりいっている。もちろんふたりは喧嘩もするし、言い合いもするし、おたがいのことで愚痴もこぼすけど、いっしょにいると、独特のオーラがあって……どう言えばいいんだろう。平和というか、なんというか。わたしはいっしょのふたりをながめたとき、それに、今みたいに、こっちを見つめるチャーリーに気づいたとき、自分が愛が何かを知らずに育ったんだと実感する。それをどんなふうに与えたらいいのか。どうやって受け取ったらいいのか。

トアはわたしの左に座ってシャンパンを飲んでいる。今日は母親を同伴者として連れてきていて、ほんの少しずつだけど、夏のあいだに苦しんだ恐怖から立ちなおりつつある。

チャーリーとわたしとのあいだは、これ以上なく良好だ。ジェイムズが遺体で発見されたとき、彼は自分のチャリティ事業の資金繰りのことで、右往左往のパニックに陥った。もちろん、わたしとしては悩むまでもなかった。口座には手をつけるつもりのない大金が眠っていた。わたしは〈難民チャリティ〉に全額をつぎ込み、今では驚くべきことが起ころうとしている。学校や病院や住宅が建ちはじめているのだ。ジェイムズに苦しめられた少女や女性のためにも、資金を出した。声を聞いてほしかったのに、法廷の場にたどりつけなかった人たちだ。みんなが声をあげ、経験を語り、真実を伝えるのを、わたしは(もちろん匿名でだけど)応援した。すでに二冊が書籍化され、たしかさらにもう三冊が出版を待っている。ネットフリックスでも一本以上のドキュメンタリー番組の企画があるけれど、これはペンバートン家の弁護団とのあいだで話がつかなければはじまらない。とても美しく痛ましい個人的なエッセイを書いた人もいて、それが雑誌の「ザ・ニューヨーカー」からフリーペーパーの「メトロ」まで、さまざまなところで記事になった。ジェイムズが殺されたのを受けても、彼女たちは沈黙しなかった。むしろそれが、自分の経験を語る力と自信を彼女たちに与えたのだ。

ところでさっき〝全額をつぎ込んだ〟と言ったけど、じつは正確にはちょっとちがう。わたしはアダムをアメリカに送るのにも、かなりまとまった額を支出した。閉じ込め症候群の鍵をかけられたような状態を解除する方法がないかを探る研究に、アダムは加わることになった。まだはじまったばかりだけど、彼が最大限の手厚い世話を受けられるように、わたしもやれることをやるつもり。

裏の意図はない。

ほんとに。

それで、わたしは? なんだかんだ、本当にほしかったものは全部手に入れた。心にあいていた大きな穴はチャーリーが埋めてくれたけれど、その穴には、本来なら愛情に満ちた子ども時代が詰まっているはずだった。ふたりともそうしたものに欠けていたから、たがいの穴を埋め合うのでわたしたちは満足している。ねえ、黙ってくれるかな。こんな大切なものを淫らな話に変えないで（と言いつつ、自分も心のなかで笑ってるけど）。来年いっしょにフランスの母に会いにいく計画まで立てた。待って、わたしはいったいだれ？

目にした悪いものをすべてぶっつぶしてやりたくなる、あの激しい衝動はどうなったか？　だれかが人を不当に苦しめるのを見るたびに感じる、あの衝動は？　今は、そうした感情を受け入れることを学んでいるところ。それを感じることを学んでいる。世界の不正に対して怒ることを自分に許し、だけど、うちの工場やスタンガンや包丁のコレクションに頼らないでも自分にできることはある、と心に思いださせる。わたしの内側で目を覚ました怒れる獣は、愛によってそっとなだめられ、眠りにつきましたとさ。わかる、オエって思うよね。

食事のあと、チャーリーとわたしは新年を祝うバーに移動する前に、〝うたた寝〟（言い換えると、二時間ほどの寝ながらのだらだらセックス）用に予約したホテルの部屋に向かった。来る年は、殺意を秘めた友人なんかがあらわれない、何事もない一年になってほしいものだ。

「退屈な男に聞こえるのは承知だけど」エレベーターのなかでチャーリーは言い、わたしの片方のおっぱいを服から出して乳首をもてあそびはじめる。「今年は波乱のない一年にしたいと切に思うよ」

笑っているうちに階に到着して、わたしは服の乱れを整える。防犯カメラをモニターしてる人たちに、楽しいショーを見せてしまったのはまちがいない——まあ、贈り物の季節だしね。

部屋にはいると、チャーリーはミニバーの冷蔵庫からシャンパンのボトルを出し「お風呂を入れようか？」とわたしに尋ねる。

「いいわね」わたしはそう言ったものの、テレビのニュース速報に気を取られる。「ちょっと待って、これだけ見ていきたい」

レポーターは色白で神経質そうな年齢不詳の女性。マイクを不器用に扱いながら、テムズ川を背にして河岸通り（エンバンクメント）に立っている。カメラがうしろを向けば、うちの建物が映るにちがいない。彼女の背後は慌ただしいことになっている。防護服に身をつつんだ男たちに、例の白いテント。勢揃いだ。

レポーターがマイクに向かって言う。「チェルシー・エンバンクメント付近のテムズ川から、また も遺体が引きあげられました。警察は三十四歳のベサニー・ミラーさんの捜索を続けていたところで、ミラーさんはクリスマスイブ以来行方がわかっていません。獣医見習いの彼女は、ソーホーを会場とするクリスマスパーティから徒歩で帰宅するところを最後に目撃されています。ウーバーと勘ちがいした車に誤って乗り込んだ可能性も考えられています。警察の報道担当者は、これが殺人の捜査であることを認めています。

この数週間で女性が遺体で発見されたのはこれで二人目で、警察はロンドン周辺の女性に対し、引き続きとくに用心するよう呼びかけています。十一月には、二十六歳のナーラ・シドゥさんの遺体が南西ロンドンの林で発見されました。こうしたことから、とりわけ夜間は、ひとりで出歩くことを極力避けてください」

チャーリーがバスルームで何かを言っているけれど、聞き取れない。全身に送られる血の勢いと速さが増してきて、今はごうごうという自分の血流の音しかしない。お腹の奥のほうで、長い眠りから覚めた動物のように、何かが身じろぎし、片目をあけて伸びをするのを、わたしは感じている。

ケイティ・ブレントからの手紙

『男を殺して逃げ切る方法』を手に取ってくださって、本当にありがとうございます。楽しんでいただけましたか？　本作を気に入ってくださり、新作の情報をいち早く知りたいと思われた方は、ぜひインスタ（but_katy_did_it）をフォローしてくださいね。

じつは、この小説の最初の種が撒かれたのは、何年か前に「メイド・イン・チェルシー」というロンドン南西地区の裕福な若者の人生を映したリアリティ風番組のとあるエピソードを見ていたときのことで、女性のひとりがパトリック・ベイトマン［『アメリカン・サイコ』の殺人鬼の主人公］と化して、不実な男たちを片っ端からやっつけたらどうなるだろうと思ったのが原点でした。

その考えはずっと頭にしまわれたままでしたが、二〇一八年になると#MeToo運動が盛んになってきて、わたしはそのあたりの時期から、女性が反撃に出たらどんなことが起こり得るかについてざっくりしたメモを取るようになりました。そういう思考をたどったのはわたしだけではなかったようで、ここ数年で女性が復讐する優れた物語がいくつも生まれました。ドラマシリーズの「キリング・イヴ／Killing Eve」や「アイ・メイ・デストロイ・ユー／I MAY DESTROY YOU」、映画だと『プロミシング・ヤング・ウーマン』、小説では *Sweetpea* や『マイ・シスター、シリアルキラー』（オインカン・ブレイスウェイト著、粟飯原友子訳、ハヤカワ・ミステリ）などが思い浮かびますが、それらの作品がキティの物語の先駆けとなってくれました。

わたしのメモは最終的に『男を殺して逃げ切る方法』〔原題 *How to Kill Men and Get Away With It*〕として仕上がりました。わたしのようなフィルムノワール好きのなかには、キティ・コリンズという名にピンと来る方もきっといるでしょうね〔ロバート・シオドマク監督「殺人者」に登場〕。

本作を気に入ってくださったなら嬉しいですし、レビューを書いていただけるとありがたいです。わたしは読者の感想を聞くのが大好きなので。それに、みなさんのレビューは新しい読者が本を見つけるきっかけにもなってくれるはずですから。

感謝を込めて

ケイティ x x x

謝辞

九歳のころからこうしたものを頭のなかで書いてきたわたしとしては（出てくる名前は、もちろんその都度変わりましたが）、今、かなり意義深い瞬間を迎えているといえます。ウーバーイーツでマックの朝食メニューを注文できる時間に間に合わずに、寝間着でチーズバーガーを食べながら書くことになるとは思ってもみませんでしたけど。

まずは、すばらしい編集者であるＨＱのベリンダ・トゥーアに最大の感謝を捧げたいと思います。キティに賭け、キティに――それにわたしに――居場所を与えてくれて、ありがとう。作品に対するあなたの熱意が、絶望の発作に襲われたわたしをこの一年ほどのあいだに何度もどん底から救いだしてくれました。「ありがとう」という言葉だけでは足りません。それからオードリー・リントンには、ほかの編集者が見逃したことを見つけるその魔法の目にお礼を言いたいと思います。

装丁、マーケティング、それにとんでもなく厄介な題名のためにたくさん尽力してくださった、ＨＱとハーパーコリンズのほかのみなさんにもお礼申しあげます。わたしたちはここまで来ました。あとは進むのみです。

わたしの作品に揺るぎない信頼を寄せてくださったＡＭヒースの優秀なエージェント、ユアン・ソニークロフトにも感謝します。

すばらしいメンターであり友人として、この間わたしを支えてくれたふたりの女性、そして作家仲間（仲間！）のジュリア・クラウチとステファニー・バトランドにも、大きな感謝を捧げます。あなたがたの指導と助言は、わたしにとって本当にありがたいものでした。差し入れもね。サイモン・トレウィンにもお礼を言います。あなたにはまだまだお世話になりますよ！

わたしが性悪女みたいになって、もう一文字だって書かないと騒いだときにも、背中を押して、励ましつづけてくれたすばらしい友人たち。シャーロット、アナリース、ドナ、ベッキー、ローラ、ルイーズ、グウェフス、クレイグ。みんな大好きだよ。いつもここぞという時にわたしを立て直してくれて感謝してます。

わたしの姉妹、ヴィッキー、ルシ、エミリー、クロエ。味方でいてくれてありがとう。

フェイバー・アカデミーのワッツアップ／Eメールのグループのみんなは、下読みを引き受けてくれました。ビアトリス、ジョシー、カレン、メイサ、カトリーナ。つぎはあなたたちの番よ。みんなの能力を、わたしは知ってますからね！

ロブ・ディンズデールとデイヴィッド・ルイスには、〝男性的感度の読み手〟として協力してくれたことに感謝します――たしかにね、デイヴィッド、その言い方だとペニスに対する変わった医療行為みたいに聞こえるよね。

父のポール・ブレント。この世でこれを見とどけてもらえなくてすごく残念です。でもやったよ、パパ！　もしあの世があるのなら、打ち上げで祝杯をあげて、本を書きあげた娘をお仲間に自慢してくれていると嬉しいです。会いたいよ。

母のカーラは最初から最後までずっとわたしを支えてくれました。出産と思春期を合わせたよりも大変だったと、おたがいに意見が一致するんじゃないかな。愛してるよ。それから義父のキース、わたしに耐えてくれてありがとう。あなたのことも愛してます。

それに何より子どもたちのセブとソフィア。これを読むのはまだ何年も許されません。だけど、いつだってふたりが力の源になりました。わたしのすることは全部あなたたちのためよ。ふたりとも、言葉で言い尽くせないほど愛しています。

それから「メイド・イン・チェルシー」に出ていたルイーズ・トンプソン、ミリー・マッキントッシュ、オリヴィア・ベントリー、サム・トンプソン、スペンサー・マシューズ、そのほかの人たちにも、ひとこと、この小説のインスピレーションを与えてくれてありがとうと言いたいです。そんなつもりはなかったでしょうけど☺

訳者あとがき

イギリス発の、友人、恋人、殺人を描いた愉快でダークな物語、『男を殺して逃げ切る方法』（*How to Kill Men and Get Away With It*）をお届けします。※注意：切実な理由があって、この本に興味を持たれた方へ——本書に書かれていることを真似したとしても、ほぼ確実に逮捕されます。これは「ハウツー本ではなく、皮肉とダークユーモアに満ちた犯罪小説」（著者の弁）ですので、ご留意を。

主人公のキティ・コリンズは、ロンドン屈指の高級エリア、チェルシーに住む有名インフルエンサー（SNSフォロワー数、数百万人）。ある日、うっかり男を殺してしまったのをきっかけに、文字通り血が騒いで獲物をみずから探すようになるのですが、これは、そんな彼女のいたってふつうじゃない日常を描いた物語です。キティは肉などを食べないヴィーガンだけど、人間のことは殺す。正義の鉄槌をくだすけれど、殺人はいとわない。常軌を逸しているけれど、案外、常識派で、愛情深い人物。矛盾をたくさん抱えた人物ですが、そもそもわたしたちの住むこの世界は矛盾だらけ。なので、こんなお茶目で猟奇的なアンチヒロインにも、みなさん、きっと親近感が湧きますよね？

キティを動かしているのは、ひとつには、有害な男に目にもの見せてやりたいという気持ちです。刺激的なタイトルがついている本作ですが、著者の話では、作中で描かれている男の行動は、逆に、女性を傷つけておきながら罪に問われない男に関するニュースが土台になっているのだとか。キティを誕生させた経緯は「ケイティ・ブレントからの手紙」でも触れられていますが、そこには本作の先駆となった有名な小説や映像作品も紹介されていて、悪い男に復讐する物語がすでに一ジャンルとして市場を獲得していることがうかがえます。でもなぜそれが、そんな人気のテーマに成長したのでしょう?

何かヒントがないかと、『アフター・アガサ・クリスティー　犯罪小説を書き継ぐ女性作家たち』(サリー・クライン著、服部理佳訳、左右社)をひらいてみたところ、冒頭の一文目に衝撃の答えが書いてありました――「生きていく上で、かなりの時間を怯えることに費やしている女性たちが、恐怖をリアルに描くストーリーに惹かれるというのは、飽くことのない刺激的なパラドックスだ」。なんと、女性たちが怯えていることが、まずもって現実世界の大前提とされているではありませんか。びくびく生きるのがあたりまえというのはおかしい、現実では女性は非力でも、せめてフィクションでの世界で強く反撃に出たい、という感情が湧いてきても不思議はありません。考えてみればこの安全なはずの日本でも、たとえば、夜道で男性にうしろを歩かれるとなんか不安、と無意識に身構えてしまっていたりしませんか?

本書には実際に存在する有名なハッシュタグも登場します。#MeToo はすでにおなじみですが、#ReclaimTheNight(夜を取りもどせ)、#ReclaimTheStreets(通りを取りもどせ)のタグは、女性が被害にあう事件が続いたあと、警察が「身の安全のため、女性は夜の外出や、夜道を歩くことをひかえるように」と呼びかけたため生まれた言葉だそうです。女性たちは「悪いのは襲った男なのに、なぜ男を外出禁止にしないで、女の行動を制限するのか」と怒りました。最初にこのスローガン(とくに前者)が言われるようになったのは七〇年代ですが、今なおSNSで使われることの多いタグです。

さて、本作は男の有害な行動の見本市のようでもありますが、同時に、若い女性のリッチライフのショーケースでもあります。キティは自分の家が財を成した理由が、友人たちのようなきらびやかなものでないことに不満を持っているし、彼女たちの上にはさらに貴族の称号を持つ層がいるでしょうから、自分は二流以下という意識でいるのかもしれません。それでも生活は華やかで贅沢です。登場するブランドや商品名はほぼすべて実在するもので、とくにこだわりのインテリアは、さすがは家を大事にするイギリスで、画像を検索するだけでうっとりします。キティたちが訪れるチェルシーの飲食店も素敵なところばかりなので、ご旅行の際はぜひご参考に。ちなみに、彼女の大切な道具である旬（Shun）も実際に購入できる人気の品で、主人公が日本製のものを愛用してくれるというのは（用途はさておき）、嬉しいですね。その姿はよく見るとカバーにも描かれています。

著者のケイティ・ブレントはフリーのジャーナリストとしてキャリアを積みながら、「ドメスティック・ノワール」の語の生みの親として前出の『アフター・アガサ・クリスティー』でもページを割かれるジュリア・クラウチなどに師事し、二〇二三年に本作で小説家としてデビューを果たしました。その後も活動は順調で、二〇二四年二月にはミステリ小説 *The Murder After the Night Before* を出版。そして嬉しいことに、来年にはキティ・コリンズが *I Bet You'd Look Good in a Coffin* という作品で帰ってきます。キティの存在は確実に人気をつかんでいて、先行読者からの評判も上々。敵の存在感も大きくなり、舞台もひろがって、ますます躍動する姿が見られそうですし、早くもシリーズ三作目を期待する声が高まっています。

二〇二四年一〇月

坂本あおい

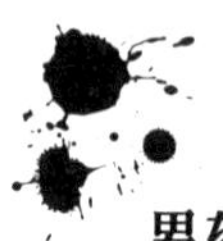

男を殺して逃げ切る方法

2024年12月13日　初版第１刷発行

著者
ケイティ・ブレント
訳者
坂本(さかもと)あおい
編集協力
藤井久美子
カバーデザイン
Caroline Lakeman at HQ
（日本語版アレンジY&y）
印刷
萩原印刷株式会社
発行所
有限会社 海と月社
〒180-0003　東京都武蔵野市吉祥寺南町2-25-14-105
電話0422-26-9031　FAX0422-26-9032
http://www.umitotsuki.co.jp

ISBN978-4-903212-87-6

弊社刊行物等の最新情報は以下で随時お知らせしています。
ツイッター　@umitotsuki
フェイスブック　www.facebook.com/umitotsuki
インスタグラム　@umitotsukisha